CB139768

Eco

The Soul Seekers
Livro Dois

Alyson Noël

Eco

The Soul Seekers
Livro Dois

Tradução
Marcia Blasques

LeYa

Copyright © 2012 by Alyson Noël, LLC. By arrangement with the author.
Todos os direitos reservados.
Versão brasileira © 2013 Texto Editores Ltda.
Título original: *Echo*

Diretor editorial: Pascoal Soto
Editora executiva: Tainã Bispo
Produtoras editoriais: Fernanda Ohosaku, Renata Alves e Maitê Zickuhr
Diretor de produção gráfica: Marcos Rocha
Gerente de produção gráfica: Fábio Menezes

Preparação de texto: Andréa Bruno
Revisão: Patrícia Santana
Adaptação de capa: Deborah Takaishi

Dados Internacionais de Catalogação na Publicação (CIP)
Angélica Ilacqua CRB-8/7057

Noël, Alyson
Eco / Alyson Noël ; tradução de Marcia Blasques. –
São Paulo : LeYa, 2013.
288p. – (The Soul Seekers, 2)

ISBN 978-85-8044-874-0

Título original: *Echo*

1. Literatura fantástica norte-americana 2. Ficção I. Título II. Blasques, Marcia III. Série

13-0660 CDD-813

Índices para catálogo sistemático:
1. Literatura fantástica norte-americana

Texto Editores Ltda.
[Uma editora do grupo LeYa]
Rua Desembargador Paulo Passaláqua, 86
01248-010 – Pacaembu – São Paulo – SP
www.leya.com.br

Guia dos espíritos animais

Urso

O Urso representa a força, a introspecção e o conhecimento. Ele nos ensina a olhar para dentro para despertar nosso potencial inerente. Extremamente forte, o Urso reagirá com ferocidade se sua toca for ameaçada, lembrando-nos de proteger nossos entes queridos. Capaz de viver seu sono de inverno com a gordura corporal armazenada, o espírito do Urso nos mostra como utilizar recursos internos para nossa sobrevivência e manter o equilíbrio durante mudanças. Ativo dia e noite, o Urso reflete tanto o poder do sol quanto a intuição da lua, alertando-nos para temperar nossa força com reflexão ponderada.

Beija-flor

O Beija-flor representa a agilidade, a alegria e a admiração. Ele nos ensina a estar atentos ao momento presente e a ser flexíveis e ágeis diante das reviravoltas da vida. Muito brincalhão, o Beija-flor nos recorda que a vida é mais rica se desfrutamos do que fazemos e encontramos a bondade em qualquer situação. Mais hábil animal do mundo das aves, o espírito do Beija-flor simboliza a realização do que parece impossível. Sendo o único pássaro a voar para trás, o Beija-flor nos encoraja a explorar e a extrair doçura do passado sem que vivamos nele.

Morcego

O Morcego representa a transição, o renascimento e a iniciação. Ele nos ensina a encarar nossos medos e a abraçar a mudança. Com sua habilidade de se guiar com perfeição no escuro, o Morcego nos instrui a confiar em nossos instintos e a discernir o significado oculto das palavras ditas, assim como daquelas que ficaram sem ser ditas. Como guardião da noite, o espírito do Morcego nos encoraja a enfrentar os temores nos cantos escuros da nossa mente e a confiar em nossa orientação interior. Como único mamífero alado, o Morcego reflete a habilidade de se mover até grandes alturas e abraçar novos inícios depois de mudanças tumultuadas.

Gambá

O Gambá representa a aparência, a estratégia e a flexibilidade. Ele nos ensina a fazer uso das aparências e a ver quando os outros estão projetando falsas impressões. Ator habilidoso, o Gambá é mestre em criar uma imagem que lhe permitirá alcançar o objetivo desejado. Capaz de parecer morto a seu bel-prazer, o espírito do Gambá nos recorda que as coisas não são sempre o que parecem e que podem guardar significados escondidos. Marsupial, carrega o filhote em uma bolsa e nos encoraja a olhar dentro de nossa própria bolsa de truques e encontrar nossos talentos desconhecidos e nossa sabedoria oculta.

Lontra

A Lontra representa a alegria, o riso e a partilha. Ela nos ensina a abandonar nossa necessidade de controle e a buscar nossa criança interior para que possamos aproveitar a vida em tudo o que ela nos oferece. Naturalmente curiosa, a Lontra nos recorda que tudo no mundo é interessante se encarado da perspectiva correta. Veloz e ágil na água, o espírito da Lontra nos mostra como lidar com os problemas e os transtornos emocionais da vida com facilidade e fluidez. Um dos poucos animais a usar ferramentas, a Lontra nos encoraja a encontrar o equilíbrio entre a brincadeira autêntica e a provisão habilidosa.

Por trás de toda criação, apoiando-a como um arco, está a fé. Entusiasmo não é nada: ele vem e vai. Mas, se alguém acredita, então o milagre acontece.

— Henry Miller

profecia

um

Daire

Cavalo nos leva por um terreno amplo, com Corvo pousado no alto de seu pescoço. Seus passos são marcados. Evidentemente. O som de seus cascos encontrando a terra resulta em um satisfatório *arrasta e esmigalha* que sempre me faz sentir como se estivéssemos chegando a algum lugar. Fazendo progressos. Apesar do fato de que estamos caçando há semanas sem sinal dos inimigos.

É assim que os chamo – os inimigos. Algumas vezes mudo para *intrusos*, ou mesmo *invasores*. E, depois de um dia especialmente longo de caçada que faz com que me sinta cheia de vigor, me refiro a eles como *demônios*.

Mas nunca os chamo por seu verdadeiro nome.

Nunca me refiro a eles como Richter.

Eles podem ser Richter mortos-vivos, mas ainda assim são Richter, e Paloma me advertiu para nunca contar a Dace sobre suas origens sombrias. Alegou que não há necessidade de ele saber que sua existência decorre da mais negra magia. E ainda que ser a detentora de uma verdade tão horrível faça com que me sinta desonesta – na melhor das hipóteses –, e desleal – na pior –, não posso deixar de pensar que minha avó está certa.

Se alguém deve contar isso para ele, é Chepi, sua mãe. Mas, até agora, ela se manteve em silêncio.

Solto a cintura de Dace e suspiro enquanto olho ao redor. Assimilo a extensão de relva alta e reluzente – as folhas se dobrando e se amassando sob o caminho forjado por Cavalo –, o bosque de árvores altas que marca o perímetro, fornecendo abrigo para aves, macacos e ocasionais esquilos em busca de nozes. Meu olhar atravessa a luz desbotada da tarde – à espreita, sempre à espreita. Mas, como sempre, não há sinal de decomposição, nenhum sinal da presença deles.

Será que a Guardiã de Ossos os encontrou?

Me agarro à ideia com força e gosto da sensação. Não quero soltá-la, por mais improvável que seja. Ainda que não tenha dúvidas de que a rainha de rosto de crânio, saia de serpentes e comedora de estrelas do Mundo Inferior seja mais do que capaz de capturá-los, senão destruí-los, também sei que não seria assim tão fácil.

Tendo causado a confusão, é minha responsabilidade consertá-la.

– Ainda parece estranho – pressiono os lábios contra a nuca de Dace, as palavras abafadas pelas longas e brilhantes madeixas negras dele. – Você sabe, este ciclo perpétuo de noite e dia. Parece muito normal, muito comum para um lugar tão extraordinário.

Observo as sombras do fim da tarde que parecem nos perseguir. Uma improvável e alongada silhueta de um corvo com um tronco esguio no lugar do pescoço e duas pessoas ridiculamente altas montadas em um cavalo com pernas tão esticadas e magras que dificilmente pareceriam capazes de nos aguentar – a forma exagerada anunciando a noite prestes a cair.

Embora o que seja considerado *noite* no Mundo Inferior não é muito mais do que um desvanecimento insignificante, muito distante do céu negro, pesado e cheio de estrelas do Novo México com o qual estou me acostumando. Ainda que eu esteja feliz com a chegada desta noite também. Feliz por este dia estar chegando ao fim.

Descanso o queixo no ombro de Dace, retomando de onde havia parado.

– Sem mencionar que não há sinal de sol... então como é possível? Como ele pode nascer e se pôr se nem mesmo existe?

Dace ri em resposta, o som gutural, profundo e tão sedutor que aproximo meu corpo ainda mais, até me encontrar firmemente pressionada contra ele. Estou determinada a contornar cada vale e curva de suas costas para que ele fique tão ciente de mim quanto estou dele.

– Ah, existe um sol – ele torce o pescoço até olhar para mim. – Pé Esquerdo o viu. – Seus olhos azuis cor de gelo capturam os meus, refletindo meus longos cabelos escuros, meus brilhantes olhos verdes e minha pele clara, até que afasto o olhar, atordoada com essa visão.

– E você acredita nele? – Franzo o cenho, incapaz de manter o ceticismo longe da minha voz, convencida de que é mais uma história fantástica que o velho curandeiro contou para Dace quando criança.

– É claro – Dace dá de ombros. – E, se tivermos sorte, talvez um dia vejamos também.

Esfrego os lábios e deslizo uma mão sobre a barra de seu suéter. Meus dedos estão gelados, e sua carne é morna, mas ele não faz menção de recuar. Em vez disso, aceita meu toque pressionando minha palma estendida contra ele.

– A única coisa que quero ver agora é... – Tento empurrar minha mente de volta ao trabalho que viemos fazer, mas não demora até que o pensamento desvaneça junto com minhas palavras.

A atração por Dace é forte demais, e ele deve sentir meu estado de espírito, porque a próxima coisa que faz virar o Cavalo. Guia-o para a encosta ampla e gramada, na direção do nosso destino favorito.

Aperto sua cintura, dobro os joelhos na curva dos dele. Luto contra a barreira de culpa que sempre me domina depois de uma longa e infrutífera caçada. Prometi a Paloma que os encontraria, que os expulsaria. Jurei que mandaria esses Richter para longe do Mundo Inferior antes que conseguissem causar qualquer dano que pudesse impactar os Mundos Mediano e Superior.

Pensei que seria fácil.

Pensei que, em uma terra maravilhosa de vegetação exuberante e adoráveis espíritos animais, esses mortos-vivos lunáticos se destacariam da pior maneira.

Estava convencida de que, com Dace e eu trabalhando em conjunto, seria fácil derrotá-los.

Mas agora já não tenho tanta certeza.

– Não se preocupe – Dace diz, sua voz tão confiante quanto suas palavras. – Juntos nós os encontraremos. – Então, ao encontrar meu olhar cético, ele prossegue. – Você nunca ouviu? O amor vence tudo.

Amor.

Minha respiração falha, meus olhos se arregalam, enquanto qualquer tentativa de resposta fica presa em uma garganta subitamente seca.

Ele puxa o Cavalo pelas rédeas, parando pouco antes da Fonte Encantada, onde me ajuda a descer e segura minhas mãos entre seus dedos. Interpretando mal meu silêncio, ele diz:

– Muito cedo?

Limpo a garganta, ansiosa para lhe dizer que não é nem um pouco cedo. Que soube na primeira noite em que ele apareceu em meus sonhos – no dia em que corri até ele na Toca do Coelho – que havia um riacho de amor incondicional correndo entre nós.

Desejaria poder dizer somente isto – confessar o quanto isso me aterroriza e me excita. Como ser amada, realmente amada, por ele é a coisa mais emocionante que já me aconteceu.

Anseio em explicar que, sempre que estou com ele, é como se estivesse cheia de hélio – meus pés quase não tocam a terra.

Somos destinados.

Predestinados.

Mas agora, depois de semanas sendo sua namorada, esta é a primeira vez que a palavra com *A* é mencionada.

Dace ergue a cabeça, lançando-me um olhar tão sonhador, que estou certa de que ele vai dizer aquilo – aquelas três não tão pequenas palavras –, e me preparo para proferi-las também.

Mas ele simplesmente se vira e segue para a fonte de água quente e borbulhante com uma fina névoa dançando ao longo da superfície. Deixando-me desapontada pelo momento perdido – ainda que segura de sua revelação.

Nos livramos de nossas roupas, até que Dace fica apenas com seu calção de banho azul-marinho, enquanto tremo de frio no meu simples biquíni preto que vesti por baixo. Entro na água com Dace bem atrás de mim, meu coração acelerando em antecipação enquanto me dirijo para o amplo amontoado de rochas, sabendo que a caçada agora acabou – a diversão vai começar.

Sorrio timidamente. Sou fisgada pela visão de seus fortes ombros quadrados, a brilhante pele morena, a promessa de suas mãos entreabertas e soltas ao lado do corpo. Me pergunto se algum dia vou me acostumar a isso – me acostumar a ele. Tantos beijos aconteceram entre nós e, mesmo assim, sempre que ele está perto de mim, sempre que estamos sozinhos, parece a primeira vez.

Ele se move ao meu lado, a água subindo até seu peito enquanto nossos lábios se apertam e se fundem, e nossas respirações se tornam apenas uma. Meus dedos buscam o ângulo agudo de sua mandíbula, traçando a sombra da barba por fazer que pinica minha pele, e ele brinca com as tiras da parte de cima do meu biquíni. Toma um grande cuidado para evitar a algibeira de camurça que está pendurada em meu pescoço, sabendo que ela contém as fontes de meu poder – ou pelo menos uma delas – e que seu conteúdo só pode ser visto por Paloma e por mim.

– Daire... – ele sussurra meu nome e logo começa a trilhar um caminho de beijos ao longo do meu pescoço, do meu ombro e ainda mais para baixo, enquanto fecho os olhos e suspiro profundamente. Dividida entre a atração de seu toque e a lembrança de um sonho horrível que teve lugar naquela mesma fonte... em um momento muito parecido com este.

Um sonho no qual seu irmão invadia nosso paraíso e roubava a alma e a vida de Dace, enquanto tudo o que eu podia fazer era assistir.

– O que foi? – Sentindo uma mudança em meu humor, ele levanta o olhar para encontrar o meu. Mas só balanço a cabeça e o puxo de volta, sem encontrar razão alguma para compartilhar. Sem encontrar razão alguma para estragar o momento ao mencionar Cade.

Sua respiração se acelera quando seus lábios descobrem os meus novamente. E quando ele me coloca no colo, tenho a vaga sensação de que algo viscoso e estranho passou sobre meu pé.

Me inclino para retribuir o beijo, determinada a ignorar o que quer que tenha sido. É uma fonte termal – uma fonte de águas termais *encantada*, mas ainda assim uma fonte termal. Provavelmente é só uma folha ou um botão de flor caído do dossel de trepadeiras que se espalha sobre nossas cabeças.

Me concentro na sensação de seus lábios se moldando com força à minha carne, enquanto me contorço firmemente contra ele. Entrelaço minhas pernas com as dele quando outro objeto viscoso passa por meu quadril antes de surgir ao meu lado com um *plop* audível que logo é seguido por outro.

E outro.

Até que o coro de objetos pipocando na superfície nos obriga a recuar. Nos obriga a pestanejar para nos livrarmos da névoa que nos cerca, apenas para encarar, chocados, enquanto a fonte se enche de peixes inchados, sem vida e com as bocas abertas e a órbita vazia de seus olhos nos encarando acusadoramente.

Antes que eu consiga gritar, Dace me pega em seus braços e me leva até a margem. Me aperta com força de encontro ao peito enquanto nós dois observamos, sem fôlego e horrorizados, a verdade que não pode ser negada.

O inimigo ainda está lá fora – vivo, bem e corrompendo o Mundo Inferior.

E, se não os encontrarmos logo, vão corromper os outros mundos também.

dois

– Contou para ela? – Dace gesticula na direção do portão azul da casa de Paloma enquanto entro na velha caminhonete surrada e me acomodo ao lado dele.

– Ainda não – mordo a bochecha por dentro e desvio o olhar. Ouço-o murmurar um suave *uhmmmm*, enquanto afasta o carro do meio-fio. Sei que o que ele quer dizer é: *Não sei se concordo com seus métodos, mas tenho certeza de que você tem seus motivos.*

Dace não julga.

Ele é tão bom, gentil e aberto que nem consideraria dizê-lo. Ele é a definição literal do *bem.*

O resultado de uma cisão de alma – a dele é a metade pura, o oposto da alma de seu irmão gêmeo. Já a minha é mais do tipo normal – abrangendo os vários tons de luz e sombra, vacilando entre um e outro dependendo das circunstâncias.

– Eu ia contar – digo, minha voz soando aguda demais para ser convincente, mas não o bastante para me deter. – Mas quando você me deixou em casa, ela estava com um cliente... está começando a atendê-los de novo... E, quando ela terminou, eu já tinha dormido.

– E hoje de manhã? – Dace olha para mim, os lábios curvando-se para o lado, ciente de que Paloma é uma defensora de uma alimentação adequada. Começar cada dia com um desjejum saudável é basicamente o coração e a alma de seu manifesto. O único jeito que eu teria de evitar o assunto – de evitá-la – era pulando essa refeição. Coisa que fiz, ficando em meu quarto até o último minuto, então fazendo uma corrida louca até a porta assim que vi Dace estacionando diante de casa. Parei só o tempo suficiente para ela colocar um de seus bolinhos orgânicos e recém-assados de milho azul em minhas mãos enquanto eu me dirigia para a caminhonete.

Não há maneira elegante de fugir. Sou culpada.

– Acordei tarde – acrescentei, esguelhando-lhe outro olhar. – Mas, honestamente, acho que eu não estava pronta.

Ele assente com a cabeça e agarra o volante, conduzindo por uma série de estradas empoeiradas e esburacadas enquanto olho pela janela. Noto como as velhas casas de adobe que se alinham no perímetro não estão mais tão decadentes quanto costumavam ser. Agora os carros estacionados nos jardins parecem um pouco menos enferrujados, e as galinhas que ciscam nos pátios parecem um pouco menos magras. Tudo graças ao pequeno triunfo que Dace e eu tivemos no Mundo Inferior, quando convencemos a Guardiã de Ossos a libertar todas aquelas pobres almas que os Richter haviam roubado.

Mas, apesar do nosso sucesso, a cidade ainda não parece estar nem perto de merecer o nome de Encantamento. Mesmo assim, está um pouco menos sombria do que quando cheguei, o que considero um progresso.

– Se quiser, podemos falar com ela juntos – Dace olha para mim. – Me escalaram para trabalhar depois da aula, mas me disponho a entrar mais tarde se isso ajudar.

Balanço a cabeça, emocionada demais com a oferta para falar qualquer coisa. Dace depende de cada centavo que ganha trabalhando na Toca do Coelho. Depois de pagar o aluguel do minúsculo apartamento que mantém na cidade, a gasolina e o seguro de seus dois carros surrados e enviar a pequena quantidade que manda para ajudar Chepi, não sobra muito. De jeito algum deixarei que se sacrifique para fazer algo que eu mesma deveria ter feito.

– Vou resolver isso – digo. – De verdade. Hoje. Depois da aula. Antes de voltar para o Mundo Inferior, vou contar para ela. Embora eu tenha quase certeza de que ela já saiba. Paloma sabe tudo. É mais do que um sexto sentido de *abuela*... ela está além da percepção. Tenho certeza de que meu silêncio fala mais alto do que qualquer palavra.

– Mesmo assim – ele diz. – Aqueles peixes... – Sua voz desaparece, seu olhar fica sombrio e preocupado, seus lábios pálidos e descontentes. – Acho que eu devia dizer algo para o Pé Esquerdo. E para Chepi também. Talvez eles possam ajudar.

Com a menção da mãe dele, é a minha vez de ficar séria. Tendo passado toda a infância de Dace protegendo-o do lado mais místico da vida – apenas para me ver chegar à cidade e arrastá-lo impetuosamente para todos os problemas e estranhezas que este lugar tem a oferecer –, ela não é exatamente minha maior fã.

Mesmo assim, segundo Paloma, era nosso destino nos encontrar, assim como é nosso destino trabalhar juntos e manter os Richter contidos, e os mundos Inferior, Mediano e Superior equilibrados. E, uma vez em movimento, o destino não pode mais ser detido.

Estou prestes a pedir que reconsidere contar a Chepi, quando ele avança pelo estacionamento da escola e para ao lado da perua com painel de madeira de Auden. Abaixando o vidro da janela o suficiente para permitir a entrada de uma rajada de ar fresco, observamos Auden ajudar Xotichl a descer do banco do passageiro e guiá-la na nossa direção, a bengala de ponta vermelha balançando diante dela.

– Xotichl está dizendo que vai nevar até o Natal, mas eu discordo. – Auden afasta os despenteados cabelos castanho-dourados dos olhos e sorri. – Na verdade, estamos aceitando apostas... Querem apostar também?

– Sério que você está apostando contra Xotichl? – pergunto, com a voz tão incrédula quanto a expressão que levo no rosto. Ela pode ser cega, mas é a pessoa mais perceptiva que já conheci... Depois de Paloma, é claro.

Auden dá de ombros, desliza um braço ao redor das costas de Xotichl e dá um beijo em sua bochecha.

– Provavelmente eu devia ter mais juízo... apostar contra ela nunca dá certo... Mas estou bem convencido de que ela está errada desta vez. Não neva em Encantamento há anos. Desde que eu era criança. E não há sinal de que isso vá mudar tão cedo.

– Mas com certeza está frio o suficiente para nevar. – Observo minha respiração ondular diante de mim enquanto puxo as luvas da mochila e as visto. Penso que é hora de trocar minha habitual jaqueta verde-oliva (que recentemente ficou um pouco desfiada em alguns lugares, graças a um infeliz encontro com um certo Richter morto-vivo) por algo mais resistente ao clima. – Pensei que nevasse praticamente em todos os lugares por aqui.

– Neva – Auden diz. – Mas não aqui. Não mais.

– Isso costumava ser verdade, mas não neste ano – Xotichl diz, com um sorriso astuto iluminando seu belo rosto em formato de coração, enquanto seus olhos cinza-azulados passeiam em minha direção.

– Está sentindo a energia da neve? – Circundo minha cintura com os braços, lutando contra o frio, enquanto saio da caminhonete para me juntar a eles.

– Estou sentindo alguma coisa – a voz de Xotichl é suave e melodiosa, claramente desfrutando seu segredo.

– Então? – Auden olha para mim.

Olho para um e para o outro, sem titubear um segundo, enquanto digo:

– Sinto muito, Auden, mas prefiro sempre apostar a favor de Xotichl.

Auden me lança um olhar triste e se vira para Dace.

– E você?

Dace segura minha mão em solidariedade, seus olhos azuis-gelo encontrando os meus.

– E eu prefiro sempre apostar em Daire.

Auden suspira, virando na direção de Lita, Jacy e Crickett, que nos chamam do outro lado do estacionamento.

– Ainda não consigo não pensar nelas como a Horda Cruel. Acho que preciso atualizar nosso status no Facebook para "amigos". – Ele balança a cabeça e ri. – O que acham, eu deveria me dar ao trabalho de perguntar a elas?

– Só se puder lidar com a rejeição. – Xotichl ri, enquanto alargamos nosso círculo para incluí-las.

– De que estão rindo? O que eu perdi? – Lita joga o cabelo sobre o ombro, permitindo-o cair em belas ondas escuras pelas costas, enquanto seus olhos pesadamente maquiados, ainda que muito melhorados desde a intervenção profissional de Jennika, se movem ansiosamente por nós. Ela odeia ser deixada de fora de qualquer coisa, não importa o quão trivial seja.

– Um Natal branco. É possível? Sim ou não? – Auden vai direto ao ponto.

– Sim. Definitivamente voto por sim. – Lita bate as mãos enluvadas com ênfase, enquanto as outras acenam em concordância. – Mas vai exigir um belo milagre. Da última vez que nevou, eu tinha uns seis anos. Mas, afinal, esta é a época para milagres, certo?

Ela saltita nas pontas dos pés e enterra as mãos cobertas por luvas sob as axilas em uma tentativa de espantar o frio. O soar do sino faz com que Auden dê um beijo de despedida em Xotichl para que possa ir ensaiar com sua banda, enquanto o resto de nós caminha para o edifício do colégio, onde faço uma parada em meu armário por tempo suficiente para guardar alguns de meus livros e diminuir o peso da mochila.

Lita permanece ao meu lado, me observando em um silêncio irritado enquanto Dace me dá um beijinho rápido na bochecha e promete me encontrar no intervalo antes de voltar para a classe. Espera até que ele não possa nos ouvir antes de empurrar algo na minha direção.

– Rápido. Pegue isto. Antes que você atrase nós duas.

Encaro o pedaço de papel dobrado preso entre dois de seus dedos. Estou prestes a lembrá-la de que ela está aqui por vontade própria – que seu atraso é culpa totalmente sua –, mas deixo para lá com a mesma rapidez. Ser amiga de Lita significa não só aprender a ignorar metade do que ela diz, mas também nunca se esquecer de que no fundo seu coração é essencialmente bom.

– O amigo secreto – ela diz, observando enquanto desdobro o papel e leio, confusa. Sua voz compete com o som de sua bota batendo com força e rapidez contra o chão de ladrilhos. – Ontem, quando tiramos os nomes no almoço, eu tirei o Dace. E imaginei que você quisesse trocar comigo, já que estão juntos e tal. Além disso, é estranho para mim comprar um presente para ele depois de ter rompido com seu irmão.

Concordo com a cabeça, sabendo que será muito mais fácil encontrar algo de que Dace goste e que se encaixe no nosso limite de vinte dólares, do que seria para o nome que tirei originalmente. Então, vendo a expectativa em seu rosto, digo:

– Mas não tenho certeza de que dará certo... Eu tirei você.

Os olhos de Lita brilham. Claramente satisfeita com a ideia de comprar algo para si mesma, ela gira nos calcanhares e diz:

– Não se preocupe. Darei um jeito.

Ela sai pelo corredor, o som de suas botas de encontro ao chão quase encobrindo minha voz quando a chamo:

– Ei, Lita...

Ela para, um ar de impaciência fixado no rosto.

– Falando nisso... você tem visto ou falado com o Cade?

Ela revira os olhos, sorrindo presunçosamente, e diz:

– Está brincando? Ele está escondido. Totalmente fora do radar. Provavelmente lambendo as feridas e cuidando de seu pobre coração partido. Se eu soubesse quão incrível isso seria... quão fácil seria magoá-lo... teria feito isso há anos!

Suas palavras são seguidas por uma gargalhada tão leve, feliz e satisfeita que me impede de acreditar em sua veracidade. Gostaria de poder acreditar em sua teoria de que Cade está apenas sofrendo pelo inesperado golpe no ego por ter sido rejeitado por uma garota bonita pela primeira vez. Então ela gira nos calcanhares novamente e sai pelo corredor, o cabelo balançando atrás de si enquanto entra na classe. Deixando-me parada diante do meu armário quando o segundo sinal toca, marcando oficialmente meu atraso.

Olho ao redor, notando o corredor silencioso e vazio enquanto coloco a mochila no ombro e volto pelo mesmo caminho pelo qual vim. Passo rapidamente pelas advertências indignadas do guarda, enquanto encaro a manhã gelada e volto para a casa de Paloma.

três

Paloma se move em sua cozinha aconchegante e confortável, puxando o esfarrapado cardigã azul-celeste firmemente ao redor de um de seus vestidos caseiros impecavelmente passados, nem um pouco surpresa pelo meu retorno repentino.

Com os grandes olhos castanhos vivos e brilhantes e a longa trança escura com mechas prateadas caindo pelas costas, ela parece tão normal quanto sempre. Embora um olhar mais acurado revelasse que seus movimentos estão mais lentos – menos ágeis, mais trabalhosos. Especialmente se comparados com a inconfundível aura de determinação e força que ela projetou na primeira noite que apareci em sua porta, há apenas alguns meses. Não muito depois do meu colapso naquela praça marroquina.

Quando eu era assombrada por terríveis alucinações de brilhantes e corvos – fitando o futuro em um quarto branco com paredes estofadas.

Paloma me salvou. Me resgatou de um destino horrível. Apenas para me surpreender com uma verdade tão estranha que fiz todo o possível para fugir dela.

Embora, como veio a se descobrir mais tarde, ela sabia o que os médicos não sabiam.

Eu não era louca.

Não era assombrada por delírios.

Os corvos e os brilhantes eram todos reais. Eu não era a primeira a passar por aquela experiência. Todo Buscador recebe seu chamado – simplesmente era a minha vez.

É o legado da família Santos. O direito de nascimento passado para o filho primogênito por gerações demais para serem contadas. Pelos primeiros dezesseis anos, permanece adormecido – mas, uma vez que emerge, o mundo todo vira de cabeça para baixo. E ainda que seja tentador fugir, é melhor aceitar que o destino nem sempre é uma escolha. Para aqueles que tentam negar isso... nunca acaba bem.

Meu pai, Django, é o exemplo perfeito.

Sua morte trágica e prematura fez com que Paloma ficasse ainda mais determinada em me salvar.

Como a última da linhagem, sou a única que tem a chance de deter os Richter. Mas com meu treinamento precocemente interrompido por causa da recente doença de Paloma, dificilmente estou pronta para a tarefa.

Observo-a se erguer na ponta dos pés, esticando os braços para pegar duas canecas do armário sobre sua cabeça. Seus membros parecem contraídos, duros. Como se as articulações precisassem ser lubrificadas a fim de se moverem com facilidade novamente. A visão daquilo serve como uma amarga lembrança da recente perda de sua alma, que reivindicou toda sua mágica e quase sua vida – uma das muitas razões pelas quais preciso encontrar Cade e seus ancestrais mortos-vivos antes que as coisas continuem a piorar.

Fecho os olhos e inspiro profundamente. Encho minha cabeça com os aromas do chá de ervas com especiarias, dos biscoitos de gengibre sem açúcar que estão esfriando sobre o fogão e da fascinante fumaça dos troncos empilhados verticalmente que queimam na lareira de canto. O estalar e o crepitar melódicos que proporcionam uma trilha sonora ironicamente calmante para as más notícias que chegam.

– *Nieta* – ela deposita uma caneca fumegante de chá diante de mim e senta-se no lado oposto.

Aqueço minhas mãos em ambos os lados da caneca e assopro algumas vezes antes de me aventurar no primeiro gole. Então olho para minha avó e digo:

– Nenhum sinal deles ainda.

Ela assente, fazendo o melhor possível para manter a expressão estoica, imutável.

– Quer dizer, isso não é inteiramente verdade... – minha voz se perde junto com meu olhar. Asseguro a mim mesma que posso fazer isso. Eu tenho de fazê-lo. No mínimo, devo a verdade a ela. Limpo a garganta e recomeço. – O que quero dizer é, ainda que não tenhamos sido capazes de encontrá-los, definitivamente há sinais da presença deles... – Descrevo o dilúvio de peixes mortos que encontramos na Fonte Encantada (estrategicamente omitindo um pouco por que estávamos lá), mas, além de mexer nas mangas de seu suéter, ela continua sentada tranquilamente, sem demonstrar nada. – E não há sinal algum de Cade. Ele não tem ido à escola... nem à Toca do Coelho. Ninguém o tem visto, e não tenho mais certeza do que fazer, onde procurar.

Meus olhos procuram os de Paloma, buscando orientação, respostas, qualquer coisa. Mas ela apenas assente em resposta, insistindo que eu termine meu chá e desfrute um de seus deliciosos biscoitos de gengibre antes de se levantar da mesa e me levar até meu quarto, onde senta na beirada da minha cama e me pede que abra o belo baú pintado à mão que me deu na noite em que ficou doente.

Abro o cadeado e espio o conteúdo. Meu coração acelera em antecipação por qualquer pedacinho de mágica que ela esteja disposta a compartilhar. Já se passaram semanas desde que me ensinou a rastejar com os lagartos e voar com as aves – misturando minha energia com a energia deles até que pudesse vivenciar a experiência deles como minha. E a verdade é que sinto falta de nossas aulas. Sinto falta de nossas conversas e do tempo que passamos juntas.

Além de cozinhar minhas refeições e de cuidar de mim (apesar de meus protestos de que isso não seja realmente necessário, de que graças à minha mãe e à minha existência nômade, venho cuidando de mim mesma desde criança), ela passou as últimas semanas em geral descansando. E apesar de Pé Esquerdo assegurar que ela logo estaria recuperada, até agora não tive nenhuma boa razão para acreditar nele.

A disposição de Paloma de retomar meu treinamento como Buscadora é o primeiro sinal concreto de que ela realmente possa estar melhorando. E ainda que não haja dúvida de que as coisas nunca mais serão como antes, não há motivo para que não possamos avançar de onde estamos agora.

– A manta. – Ela aponta na direção de uma intrincada manta feita à mão, dobrada cuidadosamente no fundo. – Abra-a diante de você e coloque cada objeto sobre ela.

Faço o que ela pede. Coloco lado a lado o chocalho de couro cru pintado à mão e o tambor com a figura de um corvo de olhos púrpura. Então começo uma nova fileira reservada para as penas. Cada uma delas tem uma etiqueta identificando seu uso – a pena de ganso para poderes transformadores, a pena de corvo para poderes mágicos e a pena de águia para enviar orações. E, logo abaixo delas, coloco o pêndulo com a pequena ametista presa na ponta. O baú agora está vazio, exceto pelo bilhete amassado que Paloma me deixou, sua letra cuidadosa prometendo um dia me mostrar a mágica que vive dentro de todas aquelas ferramentas – um dia que eu começava a temer que não fosse chegar.

Levanto a longa pena negra e a agito diante de mim. Admito que parece um pouco com aquela que uso em minha algibeira, só que maior, muito maior.

– Como seu espírito animal, o Corvo está sempre preparado para guiá-la. Você o chamou, *nieta*?

– O tempo todo – dou de ombros, minha voz tão desanimada quanto meu rosto. – Mas ultimamente parece que ele mais *segue* do que *guia*. Simplesmente senta no pescoço do Cavalo como se estivesse ali apenas pelo passeio, enquanto Dace e eu vagamos de um lado para o outro, praticamente sem rumo.

– E o Cavalo? – sua coluna se endireita enquanto seus olhos se estreitam fitando os meus.

– Mesma coisa. Se Dace não o atiçasse, passaria o tempo todo pastando. É como se quanto mais precisássemos deles, mais preguiçosos ficassem, até o ponto de quase não cooperarem. E isso parece piorar a cada dia.

O rosto de Paloma empalidece, seus olhos brilham alarmados. O efeito dura apenas um segundo antes que ela volte à sua calma habitual, serena, determinada a ocultar as preocupações que a importunam.

Mas agora que notei isso, não tenho a intenção de deixar para lá. Se Paloma está pronta para retomar meu treinamento, então precisa ser honesta e parar de guardar segredos. Se é verdade o que diz, que, como Buscadora, sou a única esperança que resta, então me poupar dos fatos só vai acabar colocando todos os demais em perigo.

– Paloma – digo, com uma voz repleta de urgência. – Você precisa ser direta comigo. Preciso que me diga a verdade, não importa o quão horrível seja. Quando você me disse que uma Buscadora precisa aprender a enxergar na escuridão, a confiar no que sabe em seu coração, presumi que estava falando metaforicamente. Mas ultimamente comecei a achar que eu e o Dace realmente estivéssemos só tropeçando no escuro, e ajudaria muito se você pudesse esclarecer um pouco as coisas. De verdade, *abuela*, estou pronta. Não precisa me proteger.

Ela levanta o queixo e respira profundamente. Seus dedos delicados alisam os vincos de seu vestido fresco de algodão.

– Pelo que você está me contando, parece que o Corvo foi corrompido. E o Cavalo também. E ainda que não estejam trabalhando contra vocês, também não estão atuando a seu favor. Tudo isso significa que temos que confiar em outras fontes para conhecimento e orientação até que possamos expulsar aqueles Richter do Mundo Inferior e retomar o equilíbrio. – Ela suspira suavemente, balançando a cabeça. – Eu temia que isso pudesse acontecer. E, acredite em mim, *nieta*, os peixes mortos são apenas o início. Se não os determos logo, não vai demorar até que os efeitos sejam sentidos nos mundos Mediano e Superior também. Cada mundo é dependente dos demais. Quando um é corrompido, os outros caem no caos, o que é exatamente o que Cade quer. Quando os espíritos animais não forem mais capazes de nos guiar e nos proteger, isso vai permitir que ele fique livre para governar como desejar.

Meus dedos buscam instintivamente a suave algibeira de camurça que uso no pescoço. Procuro a forma do pequeno corvo de pedra e da pena negra de corvo que marcaram o início e o fim da minha busca da visão. Objetos que certa vez considerei sagrados, a principal fonte do meu poder, mas que agora não me dão mais essa certeza. Assim como o meu guia, o Corvo, será que eles foram corrompidos também?

– Não devo mais usar isto? – pergunto, surpresa pelo pânico que toma a minha voz. Fiquei tão acostumada a usar a algibeira que não posso suportar ficar sem ela.

Paloma se move em direção à manta.

– Por que não consultamos o pêndulo? – ela se junta a mim, no chão. Nós duas sentamos lado a lado, com as pernas cruzadas, joelhos quase se tocando, enquanto suspendo o pêndulo com a ponta dos dedos, até que ele para de se mexer por conta própria. – O pêndulo serve como uma ferramenta muito poderosa de adivinhação. Mas não se engane, *nieta*. Ainda que seja fácil pensar nele como mágica, a resposta que ele fornece vem de um lugar bem dentro de você.

Eu aperto os olhos, sem ter certeza de haver entendido.

– O pêndulo simplesmente sintoniza sua consciência superior e recupera as respostas que você já sabe, mas que pode não conseguir ter acesso imediato a elas.

– Então você está dizendo que ele vê pela escuridão para encontrar o que eu já sei no meu coração?

– Exatamente. – Ela retribui meu sorriso com uma risada suave que se espalha instantaneamente, alegrando o quarto. – Muitas vezes, nos afundamos tanto em escolhas e indecisões que não conseguimos mais acessar a verdade que vive dentro de nós. É quando o pêndulo entra em ação. Ele ajuda a romper com a desordem para chegar ao cerne da questão.

– Então, como começamos? – Encaro o cristal, ansiosa para dar início à longa lista de questões que lotam minha cabeça.

– Primeiro, quero que feche os olhos e se imagine cercada de luz.

Permaneço como estou, entortando os lábios para o lado, duvidando da validade daquilo.

– Sempre que se envolver com qualquer tipo de atividade adivinhatória, mesmo se estiver apenas adivinhando as respostas que estão aí dentro, você precisa se proteger antes.

– Me proteger exatamente do quê? – Franzo o cenho, incerta de onde ela quer chegar com aquilo.

– De entidades sombrias. Formas espirituais inferiores – ela captura meu olhar. – Você pode não vê-los, mas eles estão sempre espreitando, estão sempre presentes. Podem ser encontrados em todas as dimensões do Mundo Mediano e prosperam tirando a energia dos outros. É por isso que você sempre tem que tomar bastante cuidado e se proteger contra eles, e nunca permitir que possam se agarrar a você. Eles são trapaceiros. São capazes de causar grandes danos e se aproveitarão de qualquer brecha que você lhes der. Então não lhes dê nenhuma, ok?

Isso é o suficiente para que eu feche os olhos e me visualize cercada por um brilhante halo de luz branca.

– Ótimo – sua voz é suave, satisfeita. – Agora precisamos determinar quais direções indicam uma resposta negativa e quais indicam uma positiva. Então, vamos começar colocando algumas poucas questões, algumas para as quais já conhecemos a resposta, e ver como ele responde.

Abaixo os olhos, encarando intensamente a pequena ametista que está encravada na ponta do pêndulo. Tento manter a voz séria quando digo:

– Meu nome é Daire Lyons-Santos?

Observo com espanto quando o pêndulo começa a balançar por conta própria. No início é um lento movimento para frente e para trás, mas não demora até que comece a girar em sentido horário, apesar do fato de meus dedos não se moverem.

– Acho que podemos presumir que sentido horário significa sim – olho para Paloma, que concorda com a cabeça.

– O pêndulo deve ficar mais lento por conta própria e, uma vez que isso aconteça, você deve esperar até uma parada completa antes de fazer uma pergunta que sabe que resultará em uma resposta negativa.

Foco no pêndulo. Envolvida pela animação de treinar com Paloma novamente – de acessar a mágica que está na ponta dos meus dedos –, decido fazer uma pergunta que não só vai resultar em um retumbante *não* como também já me faz rir:

– Pêndulo, diga-me: estou apaixonada por Cade Richter?

Aperto os lábios, tentando segurar a risada, mas não adianta. É uma ideia ridícula demais. Além disso, Paloma me disse para fazer uma pergunta que resultasse em um inequívoco *não*, e perguntar se estou apaixonada por Cade definitivamente se encaixa nisso.

Encaro o pêndulo, e meu entusiasmo rapidamente se transforma em confusão quando ele começa a girar no sentido horário outra vez. Primeiro girando devagar, depois pegando ritmo com rapidez, até que a ametista começa a rodopiar em uma velocidade vertiginosa.

Desesperada para detê-la, agarro a pedra com a mão. Aperto com tanta força que a pedra afiada e pontiaguda corta a ponta do meu dedo, provocando uma fina corrente de sangue.

– É óbvio que não está funcionando – digo, minha voz sem a mesma confiança das minhas palavras. – Ou isso ou então o pêndulo não tem senso de humor e está tentando me dar uma lição...

Meu discurso é interrompido por Paloma:

– O pêndulo tem um único propósito: revelar a verdade que está dentro de você. Isso é tudo, *nieta*.

Franzo o cenho, descontente.

– Você nunca deve se esquecer que Dace e Cade são uma alma partida, o que faz deles duas metades de um todo. – Sua voz é gentil assim como a mão que pousa em meu joelho.

– Sim, duas metades *bem diferentes* – replico, as palavras tão afiadas e amargas quanto me sinto neste momento. – Dace é bom... Cade é mau.

Dace, eu... – Faço uma pausa, sem estar pronta ainda para admitir a palavra com *A*, mesmo sabendo que foi Paloma quem me disse que estávamos destinados um ao outro. – Eu me preocupo profundamente com o Dace... O Cade, eu odeio.

Derrubo o pêndulo sobre a manta e esfrego o dedo pelo meu jeans, deixando uma leve trilha de sangue. Então estendo a mão para a fileira de penas, escolho a da águia, aquela para enviar orações, ansiosa para seguir adiante com a aula.

– Então, como isso funciona? – Agito-a diante de mim. Quero deixar o desastre com o pêndulo para trás e encaro com desânimo quando Paloma tira a pena de mim e coloca o pêndulo novamente em minhas mãos.

– Você deve tentar novamente, *nieta*. Faça outra pergunta desta vez... uma que definitivamente resultará em um *não*.

– Eu já o fiz! Qual o objetivo disso? – Grito, instantaneamente arrependida pelo tom de voz duro. Mas, de verdade, aonde ela quer chegar? – Acredite em mim quando digo que eu amar Cade é a coisa mais ridícula possível. É repugnante. Grotesco. Sem fundamento. É a descrição de um pesadelo. É minha versão pessoal do inferno. É a definição de *não*!

Balanço a cabeça e fecho a cara. Murmuro uma série de palavras enraivecidas enquanto Paloma permanece sentada pacientemente ao meu lado, esperando que eu retome a tarefa. Mas não vai acontecer. Estou muito zangada. Muito perturbada pela reação dela ao escolher acreditar em um pêndulo idiota em vez de acreditar naquilo que sei que é verdade.

Ficamos sentadas por um tempo – Paloma em silêncio, eu irritada, enfurecida. E então percebo – ela está me escondendo alguma coisa.

– O que você não está me dizendo? – Olho para ela, desconfiada. – O que está acontecendo aqui... Qual é o objetivo real de tudo isso?

Fico em pé, os joelhos tremendo tanto que luto para manter o equilíbrio.

– Me diga! – Insisto, as palavras sibilando entre meus dentes cerrados. – Simplesmente me diga, o que quer que seja. Porque eu juro para você, o que estou pensando é muito pior do que a verdade jamais poderia ser.

Ela estende o braço para segurar minhas mãos, aperta-as com força entre as suas e me puxa de volta ao seu lado.

– Não, *nieta* – ela diz, a voz tão preocupada que só faz com que eu me sinta pior. – Se há uma coisa que aprendi é que, aqui em Encantamento, a verdade é quase sempre muito pior do que qualquer coisa que a mente é capaz de imaginar.

quatro

Tento de novo.

E de novo.

E ainda mais algumas vezes além daquelas – e o resultado nunca muda.

Toda vez que faço ao pêndulo uma pergunta que deveria resultar em um inegável *não*, ele responde girando em sentido anti-horário. E toda vez que repito aquela sobre se amo Cade, ele gira no sentido oposto.

O ritual me deixa tão corada e frustrada que não posso deixar de dizer abruptamente:

– Paloma... que diabos é isso? – Fecho a cara, sem ter ideia do que aquilo pode querer dizer, por que o pêndulo insiste em me torturar.

E então me lembro de algo que a Guardiã de Ossos disse. Algo sobre Dace ser o Eco.

O que condiz com a provocação de Cade, na última vez que o vi:

Você tem trabalhado para mim desde o dia em que começou a ter aqueles sonhos com meu irmão... você sabe, o Eco.

Um eco é uma repetição.

Algo refletido.

Uma figura da mitologia grega que ansiava por Narciso, até que tudo o que restou foi sua voz.

Como isso poderia estar relacionado com Dace?

Observo o rosto de Paloma, em busca de alguma resposta.

– Eles estão conectados, *nieta*. É tudo o que sei. E até onde essa conexão vai é algo que você precisa descobrir. Mas claramente é profunda o suficiente para o pêndulo confundir os dois.

– Não é possível! – digo. – Eles não têm *nada* a ver um com o outro!

Mas Paloma apenas assente e coloca sua mão sobre a minha.

– Meu cliente logo estará aqui – ela diz. – Vamos passar para as penas enquanto ainda temos tempo.

Quando o cliente de Paloma chega, me preparo para ir embora. Mas quando passo por uma janela e vejo o céu escuro e ameaçador, dou uma rápida meia-volta e retorno para meu quarto, onde paro diante do guarda-roupa, pesando minhas opções.

Por mais que ame a velha jaqueta de exército que sempre uso – que ganhei de uma figurinista de um filme de sucesso em que Jennika trabalhou há alguns anos –, ela não é páreo para o frio do Novo México. Preciso de algo mais pesado, mais grosso, algo que realmente possa me defender contra o frio rigoroso do inverno.

Observo meus escassos pertences, que consistem de jeans, regatas, botas de cano enrugado e não muito mais do que isso. A coisa mais quente que tenho é o suéter negro de gola V que comprei em um free-shop no aeroporto Charles de Gaulle, a caminho do Marrocos, para que tivesse algo confortável para usar no avião.

Pelo menos viver com uma mala me ensinou a manter meus pertences reduzidos ao mínimo. Livros, roupas, sapatos, joias – qualquer coisa que não me sirva mais é doado ou deixado para trás. E já que minha última parada foi Los Angeles, estou um pouco deficiente no que se refere a roupas de inverno.

Tamborilo os dedos contra os quadris, torço a boca para o lado e encaro como se estivesse esperando que algo novo aparecesse. Me pergunto se talvez Paloma poderia me empresta alguma coisa até que eu consiga ir a uma loja de roupas decente, ainda que duvide que ela tenha algo que me sirva. Não importa o quão baixa a temperatura esteja, nunca a vi usar nada mais pesado do que os vestidos caseiros de algodão e o cardigã.

Levanto os olhos e sondo a ainda inexplorada caixa de papelão marrom na prateleira de cima do armário. Embora eu tenha vivido neste quarto nos últimos meses, ainda tenho dificuldade de pensar nele como meu. Acho que não estou acostumada a reivindicar um espaço, qualquer espaço.

Desde que eu era criança, todos os meus lares foram temporários, na melhor das hipóteses. E apesar de Paloma me dar rédea livre para fazer o que for preciso para tornar o quarto meu, os únicos sinais de minha existência são os poucos itens de roupa ocupando o guarda-roupa, o pequeno estoque de meias e roupas íntimas na cômoda alta e o laptop que coloquei sobre a velha escrivaninha de madeira – tudo o que pode caber facilmente em uma mochila de viagem quando é hora de partir.

Este quarto ainda é de Django, e é assim que gosto dele. Faz com que me sinta perto de meu pai, de uma maneira que nunca tinha vivenciado até agora.

Há uma foto dele em uma bela moldura de prata que fica na cômoda – tirada quando ele tinha dezesseis anos, a mesma idade que tenho agora. E as iniciais dele estão cravadas na escrivaninha no espaço próximo ao meu computador – irregulares D.S., com metade do tamanho da minha mão. Até mesmo o apanhador de sonhos que está pendurado sobre o parapeito da janela pertence a ele, então acho que sempre presumi que o conteúdo da caixa na prateleira de cima fosse dele também. E, até agora, não sentia que tinha o direito de bisbilhotar.

Embora meu um metro e sessenta e sete não seja exatamente o que eu chame de baixa, a prateleira ainda está um pouco alta para que eu possa pegar a caixa sem arriscar a derrubar tudo sobre minha cabeça. Considero a hipótese de aproximar o elaborado baú pintado que guarda minhas ferramentas de Buscadora para que eu consiga subir e pegar a caixa, mas então tenho outra ideia.

Decido usar um pouco da mágica que venho praticando, a telecinesia que tenho trabalhado para aprimorar, e me concentro na caixa. Emprego o conselho de Paloma de *pensar a partir do fim*, afirmando que a magia é o segundo ingrediente mais importante, vindo logo depois da intenção.

– *O universo se ocupará dos detalhes* – ela disse. – *A coisa mais importante que você pode fazer é declarar sua intenção e então visualizar o resultado como se já estivesse feito.*

Então, em vez de imaginar a caixa se erguendo da prateleira e flutuando levemente até o chão como eu costumava fazer, imagino-a já segura ao lado dos meus pés. Apenas para vê-la decolar da prateleira e se espatifar no chão. Acho que ainda tenho de trabalhar alguns pontos da telecinesia.

Olho para o chão, esperando que Paloma não tenha ouvido o barulho e decida investigar. Então me abaixo ao lado da velha caixa e abro as abas. Instantaneamente sou tomada por uma baforada de pó, mofo e um profundo aroma terroso de especiarias, algarobo e alguns outros odores sem nome que agora associo com este lugar.

Remexo o conteúdo. Passo a mão de leve sobre um velho suéter tricotado à mão que rejeito ao primeiro olhar, uma velha camisa de flanela desgastada quase até a morte, uma pilha de camisetas amareladas que um dia foram brancas... até que encontro uma jaqueta preta desbotada que pode ser um pouco grande, mas que definitivamente servirá para meu propósito.

Prestes a fechar a caixa e guardá-la novamente no lugar, noto uma pilha de papéis arrumada no fundo e decido vê-los também. Encontro um velho boletim de Django, com A em espanhol e educação física, um B+ em inglês e C tanto em história quanto em ciências. Balanço nos calcanhares e passo suavemente os dedos pela página amassada. Fecho os olhos e tento imaginar como ele era naquela época – um garoto bonito, com um nariz como o meu, um estudante mediano destinado a um destino não tão mediano que não foi capaz de encarar.

Deixo o boletim de lado e remexo um pouco mais no fundo. Me sentindo estranhamente culpada por espionar, mas igualmente ansiosa por qualquer coisa que possa conseguir, leio tudo. Mais boletins, horários de aula, um bilhete dobrado de uma garota chamada Maria, que estava obviamente interessada por ele, se a fileira de coraçõezinhos nas laterais da folha são algo para levar em consideração. Depois de um tempo, encontro o bilhete que ele deixou para Paloma no dia em que fugiu, sem ter ideia de que sua jornada seria ao mesmo tempo trágica e curta. Não muito depois de chegar à Califórnia, ele se apaixonou loucamente por minha mãe e a engravidou, apenas para terminar decapitado em uma movimentada rodovia de Los Angeles antes que ela pudesse lhe dar a notícia.

Respiro profundamente, incapaz de evitar que minhas mãos tremam, e leio:

Mama,

Quando ler isso, eu já terei ido embora, e ainda que fique tentada a vir atrás de mim, imploro que, por favor, me deixe ir.

Sinto muito por qualquer decepção e dor que eu possa ter causado. Nunca foi minha intenção magoar você. Tenho sorte de ter uma mãe gentil, amorosa e que me apoia, e espero que entenda que minha partida não tem nada a ver com você como pessoa.

Este lugar está me sufocando. Não aguento mais. Preciso ir para longe – para um lugar onde ninguém me conheça.

Onde as visões não possam me encontrar.

Você fala de sina e destino, mas eu acredito em livre-arbítrio. O destino que escolho é um que acontece em um lugar muito longe daqui.

Entrarei em contato quando estiver instalado.

Com amor,
Seu Django

Leio o bilhete de novo.

E então uma vez mais.

E depois de lê-lo tantas vezes até perder a conta, dobro-o cuidadosamente, coloco-o no fundo da caixa e a devolvo ao seu lugar.

Então pego a velha jaqueta desbotada de meu pai e revisto todos os bolsos. Mexo lentamente em cada costura, parando quando descubro algo pequeno e suave, embora surpreendentemente pesado.

Desdobro meus dedos, revelando uma pequena réplica em pedra de um urso esculpido no mesmo estilo do corvo que uso em minha algibeira. Aquele que foi misticamente esculpido logo depois da minha primeira visita ao Mundo Inferior, quando fiz a jornada da alma ajudada pelo chá de Paloma. E não consigo deixar de me perguntar se foi assim que o Urso chegou até ele também.

Sempre presumi que Django, assombrado pelas horríveis visões que marcam o início do chamado de todo Buscador, partira muito antes que Paloma pudesse partilhar o ritual com ele – mas agora já não tenho certeza.

Mesmo assim, estou feliz de ter uma lembrança de meu pai, não importa o quão pequena seja. Então o acrescento à minha coleção de talismãs e recordo o que Paloma disse logo após o pêndulo confirmar que eu devia continuar usando a algibeira: *Vocês não devem abandonar os espíritos animais quando não foi escolha deles abandonar você.*

Atravesso o jardim, abrindo caminho pelos vários canteiros. Um para as ervas que Paloma usa em seu trabalho como curandeira, um para frutas e vegetais orgânicos que usa para preparar nossas refeições. Paro para inspecionar o pedaço de terra reservado para seus experimentos híbridos – onde estranhas plantas deformadas brotam da terra, eternamente floridas, não importa a estação –, antes de continuar além da fonte e do pequeno banco de madeira, finalmente parando no estábulo de Kachina.

Quando vejo meu gato adotado cochilando no canto, tomo um grande cuidado para me aproximar em silêncio. Mesmo assim, no mesmo segundo que sente minha presença, sua cabeça levanta, as orelhas empinam, ele fica em pé e sai em disparada – saltando a cerca mais próxima e desaparecendo no quintal do vizinho.

– Parece que o Gato ainda me odeia. – Acaricio os bigodes de Kachina, passo a mão pela crina perfeitamente listrada de marrom e branco enquanto ela relincha suavemente em cumprimento. – Acha que você podia falar bem de mim? Lembrá-lo que sou aquela que o alimenta, que sou aquela que o resgatou?

Kachina me cutuca de lado com o nariz, empurrando-me na direção da porta do estábulo – um sinal certo de que quer que eu a solte para que possamos dar uma volta. E, ainda que eu goste da ideia tanto quanto ela, não posso deixar de pensar em todas as coisas que deveria estar fazendo.

Como voltar para a escola para que meu atraso não se transforme em falta.

Ou, mais importante, voltar para o Mundo Inferior para que possa começar mais cedo a caçada aos Richter.

Antes que consiga decidir, meu celular vibra com uma mensagem de texto de Dace que diz:

Senti sua falta no intervalo – você está bem?

Hesito. Dividida entre a necessidade esmagadora de vê-lo e sabendo que, se eu der a mínima pista que estou pensando em ir caçar, ele não apenas faltará na escola como provavelmente no trabalho também, a fim de me ajudar. E não posso deixá-lo fazer isso. Se ele tem alguma esperança de ir para a faculdade, precisa manter a média de notas tanto quanto precisa aumentar seu salário.

Então digito em resposta:

Não se preocupe. Está tudo bem. Estou com Paloma. Nos vemos à noite, depois do trabalho?

Mordo o lábio inferior enquanto espero sua resposta. Sinto-me culpada pela mentira – uma mentira sem importância, mas ainda assim uma mentira – enquanto asseguro a mim mesma de que tive de fazer isso.

Assim que ele responde, concordando em me encontrar mais tarde, jogo uma rédea em Kachina, subo em suas costas e a faço sair do estábulo. Levo-a pela esburacada estrada de terra, com um destino em mente.

cinco

Certa vez, Paloma me contou que Encantamento é um lugar com muitos vórtices. Disse que contém numerosos portais que permitem acesso aos outros mundos e que, em breve, aprenderei a distinguir todos eles.

Apesar de suas afirmações, até agora só encontrei três. Um na caverna onde sobrevivi à minha busca da visão, um na reserva onde Dace foi criado e um no andar mais inferior da Toca do Coelho.

Com o vórtice da Toca do Coelho não só em território inimigo como bem protegido por demônios e a caverna a quilômetros de distância, levo Kachina para a reserva. Não é sempre que tenho passe-livre da escola, então o melhor é aproveitar e escolher o portal mais próximo.

Fazemos nosso percurso por uma série de estradas de terra, Kachina mantendo um ritmo lento e constante até que chegamos a um campo aberto. Me inclino até seu pescoço e solto suas rédeas. Desfruto a sensação dela correndo embaixo de mim, o vento acertando meu rosto com força, desejando poder me sentir sempre tão leve, livre e aliviada quanto agora.

Quando chegamos à terra nativa, Kachina diminui o passo. Toma o caminho na direção do bosque de juníperos retorcidos – os ramos grosseiramente distorcidos por causa do constante turbilhão de energia que marca a entrada dos mundos invisíveis –, enquanto eu vasculho a área em busca de sinais dos anciãos, de Pé Esquerdo ou Chay – nenhum dos quais me importaria encontrar – e Chepi – quem espero evitar. Mas a reserva está tranquila hoje, então desço do dorso de Kachina, passo a mão sobre sua crina e digo:

– Não precisa me esperar. Chamarei você se precisar ou voltarei sozinha.

Ela bufa, as narinas se dilatando enquanto me lança um olhar dúbio. Isso faz com que eu lhe dê um tapinha de leve nas ancas e repita minhas instruções:

– Confie em mim – digo a ela. – Você não vai querer me seguir. A jornada é desagradável. Agora vá!

Ela relincha em resposta e sai trotando rapidamente, enquanto dou uma boa olhada ao redor para me assegurar de que ninguém esteja me observando, caminho entre as árvores e deslizo para dentro da terra.

Caminho entre a lama. Viajo pelo coração da terra, com as palmas das mãos pressionadas com força contra o rosto, em um esforço de me proteger contra o emaranhado de raízes, vermes e outras coisas lisas e viscosas que proliferam no escuro. Ao contrário das minhas primeiras viagens ao Mundo Inferior, já não luto. Finalmente aprendi que, quanto menos resistir, mais rapidamente serei entregue aonde quer que esteja destinada a chegar.

Assim que saio do túnel, escorrego até parar. Meus calcanhares enterram no chão enquanto abaixo lentamente as mãos para me ajustar à luz. Não estou nem um pouco surpresa em descobrir que aterrissei na vasta praia de areias brancas (este rapidamente se transformou em um dos meus mais constantes pontos de chegada) e que o Corvo não está aqui para me receber. Aparentemente, Paloma estava certa quando disse que ele já não trabalha para mim. Mas a questão permanece: estará trabalhando contra mim?

Sacudo a terra das roupas e vou até a costa. Procuro os golfinhos rodopiantes, as baleias irrompendo da água e todas as outras criaturas que me acostumei a ver. Mas, embora o mar pareça tão calmo e convidativo quanto sempre – pelo menos, visto de longe –, não há sinal de atividade, nenhum sinal de vida. Nem mesmo os habituais cardumes de peixinhos prateados estão em algum lugar visível. A água está mais escura, mais turva, e quando mergulho meu dedo nela, ele sai coberto por uma camada gordurosa de lodo escuro.

Limpo a gosma em meu jeans, observando horrorizada quando o mesmo dedo incha e queima em um brilhante e colérico vermelho. A água está poluída – absurdamente poluída. Não tenho dúvidas de que é a mesma contaminação responsável por matar aqueles peixes que encontramos na fonte termal, e que Cade Richter está fazendo isso.

E é só dar uma rápida olhada ao redor para que eu comece a me sentir pequena, oprimida e muito mal se comparada à tarefa que tenho nas mãos, até que eu mesma me vejo apostando contra mim.

Sem a orientação de Corvo, sem Dace ao meu lado, não tenho ideia por onde começar. O Mundo Inferior é um lugar imenso com muitas dimensões e nenhum final concebível. É como encontrar uma agulha em um palheiro.

Agarro minha algibeira de camurça suave e enrolo meus dedos nela. Esperando que o pêndulo esteja certo, que eu realmente deva continuar usando isso de boa-fé, faço um pedido silencioso de ajuda. Apelo para os elementos, para meus espíritos ancestrais – qualquer pessoa ou coisa que estiver disposta a me orientar. Então guardo a algibeira no lugar e começo a caminhar sem nenhuma direção real em mente, mas determinada a cobrir o máximo de terreno que for capaz.

Ainda que eu realmente não tenha visto nenhum Richter morto-vivo, a presença deles pode ser sentida na falta do gorjeio dos pássaros, na ausência de animais brincando. Até mesmo o Vento, meu elemento-guia, normalmente tão disposto em servir, é sentido apenas por sua falta – resultando em um pesado silêncio sombrio que me cerca. Enquanto isso, o terreno fica mais desolado a cada passo que dou.

Os gramados normalmente tão exuberantes e verdes são agora uma colcha de retalhos enlameada em tons de marrom. O bosque de árvores altas, em geral coberto com um grosso cobertor de folhas, foi reduzido a um mero esqueleto do que era anteriormente. Seus troncos queimados e esburacados, a folhagem seca remanescente espalhada nas bordas – é o oposto de tudo o que espero deste lugar.

Penso em fazer uma visita à Guardiã de Ossos, mas abandono a ideia rapidamente. Ela pode ter uma certa percepção sobre o meu destino e o de Dace, pode saber exatamente o que é o Eco, mas também deixou claro que está muito mais disposta a zombar do que a ajudar. Além disso, duvido que esteja minimamente incomodada com a transformação deste lugar. Ossos são seu ofício, e a morte é o veículo que os leva até ela.

Continuo a andar, caminhando pelo que parece ser uma eternidade. Bem além do ponto em que meus pés estão com bolhas e doloridos, minhas pernas trêmulas e cansadas.

Continuo até ter certeza de que não consigo mais – e então vou um pouco além.

Paro quando chego a uma pedra arredondada grande e lisa, onde me jogo e enterro o rosto nas mãos. Me pergunto o que fazer em seguida. Me pergunto como vou ter êxito quando tudo o que pareço fazer é vagar em círculos sem nenhum sinal de progresso.

Estou tão imersa em desespero que quase não escuto o barulho de asas batendo sobre minha cabeça.

O Corvo.

Meu Corvo.

Seus olhos púrpura brilham descontroladamente enquanto ele faz um círculo perfeito sobre mim.

Franzo o cenho, incerta se devo confiar nele. Há uma boa chance de ele estar trabalhando para o inimigo... Ou talvez simplesmente respondendo ao meu chamado de ajuda.

Ele pousa ao meu lado, os olhos púrpura brilhando quando derruba um botão de flor em meu colo e dá cutucadas insistentes com a ponta curva de seu bico.

Pego a flor pelo caule, examinando as pétalas acetinadas, tentando lembrar onde vi esse mesmo botão, quando o Corvo abaixa a cabeça e bica minha perna com força.

Faço cara feia. Empurro-o para longe do meu joelho. Observo-o abrir as asas e levantar voo – circulando insistentemente sobre minha cabeça até que dou um profundo suspiro e desisto. Me convenço de que mesmo que esteja me levando até algum tipo de armadilha, ainda é melhor do que vagar sem rumo. Se eu acabar no covil dos Richter, pelo menos terei algo para fazer – algo no que trabalhar. Qualquer coisa é melhor do que isto.

O pensamento desvanece no instante em que percebo que ele está me levando à Fonte Encantada, onde Dace está parado na margem. Cutucando no fundo da água com um longo ramo afiado que arrancou do dossel de trepadeiras que se espalha sobre nossas cabeças.

Trepadeiras que têm o mesmo tipo de flor que o Corvo jogou no meu colo.

– Por que você não está no trabalho? – pergunto, levando um momento para apreciar a longa linha esguia de suas costas.

Ele se vira, olhando-me lentamente, quando responde:

– Por que você cabulou a aula?

Meus olhos buscam o Corvo, agora confortavelmente empoleirado no pescoço do Cavalo, então me volto para o lugar onde Dace está.

– Acho que isso pareceu mais importante. – Estendo a mão na direção dele, enlaçando meus dedos nos dele.

– Idem. – Ele sorri, seu olhar azul-gelo fixo no meu. Mas no momento seguinte, ele está franzindo o cenho para a fonte novamente.

– Mais peixes? – pergunto. – Ou, que Deus não permita, algo pior?

Ele nega com a cabeça e cutuca a vareta na água mais uma vez. Sacode algumas vezes antes de jogar o galho de lado e dizer:

– Pior não, só estranho. Pelo que posso dizer, está perfeitamente limpa.

– Mas isso é algo bom, não é? – Estico o pescoço para olhar melhor. Confirmo que a água realmente está do jeito que a encontrei da primeira vez: borbulhante, convidativa e livre de peixes mortos e inchados. Mas um olhar para Dace me diz que ele permanece cético.

– Não há dúvida de que se foram... mas para onde? – ele pergunta.

Torço minha boca para o lado e encaro a fonte com firmeza. Noto pela primeira vez como tudo neste lugar parece mais brilhante, mais exuberante do que todas as outras vezes que estivemos aqui. As trepadeiras estão mais fartas, as flores, maiores. Até a água parece mais resplandecente. As bolhas que se juntam na superfície lembram delicadas esferas de cristal que flutuam até estourar e então são formadas de novo.

– É como se tivesse sido restaurada. – Pisco, encaro, pisco novamente. Não estou disposta a acreditar no que vejo. Olho de relance para o Corvo e me pergunto se talvez ele não esteja tão corrompido quanto pensei.

Há uma pequena parte dele que ainda está ao meu lado?

Ele está tentando me mostrar que as coisas não estão tão ruins quanto pensei?

– É como se nunca tivesse acontecido... como se nunca tivesse se contaminado. Ao contrário do resto deste lugar.

Dace olha para mim, alertado pela tensão em meu tom de voz.

– Eu vim direto para cá. O Cavalo me trouxe. Não tive a oportunidade de explorar. Está feio?

Confirmo com a cabeça. Espero que meu olhar possa transmitir o que as palavras não conseguem. Estou exausta. Meus pés estão machucados. Meu dedo ainda está vermelho e brilhante, só que agora inchado duas vezes seu tamanho normal. Observo a fonte mais uma vez, desejando dar um breve mergulho. Será que um descanso rápido vai me rejuvenescer o suficiente para sair à caça novamente?

Ajoelho ao lado da água, prestes a mergulhar o dedo, quando Dace para ao meu lado, segura minha mão e diz:

– O que aconteceu?

– Nada – sacudo a mão para me soltar dele. – De verdade. É só um pequeno corte, mas quando o mergulhei no oceano ele ficou assim. O mar está poluído. É horrível. Você tem que ver para acreditar. Mas se esse lugar é realmente encantado, se está realmente livre de toda a contaminação que há ao redor daqui, se ele realmente pode se curar, bem, então talvez também seja capaz de me curar, certo?

Dace retribui meu olhar, nem um pouco convencido.

– Olhe – digo, sem vontade de discutir. – Ou vou ficar com o dedo ou vou perdê-lo. Mas de qualquer jeito preciso tentar.

Então, antes que ele possa me deter, mergulho a mão. E o alívio que experimento é tão avassalador que não demora muito até que o restante de mim mergulha também.

seis

Mergulho na água – na água maravilhosa, morna, sedosa e suave. Seguro a respiração o máximo que posso, ciente das minhas células sendo rejuvenescidas, revividas. Os nós em meus ombros se desfazem, enquanto as bolhas dos meus pés encolhem e se fecham, deixando a pele macia e curada, sem nenhum traço de lesão.

Com minha transformação completa, volto à superfície – ressuscitada, renascida. Encontro Dace bem ao meu lado, seus olhos azuis-gelo cintilando, seu sorriso acenando brilhante como um farol, me guiando até seus braços.

Ele cobre minha boca com a sua – nossos lábios se misturando, colidindo, provando, explorando, enquanto nossas línguas se contorcem e dançam, nos encontrando e perdendo uma e outra vez. Nossos corpos se fundindo, se adaptando, à medida que suas mãos buscam minha carne, causando ondas de prazer onde quer que passem. Afastando-se ligeiramente, ele pressiona a testa contra a minha. Seu olhar embotado por um anseio que combina com o meu.

Minha respiração acelera e pressiono meu corpo contra o seu, ansiosa por reivindicar outro beijo. Mas Dace me segura com firmeza onde estou, a voz repleta de significados quando diz:

– Daire... eu amo você. – Suas pálpebras se estreitam, a mandíbula fica tensa, enquanto estuda meu rosto, esperando a minha resposta.

Essas mesmas feições se suavizam de alívio quando digo:

– E eu amo você.

Fico surpresa com o jeito que as palavras se soltaram da minha língua. Foi muito mais fácil do que imaginei. A grande e robusta muralha que passei a vida construindo, em um esforço de me proteger de momentos como este, veio abaixo com um pequeno empurrão.

Mas não demora muito até que meu coração se encha de pânico, sentindo-se vulnerável, exposto. Desacostumado a se desnudar após uma vida congelado, mantido sob quarentena e bem escondido em um canto, onde ninguém podia alcançá-lo.

Se tenho certeza de algo é que nada dura para sempre. Relacionamentos terminam, adeuses devem ser ditos, e essa é a parte na qual nunca fui boa. Sempre foi mais fácil simplesmente sair da cidade, pegar o próximo voo e nunca olhar para trás.

Respiro profundamente. Luto para me equilibrar. Me obrigo a reconhecer que as palavras foram ditas, que as muralhas ruíram e que não há como reverter isso – não há como voltar para o lugar seguro e solitário que eu chamava de lar.

Mas quando reencontro seu olhar e noto o jeito como ele transborda com reverência e amor, meu coração incha e o pânico é deixado de lado. É substituído pela pura e feliz vertigem de me libertar de minha jaula.

Digo as palavras novamente.

E então mais uma vez.

E então mais algumas vezes depois disso.

Meus lábios se movem pela linha de sua mandíbula, deslizando até a curva de seu pescoço, enquanto selo as palavras em sua carne.

Cada declaração me deixa mais fortalecida. Finalmente entendo por que dizem que o amor cura, fortalece – que o amor conquista tudo.

Me desloco até estar sentada com as pernas ao redor dele. Corro as palmas em seu peito liso como seda, coloco as mãos sobre seus ombros. Meu olhar se aprofunda, minhas intenções ficam claras. A declaração foi apenas o começo – o ato agora a seguirá.

– Tem certeza? – ele pergunta, lendo o olhar em meu rosto.

Confirmo com a cabeça. Nunca tive tanta certeza. De nada. Jamais.

Ele passa o dedo pela minha bochecha, seu toque tenro e doce, e se move para me beijar outra vez. Seus lábios pousam suavemente sobre os meus, então algo estranho e liso passa pela minha canela e cai na superfície ao meu lado.

Engasgo. Já me viro para sair da fonte, me criticando por ter acreditado – que era bom demais para ser verdade –, quando Dace me detém e me puxa de volta para seu colo. Mostra o objeto que agora está em suas mãos – uma flor madura que deve ter caído do dossel de trepadeiras sobre nossas cabeças.

Ele sorri carinhosamente, me ergue para fora da água e me coloca em uma suave colcha de grama, e deita-se ao meu lado. Me estuda com um olhar tão conflituoso – tão cheio de desejo, admiração e antecipação nervosa – que não posso deixar de puxá-lo para mim, ansiosa em lhe assegurar de que aqui é exatamente onde deveríamos estar.

Seus lábios encontram os meus, mas assim que seu beijo fica mais profundo, mais quente, ele se afasta, dizendo:

– Espero que não ache estranho... só fiz isso uma outra vez.

– Alguém que eu conheça? – Desvio o olhar, sentindo uma pequena pontada de ciúmes.

Por favor, que não seja Lita. Ou Jacy. Ou Crickett. Ou Xotichl. Ou alguém de quem eu seja amiga...

– Não – ele murmura, o olhar distante. – Ninguém com quem eu conviva mais.

Passo meus dedos pelas suaves e sedosas mechas de seus longos cabelos brilhantes, tentando disfarçar o alívio, e digo:

– Bem, ainda é uma vez a mais do que eu. – Meus olhos encontram os dele, respondendo à sua mirada curiosa. – Apesar do que deve ter ouvido sobre meu passado selvagem em Hollywood. – Sei o que ele está pensando: que alguém que viveu o tipo de vida que eu tive, que saía com alguém presumivelmente tão gostoso quanto Vane Wick, devia ter estado nesta situação pelo menos uma vez, mas sou rápida em refutar. – É sério. Nunca nem cheguei a esse ponto. Acho que estava esperando por você.

Ele se aproxima mais, sem dizer uma palavra. Seu rosto tomado de emoção quando passa um dedo ao longo da tira da minha algibeira de camurça, circulando o lugar onde ela repousa bem sobre meu coração.

Fico tão tonta com seu toque que só posso sussurrar:

– Mas já vi filmes suficientes para saber que é assim que começa...

Meus dedos descem lentamente, puxando a cueca de seus quadris, enquanto ele me livra da minha lingerie. Absorta pela simples visão gloriosa dele, permito que minhas mãos percorram a curva de seus ombros, os músculos tensos de seu peito, o vale esbelto de seu abdômen. Minha pele desliza deliciosamente contra a dele quando ele me puxa e me aperta, passa os quadris sobre minha carne e direciona seu corpo para dentro do meu.

Engasgo – aturdida pela aguda pontada de dor que logo é aliviada por seus quadris pressionando e rebolando, enquanto seu coração bate descontroladamente. E não demora muito até que eu me perca na sensação. Na sensação – na magia –, na euforia dele.

Nele todo.

Me entrego à onda de esplendor que passa por mim – deixando-me desarmada, liberta. Flutuando livre de meu corpo. Elevando-me ao lado dele.

Duas almas ascendendo em velocidade vertiginosa – rodopiando através das constelações –, roçando por uma brilhante piscina de estrelas.

As palavras não são ditas, mas mesmo assim são verdadeiras: este é o momento que nos une por toda a eternidade.

O olhar dele nenhuma vez deixa o meu, ele embala meu rosto em suas mãos e me guia de volta à terra, onde me coloca em seus braços e aninha seu corpo ao redor do meu. Seu rosto enterrado em meus cabelos, sua respiração profunda, lenta, no mesmo ritmo da minha, enquanto luto para agarrar-me àquele momento. Desesperada para afastar todos os pensamentos do mundo real, mas sem nem chegar perto de conseguir, digo:

– Me recuso a me sentir culpada.

Dace se ergue, apoiado no cotovelo, e me encara, incerto de haver entendido.

– Por isso. – Viro para encará-lo, espalmando a mão contra seu peito nu, ciente da batida de seu coração. – Me recuso a me sentir culpada por nós... por parar a caçada para estar com você. – Meu olhar queima no dele, querendo desesperadamente que as palavras sejam verdade. Mas com tanta confusão ocorrendo ao nosso redor, é difícil de engolir. Mesmo assim, vou em frente. – Estive aqui embaixo por horas. Estava exausta quando o Corvo me guiou até você. E, olha, a fonte realmente me curou. – Mexo meu dedo como prova, sorrindo quando ele o segura, enrolando seu dedo no meu.

– Daire, você não precisa arrumar desculpas – ele diz. – O amor é a maior energia de todas. Não precisa de perdão nem de desculpas.

– Gosto quando diz isso – sorrio. – Na verdade, estava me perguntando quando encontraria tempo para dizê-lo.

Ele ri, jogando a cabeça para trás e expondo um pescoço esplêndido.

– Essa é uma declaração muito importante para se fazer, você sabe. Acho que queria ter certeza de que pudesse ser recíproco.

Observo-o de perto. Encantada com o fato de que ele não conseguia ver o que para mim era tão claro.

– Você duvidava de mim de verdade? – Deslizo minha perna na dele, revelando a delícia de sua pele.

Ele sorri suavemente, focando o olhar nas trepadeiras sobre nossas cabeças. Pega uma bela flor vermelha com os dedos e a coloca em meu cabelo.

– Você pode ser um pouco reservada algumas vezes... Um pouco difícil de interpretar – ele dá de ombros.

– Ah, é? – sorrio. – Então me diga, Dace Penabranca, como você interpretaria *isto*? – Puxo-o de volta para mim.

Ele responde com um beijo.

sete

– Estou feliz que este lugar tenha sido poupado. – Passo o suéter pela cabeça, enquanto Dace veste seu jeans. – É realmente encantado, capaz de se curar... exatamente como me curou.

Olho para Dace esperando uma confirmação, mas ele já não está escutando, sua atenção está voltada para outra coisa.

– O que foi? – Caminho em sua direção, mas paro quando ele se vira, pressiona um dedo contra os lábios e continua andando lentamente para a frente.

Pego minha jaqueta do chão, jogo-a no ombro e corro atrás dele. Quase me choco contra suas costas quando ele para sem aviso, apenas para espiar por sobre seu ombro e encontrar um coiote conhecido, com brilhantes olhos vermelhos, e o irmão gêmeo de Dace, Cade, parado ao lado do animal.

Então é aqui que ele esteve todo esse tempo.

Seu plano final – apesar de alguns percalços – está sendo um sucesso.

Aqueles Richter mortos-vivos – de início alimentados com o amor puro e a bondade da alma de Paloma, que permitiram que invadissem o Mundo Inferior, um mundo por muito tempo negado a eles – conseguiram causar estragos suficientes, danos e corrupção suficientes, para permitir que Cade conseguisse o acesso que desejou por tanto tempo.

Claramente recordando da última vez em que nos encontramos, quando ele abriu um buraco em meu jeans e eu respondi acertando seu focinho com um chute, o Coiote abaixa a cabeça, coloca as orelhas para trás e se prepara para atacar. Com o olhar vermelho vivo fixo em mim, ele me ataca como um borrão de presas brilhantes e garras afiadas. Com a mandíbula escancarada e faminta pela minha carne, prestes a reivindicar um pedaço, o Coiote é detido por Dace, que se joga na minha frente, oferecendo-se em meu lugar.

Eu grito horrorizada, lutando para recuperar o equilíbrio e tento intervir, mas Dace me afasta novamente com o ombro. De alguma forma, ele consegue se manter de pé, enquanto o Coiote se lança sobre ele rosnando em fúria. Ele agarra o braço de Dace com força, seus dentes na carne dele, mordendo selvagemente uma vez e outra, até que Cade o chama, agarrando a besta pelo pescoço e arrastando-a de volta a seu lado. Tento ajudar Dace e seu braço numa confusão de marcas de mordida e sangue, mas seu orgulho não deixa.

Lançando um olhar impassível nas feridas de Dace, Cade diz:

– Uma exibição nobre, mano. Muito nobre, na verdade. E, mesmo assim, incrivelmente, absurdamente ingênua. – Ele faz uma expressão de desdém e então se vira para mim com seus olhos azuis-gelo fixos na flor ainda presa em meus cabelos. – Acredite em mim. Você não poderia protegê-la mesmo se tentasse. Somente eu posso fazer isso.

– E que raios você está fazendo aqui? O que você quer? – Dace pressiona a manga rasgada com força contra o ferimento em uma tentativa vã de estancar o fluxo de sangue. Confuso pela súbita aparição de seu irmão, pelo estranho tom de voz que ele adota, pelo olhar invasivo que me dá. Tão desinformado, tão por fora do que se passa. Não posso deixar de amaldiçoar Chepi. E Pé Esquerdo também. Eles deviam ter contado para ele. Droga, *eu* devia ter contado para ele. Mas agora é tarde demais. Não tenho escolha além de ver até onde Cade vai.

– Acho que a pergunta mais apropriada é: o que *você* está fazendo aqui? Não está escalado para trabalhar? – Cade inclina a cabeça, encarando o irmão com dureza, enquanto meu olhar passa de um para o outro.

Eles partilham a mesma sobrancelha grossa, as mesmas maçãs do rosto altas, o queixo quadrado e a generosa boca bem desenhada. Apesar disso, seus comportamentos são tão distintos que é fácil esquecer que são gêmeos idênticos. Dace está tenso e confuso, enquanto Cade permanece confiante, equilibrado, com absoluta consciência de que está no comando.

– Não se preocupe – ele faz um aceno de desprezo. – Encontrarei um jeito de cobrir seu turno. É o mínimo que posso fazer depois de tudo o que fez por mim. Aliás, eu devia agradecê-lo... embora provavelmente não o farei. Expressar apreço não é meu forte.

Dace estreita o olhar, mantendo uma atenção desconfiada no Coiote, enquanto segura o braço com força, os dedos lambuzados de sangue.

– Você não tem ideia do que está acontecendo aqui, não é? – Cade sorri afetadamente. Ele passa a mão pelo cabelo negro despenteado, que é exatamente como o de Dace, tanto na textura quanto na cor, embora Cade o mantenha mais curto. – Parece que a Chepi nunca chegou a lhe dizer. E parece que sua namorada também não se incomodou em informá-lo. Falando nisso... Olá, Daire. – Ele me lança um sorriso falso. O tipo de sorriso que costumava derreter o coração de todas as garotas no Milagro, pelo menos antes de conseguirem suas almas de volta. Enfrento seu olhar por tanto tempo que luto para não me contorcer sob o peso dele. – Você parece um tanto... *radiante*. Acho que posso presumir que vocês dois desfrutaram seu pequeno refúgio.

Ao som de suas palavras, todo o meu corpo fica tenso. Beiro o pânico total quando ele aponta na direção do lugar que está bem atrás de nós.

– Você sabe, o pequeno oásis de vocês. Sua Fonte *Encantada*. A mesma com a qual você costumava sonhar, certo? – Ele passa a língua pelos dentes da frente, olhando de soslaio para mim. – Eu a encenei especialmente para você. Dobrei a quantidade de bolhas e de flores, tornei o gramado um pouco mais *macio*... o que achei que era um bom toque romântico. Julgando pelo rubor em suas bochechas, você também achou.

Minha respiração para. Minhas mãos ficam úmidas e frias. E quando estendo a mão para segurar a de Dace, descubro que ele está experimentando as mesmas reações físicas que eu.

– O que está acontecendo? O que é isso? – Dace olha para nós dois, sua expressão pesarosa e confusa, enquanto permaneço em silêncio. Ele sabe apenas parte da história. Seu irmão detém o segredo.

– Você quer a versão completa ou a resumida? – Cade remexe o bolso de sua jaqueta de camurça marrom, apanhando um isqueiro turquesa-prata e um cigarro que tira do maço.

– Quero a verdade. – Dace diz, a mandíbula tão cerrada que é obrigado a ranger as palavras.

– Tem certeza de que pode lidar com isso? – Cade ergue uma sobrancelha e aciona a roda de metal do isqueiro com a ponta do polegar. A chama resultante ilumina seus olhos vazios de um jeito que me gela até o âmago. – Afinal de contas, as mulheres da sua vida não parecem achar isso.

Dace murmura alguns insultos, avança na direção de seu irmão, pronto para acabar com tudo antes mesmo que comece.

A visão disso faz Cade começar a rir.

– Relaxa, mano. Não precisa dar um show de falsa intimidação. De verdade. – Vendo Dace dar outro passo para a frente, ele revira os olhos. – Acredite em mim e faça o que digo. Só estou tentando salvá-lo de si mesmo. Quer goste, quer não, você e eu estamos conectados de maneiras que nem pode imaginar, e é hora de você saber a verdade.

Dace se detém, parando a meio caminho entre seu irmão gêmeo e eu. É o suficiente para permitir que Cade prossiga.

– Veja, não somos apenas gêmeos, mano... Somos uma alma dividida. Idênticos na superfície e muito distintos por dentro. Me disseram que a sua é a metade boa e pura. – Ele faz uma expressão exagerada de nojo. – Enquanto a minha é pura apenas em sua perversidade... má até o osso. Ainda que nada disso me interesse. – Ele dá de ombros para esboçar sua indiferença. – *Mau* é só um rótulo desprovido de criatividade usado por perdedores patéticos que nunca conseguiram nada de interessante em suas maçantes e miseráveis vidas. Eles se apegam a falsas crenças... Usam isso para se sustentarem. Convencidos de que algum dia serão recompensados por viver uma vida inútil sem consequências concebidas... Enquanto eu estou condenado a passar a vida após a morte queimando no inferno. – Ele coloca o cigarro entre os lábios entreabertos e dá uma longa tragada, soltando a fumaça. – Diga-me, mano, eu pareço preocupado?

Dace permanece em silêncio, estático. Sua expressão é cautelosa, embora não demonstre o espanto que eu teria esperado.

– A verdade é que eles não podem suportar a verdade. Não conseguem suportar e encarar o fato de que suas vidas são inúteis, e que seu sofrimento não tem sentido. Então se exaltam com falsas promessas... enquanto me repreendem com o dedo. Idiotas. – Ele ri como se estivesse se divertindo muito com toda essa loucura. – Não se engane, sou *eu* quem vai herdar a terra. É meu destino. Foi especificamente para isso que fui criado. Veja bem, nosso pai, Leandro, é um feiticeiro poderoso que se propôs a fazer o herdeiro perfeito, e foi o que fez. – Ele passa a mão lisonjeiramente por si mesmo, a ponta do cigarro faiscando e cintilando enquanto empreende seu caminho para baixo. – No Dia dos Mortos, quando o véu entre os vivos e os falecidos é erguido, ele convocou alguns de nossos ancestrais mortos há muito tempo para lançar uma pequena magia negra em nossa mãe. Você e eu somos resultado do trabalho dele. Só que Leandro não planejou você. O objetivo dele era simplesmente partir a alma em duas: nutrindo a metade sombria enquanto a iluminada se extinguia. Mas algo deu errado, e ele acidentalmente gerou você também. Durante anos achamos que você era uma aberração, uma vergonha para o clã El Coyote dos Richter. Pensávamos que você fosse inútil, de pouco valor ou utilidade. Bem, não faz muito tempo que implorei para Leandro deixar eu matar você. – Seu olhar torna-se introspectivo, como se estivesse recordando, e logo se volta para Dace. – Ele estava prestes a permitir, quando tropecei em uma interessante informação que sugeria que você era muito mais útil do que jamais tínhamos imaginado. Acontece que você tem um propósito muito maior do que nos envergonhar...

Ele faz uma pausa dramática, saboreando o jeito como conquistou nossa atenção. Mal posso acreditar que aqui está a resposta que eu estava procurando – ou de qualquer modo, pelo menos uma delas.

Cade traga seu cigarro, apertando os olhos enquanto solta uma série de círculos perfeitos de fumaça e pausa para admirá-los. Atrasa propositadamente a revelação, apenas para provar que é ele quem está no comando.

– Ou seja, você nasceu para nos ajudar a realizar nosso destino. É a razão pela qual sobreviveu. Veja bem, você... meu irmão... é o Eco.

Lanço um olhar nervoso na direção de Dace, vendo-o estremecer, enquanto um choque de ansiedade atravessa meus membros. Preciso ouvir o que vem na sequência, mas receio a revelação com a mesma intensidade.

– Você é o meu Eco... e eu sou o seu Eco. Partilhamos o tipo de conexão que estou apenas começando a compreender. Ainda que eu seja muito sombrio para vivenciar pessoalmente essa emoção supostamente maravilhosa que você chama de *amor*, como se provou, o amor que você tem por Daire e o amor que ela tem por você me permitem um tipo de passe-livre. A Buscadora ama você, e você ama a Buscadora. – Ele abre os braços e faz uma reverência diante de nós, erguendo-se com um floreio. – Não podia pedir nada melhor! E agora, graças a um pouco de fumaça e miragens de minha parte e um pequeno ajuste na percepção de vocês, vocês não apenas declararam seu amor... mas também o partilharam.

– Você estava *assistindo*? – Dace enrubesce ultrajado, incapaz de parar nem mesmo quando o Coiote investe contra ele de novo. Suas presas afiadas se desviam para o outro braço de Dace, pretendendo machucá-lo também, quando Cade o segura no meio do salto e o arrasta de volta ao seu lado.

– Não fique se achando. – Cade nega, fazendo uma expressão de desgosto ofendido. – Confie em mim quando digo que não poderia suportar a visão disso. Só de pensar no momento de ternura entre vocês me dá enjoo. Mas não se engane. – Seu rosto endurece, seus olhos se tornando meras fendas. – Estou sempre alerta. Eu sei *tudo* sobre você, mano. Seria inteligente de sua parte se nunca esquecesse isso.

– Você é louco! – Dace rosna, alheio à trilha contínua de sangue que corre para seu pulso e seus dedos, antes de se misturar à terra sob seus pés. – Você é um monstro!

Ele avança novamente, mas Cade balança a cabeça e coloca a mão aberta no meio do peito de Dace. Segura-o apenas com uma mão, em uma demonstração de inesperada força bruta que me deixa nervosa. Depois de uma última tragada em seu cigarro, ele joga a bituca no chão e dá um empurrão em Dace, dizendo:

– Não, mano, você está errado. Estou bem além dos rótulos. Transcendo qualquer coisa que sua mente pequena possa conceber. Sou simplesmente superior... a você e a qualquer outro... como já expliquei.

Dace encara seu irmão com dureza, enquanto o Coiote o observa, pronto para atacar ao primeiro sinal de Cade.

– Embora não possa dizer que não esteja feliz que tenha desfrutado de seu ninho de amor. – Cade ri de um jeito que parece assustador, obsceno. – Do meu jeito, posso dizer que desfrutei também. Há tanta positividade e amor no ar que é como se eu estivesse completamente *transformado*!

Seus olhos encontram os meus. Aquelas íris azuis-gelo cercadas de ouro parecem quase idênticas às de seu irmão gêmeo. Só que, ao contrário do olhar caleidoscópico de Dace, que reflete tudo o que está ao seu redor, os olhos de Cade são vazios. Não refletem. Um abismo insondável absorvendo a essência de tudo o que vê.

E agora estão me absorvendo.

Puxando minha alma.

Sugando minha energia.

Determinados a me drenar, enquanto insinuam algo horrível demais para ser dito.

Seu olhar se aprofunda, suas feições se elevando em triunfo quando diz:

– Ah, sim, Santos. Temo que seja tudo verdade. Ainda que pense que possa se recusar a trabalhar comigo... Ainda que pense que possa recusar a generosa oferta que lhe fiz... você falhou em perceber que esteve trabalhando para mim esse tempo todo. Desde bem antes de chegar a Encantamento. Dace e eu somos duas metades de um todo. Estamos conectados. Entrelaçados. O que significa que o amor que você sente por ele, em pensamento, ação e mesmo em seus sonhos, serve para me fortalecer. Sou o beneficiário de cada emoção gentil e amável que vocês têm um para com o outro. O mesmo vale para os desejos sexuais.

O pêndulo!

Paloma estava certa. Eles estão conectados tão profundamente que o pêndulo os vê como um. Meu subconsciente já aceitava a horrível verdade que meu coração lutava em negar.

– Não há como evitar – Cade provoca. – Não há como desfazer o que já está feito. Vocês dois são destinados. Predestinados. E, agora, a profecia começou. Em outras palavras – seu olhar se volta de esguelha para o irmão –, a bola de neve está se dirigindo para o inferno e não há como detê-la.

As feições de Dace se aguçam de raiva. Apesar de seu braço ferido, apesar de tudo o que acabou de descobrir, ele se recusa a ceder. Se recusa a ser intimidado pelo monstro que tem como irmão.

– Sempre soube que você era louco... mas agora você atingiu um novo patamar – ele diz. – Fique longe de nós. E nem pense em se aproximar de Daire!

Ele me estende seu braço bom, tenta me levar embora, mas estou congelada no lugar. Enjoada por tudo o que Cade acaba de revelar, mas ainda mais perturbada pelas palavras que se repetem em minha cabeça:

Graças a um pouco de fumaça e miragens de minha parte e um pequeno ajuste na percepção de vocês...

Me lembro do que Paloma me contou sobre a habilidade de El Coyote de mudar a percepção das pessoas. Lembro de como Cade e Leandro brincaram com a minha durante minha primeira visita à Toca do Coelho – fazendo parecer como se o teto estivesse caindo, as paredes desabando. Como ficaram parados e observaram – pai e filho –, desfrutando do meu colapso, da minha ruptura com a realidade.

Desde que descobri a verdadeira diferença física entre Dace e Cade, quando percebi como seus olhos não são nada parecidos – algo que Paloma afirma que ninguém mais é capaz de discernir –, tinha certeza de que era imune aos truques de Cade. Tinha certeza de que ele não poderia mexer comigo. Mesmo assim, não há como negar a sacudida que senti um momento atrás, quando ele fixou o olhar no meu.

O jeito como ele balançou minha alma com força.

Solto a mão de Dace e me viro para a fonte, engasgando de horror quando vejo que o que pensei que estava curado, de volta à sua antiga glória encantada, era tudo menos isso.

– Não é exatamente o paraíso que você imaginou, não é? – A risada de Cade chega por trás. Zombadora. Provocadora. Enquanto fico boquiaberta ao ver o dossel florido antes vibrante, brotando de vida, agora transformado em um emaranhado de trepadeiras enegrecidas e mortas, infestada com ratos, caindo sobre um esgoto a céu aberto, horrível, pútrido e podre que cheira a morte.

Mesmo a relva verde aveludada onde Dace e eu partilhamos nosso amor não é nada além de um tapete queimado fervilhando de insetos.

E os ferimentos que achei que estivessem curados estão de volta – meu dedo outra vez latejando, inchado e vermelho, meus pés cobertos com bolhas supuradas que grudam em meus sapatos.

Dace solta uma torrente de palavrões e agarra minha mão com força. Me impele a partir, a fugir, a sair dali enquanto podemos. Mas não posso ir ainda. Ainda há algo para ver.

Dou meia-volta, horrorizada pela monstruosa visão que me confronta.

Meu grito abafado de angústia faz Dace se virar. Seus olhos se arregalam em descrença quando ele vê o Cade dos meus pesadelos. Aquele com os olhos brilhantes e vermelhos, um rasgo aberto como boca e um monte de serpentes de duas cabeças, ladras de alma, saindo do lugar onde sua língua devia estar.

Mas, ao contrário do Cade dos meus sonhos, este aqui rapidamente se expande como se moldado e esticado por mãos invisíveis. Sua carne adota uma estranha textura escamosa, emitindo um estranho brilho avermelhado – enquanto seu torso se alonga, seus membros se ampliam, ficam mais largos e ganham músculos grossos e delineados –, e suas roupas, não mais capazes de contê-lo, se rasgam e se desintegram, caindo como penas sobre seus imensos pés com garras. Ele fica nu, imenso e ameaçador diante de nós, com seu fiel Coiote crescendo ao seu lado – dois pares de olhos vermelhos idênticos e furiosos.

Sem dizer nada, Dace me arrasta na direção do Cavalo. Seu braço bom circunda minha cintura e está prestes a me colocar nas costas de Cavalo, mas este sai galopando, com o Corvo sobre ele. Ficamos sem outra opção além de correr por uma terra moribunda que se torna mais sombria a cada passo.

Nossa partida é ridicularizada pela voz provocadora de Cade, que grita:

– Corra, mano! Corra o quanto puder. Mas você nunca conseguirá escapar de mim. Sou seu Eco... sempre com você... sempre observando.

oito

– Há quanto tempo você sabe? – Dace caminha em sua pequena cozinha equipada. Dá dois passos até o velho fogão, um de lá até a antiga geladeira branca, mais três até a pia de porcelana manchada e então um passo e meio até o fogão novamente, onde para, esfrega a mão cansada nos olhos e me lança um olhar tão conflitante que hesito em encará-lo.

Deixo-me cair em uma cadeira próxima à mesa de madeira entalhada que é quase idêntica à da casa de Pé Esquerdo, desejando que Dace se junte a mim. Mas ao perceber que ele nem considera essa hipótese até que eu forneça algumas das respostas que ele busca, dou um suspiro fortalecedor e digo:

– Paloma me contou sobre as circunstâncias de seu nascimento... sobre como Leandro alterou a percepção de Chepi tempo suficiente para seduzi-la.

– *Seduzi-la*? – Dace se vira em minha direção, seu rosto uma máscara de indignação. – Ele a *estuprou*. Chepi era uma virgem de dezesseis anos naquele dia. Ela não estava procurando encrenca.

Encolho-me sob seu olhar, então me forço a endireitar o corpo novamente, determinada a explicar:

– Não quis dizer isso... que foi algum tipo de encontro romântico. O que quis dizer é que ele a *enganou*. Ele a enganou com feitiçaria e magia negra. Os Richter sabem como mudar a percepção das pessoas... Eles fazem isso há séculos. É como governam esta cidade e praticamente todos que vivem nela. Da mesma forma como Cade nos fez pensar que a fonte ainda estava encantada, quando na verdade estava contaminada. Leandro alimentou os sonhos dela, permitindo que ela visse o que mais queria ver, e então, quando ela estava completamente enfeitiçada... – Deixo a sentença sem terminar, sem ver motivo para explicar.

Dace se afasta, socando o espaço vazio diante de si, seus olhos cansados e avermelhados de um jeito que nunca vi antes.

– Sou o fruto dessa violência. – Ele balança a cabeça, seu olhar frio e vazio. – Não há como contornar isso. Eu nunca devia ter nascido.

– Não diga isso! – Agarro a mesa com força, lutando contra a vontade de pular sobre a mesa que nos separa e abraçá-lo. Neste momento, ele é uma ilha; uma população de um só. Ele não aceitaria bem uma invasão.

– Sabe o quanto a vida dela teria sido mais fácil sem mim? – Sua voz está apagada e aborrecida. – Toda vez que ela olha para mim, é lembrada do pior dia de sua vida.

– Não acredito nisso – digo. – E você também não deveria.

Ele ignora meu olhar eloquente, dizendo:

– De verdade, Daire. Como eu deveria encarar isso? – ele praticamente cospe as palavras.

Fico sentada em silêncio, recusando-me a morder a isca. Apenas encaro minhas mãos, notando como meu dedo está mais inchado e vermelho a cada segundo que passa.

– E, já que estamos no assunto, como devia me sentir ao descobrir que você sabia de tudo isso e não se incomodou em me contar?

Levanto meu queixo até meu olhar encontrar o dele. Estou ciente de que a palavra *desculpa* não acabaria com isso, mas é tudo o que tenho.

– Eu queria ter contado para você, acredite em mim, eu queria. Não queria que você tivesse descoberto desse jeito. – Balanço a cabeça e suspiro. – A verdade é que Paloma me fez prometer que não contaria. Ela disse que você é uma alma verdadeiramente boa e pura, e que eu não devia fazer isso. Então, sinto muito por tê-la ouvido em vez de escutar o meu coração.

– Uma alma boa e pura? – ele faz uma careta. – Sou uma abominação! O resultado de um ato tão maligno...

– Você *não* é! – grito, me recusando a deixá-lo seguir por esse caminho. – Esse é seu irmão, não você. – Olho seu braço, encarando o lugar em que Coiote atacou. Anseio que me deixe cuidar do ferimento, mas quando tento, ele me afasta, pegando um pano de prato e o enrolando na ferida.

– Ele é um monstro. – Ele tira o pano de prato ensopado de sangue e o joga na pia, antes de substituí-lo por um limpo. E ainda que as palavras saiam como uma declaração, seu olhar contém uma pergunta.

– Ele é. – Confirmo com a cabeça.

– E, mesmo assim, somos Eco um do outro.

Fico sentada em silêncio, alisando o chão de linóleo gasto com a ponta do meu sapato, sem ter ideia de como responder.

Sua voz é triste e vazia quando diz:

– Não podemos mais nos ver.

As palavras surgem do nada.

Me atingem pelos lados.

Deixando-me sem ação.

– *O quê?* – encaro fixamente. Ciente do chão se movendo sob meus pés, ameaçando derrubar tudo debaixo de mim, me engolindo em um buraco.

– Sinto muito, Daire, mas não temos escolha. Tenho que proteger você, e a única maneira de fazer isso é desistindo de vê-la.

Suas palavras me deixam muda. Incapaz de fazer outra coisa além de permanecer boquiaberta.

– Não sou completamente estúpido, sabe? – Ele passa uma mão no cabelo, coça a testa, e seu olhar se desvia do meu. – Tenho ouvido sussurros ao longo dos anos. Eu via o jeito como os anciãos, especialmente o Pé Esquerdo, olhavam para mim quando achavam que eu estava ocupado demais para notar. Eu era uma criança tranquila. Um solitário, um leitor, um pensador... tudo isso torna fácil passar despercebido. Me tornei muito bom em espionar, em juntar pedaços aleatórios e peças ao longo dos anos que jamais fizeram sentido até agora. Sempre soube que eu era diferente, só não sabia *quão* diferente. Também compreendia profundamente que estava caminhando para um destino fora do comum... E, ainda que não saiba exatamente o que seja, tudo está começando a fazer sentido. O quebra-cabeças que estive ordenando durante anos está agora muito mais perto de ser resolvido.

Olho para ele, tão desolada que não tenho ideia do que dizer.

– Você é a Buscadora – ele diz.

Fecho os olhos, desejando poder voltar no tempo. Nunca ter vindo para cá. Nunca ter chegado a esse ponto. E, por causa disso, eu teria terminado como meu pai – morta antes do tempo. Então, em um esforço de evitar isso, decidi reivindicar meu destino, apenas para descobrir que não sou nada além de uma engrenagem em sua roda. Guiada pelas circunstâncias, sem vontade própria.

Estou tão perdida em meus pensamentos que quase não noto quando Dace diz:

– E Cade é o Coiote... um membro do clã El Coyote, como todos os Richter.

Meus ombros caem. Gostaria de poder desaparecer, de evaporar.

– E eu sou o Eco do Coiote.

Esfrego os lábios, ficando cada vez mais desconfortável, sem ter ideia de onde ele pretende chegar, mas sentindo que está prestes a piorar.

Ele dá um profundo suspiro, coça o queixo com força. Sua voz é um sussurro gelado quando diz:

– Isso não vai acabar bem. – Seus olhos se iluminam ao encontrar os meus. – Alguém está destinado a morrer. Tive sonhos... sonhos que agora reconheço como profecias. Não podemos sobreviver todos. E ainda que não possa deixar de amar você, Daire, ainda que seja tarde demais para isso, posso parar... – Ele trava a mandíbula, pronunciando as palavras com grande esforço. – Posso parar de *alimentar* nosso amor. Agora que sei que isso *o* fortalece, não tenho outra opção. É como ele disse, ele é o beneficiário de cada pensamento amoroso que tenho por você. E não dá para negar que quanto mais tempo passo com você, mais meu amor por você cresce. Mas, agora, sabendo o que sei, não podemos permitir que isso continue... não podemos nos permitir ficar juntos. Temos que fazer esse sacrifício. Precisamos nos distanciar um pouco. Não temos escolha.

– Não – digo, a palavra tão trêmula que a repito com toda a força que consigo reunir. – *Não*! De jeito nenhum. Não farei isso. Seu irmão é uma aberração... um monstro! É sedento de poder, um animal de coração negro, obcecado pela conquista do mundo, e me recuso a me dobrar e deixá-lo vencer. Me recuso a jogar sob as regras dele. Além disso, como podemos saber que isso é verdade? Talvez o Eco não seja isso. Talvez signifique outra coisa completamente diferente – grito, mas as palavras soam desesperadas e mentirosas mesmo aos meus ouvidos.

– Você não o *viu*? – Dace exclama, sua voz tão incrédula quanto seu rosto. – Aquilo não era ilusão... era muito real!

Suspiro, admitindo relutantemente.

– Não foi a primeira vez. Já vi aquilo antes.

– Eu também... – A voz de Dace some enquanto ele fita a pintura amarela descascada, sua mente viajando para algum lugar distante. – E aquilo também não terminou bem, ou pelo menos não para nós. Embora ele parecesse bastante satisfeito... – Lanço um olhar inquisidor em sua direção, mas ele apenas balança a cabeça e pega a chave. – Vamos. Está ficando tarde. Vou levá-la para casa.

Eu o sigo até sua velha caminhonete surrada, subindo ao lado dele enquanto ele liga o aquecimento para espantar o frio. Mas o ar quente que sai das aberturas de ventilação não faz efeito. Meu corpo está tão entorpecido quanto meu coração, e o aumento de temperatura não vai mudar isso.

Ele conduz pelas estradas de terra em silêncio, até parar diante do portão azul de Paloma, se virando para mim e dizendo:

– Isso não muda o que sinto por você. Nada pode fazer isso.

Engulo em seco. Dou as costas para suas palavras. Alcanço a maçaneta da porta com os olhos queimando e a garganta apertada demais para responder.

– Se quiser, posso levá-la para a escola amanhã, e você pode tentar arranjar outra carona depois disso. Não precisamos tornar isso mais difícil do que é.

Empurro a porta e saio da caminhonete. Estou ciente do peso de seu olhar me seguindo enquanto passo cuidadosamente pelo portão azul. Então, no momento em que o fecho atrás de mim, corro até a porta da frente de Paloma, onde caio em seus braços aos soluços.

nove

– *Nieta*? – Paloma me aperta com força contra seu peito e murmura dentro do meu cabelo. – *Nieta*, o que aconteceu?

Me afasto, secando com fúria as lágrimas com as costas das mãos. Chorar é algo que raramente me permito fazer, e chorar diante dos outros é algo que raramente tolero de mim mesma. Tento falar, mas as palavras se pulverizam e travam minha garganta, como se eu relutasse em dar mais importância a elas, mais poder para me machucar além do que já machucaram.

Paloma observa meu rosto. Passa uma mão lisa como papel por minha testa, seus olhos brilhando em compaixão, suspira suavemente e diz:

– E assim começa.

Eu a olho de soslaio, sem ter ideia do que ela quer dizer. Paloma sempre teve um jeito estranho de ler minhas emoções, mas desta vez parece diferente. Parece uma armadilha. Como se ela estivesse acampada na porta, esperando que eu irrompesse por ela.

– Sinto tanto, *nieta*. Temia que isso pudesse acontecer. – Sua voz soa sincera, mas as palavras me deixam perturbada.

Ela me dá um lenço, que uso para secar o rosto, até que o tecido fica tão encharcado e inútil que o amasso na mão.

– Temia que o que acontecesse? – Tento entendê-la, mas, como sempre, sua expressão é inescrutável. – Eu ainda não contei nada.

Ela me encara nos olhos e, sem se alterar, responde:

– A vida de uma Buscadora é difícil. – Estende a mão na minha direção, mas vendo o jeito como recuso seu toque, rapidamente a deixa cair ao lado do corpo. – E uma história de amor sempre tem um preço.

– Então você sabia? – Cruzo os braços em desafio, pensando que teria sido bom da parte dela se tivesse pensado em compartilhar isso comigo. Mas então penso que talvez ela o tenha feito e eu simplesmente não tenha ouvido.

Ela definitivamente deixou algumas pistas pelo caminho. Incluindo a noite em que sua alma retornou, quando me disse que Dace e eu éramos predestinados. Eu estava completamente exaltada com as novidades, enquanto sua reação não foi nada parecida com a minha.

Volto para seus braços, um tremor frio penetrando em minha pele, quando ela diz:

– Não, *nieta*, eu não tinha certeza. Apenas suspeitei o que o pêndulo, juntamente com sua aparência neste momento, confirmaram.

– Mas eu não confirmei nada. Não disse uma única palavra sequer sobre o que aconteceu hoje. Então como você podia saber? Você está me espionando também?

– Também? – Ela levanta uma sobrancelha.

Mas em vez de explicar, cerro os lábios, recusando-me a dizer qualquer outra coisa. Minha promessa dura apenas um punhado de segundos, antes que eu olhe para ela e suplique:

– Paloma, por favor, eu preciso saber o que você sabe... E preciso saber agora.

Ela prudentemente concorda com a cabeça e, prestes a falar, Xotichl coloca a cabeça para fora do arco que marca a entrada do escritório de Paloma, dizendo:

– É melhor eu ir embora? – Seu olhar parece dirigir-se a Paloma e a mim, como se pudesse nos ver.

Que bom. Agora estou chorando diante dos meus amigos. Isso poderia ficar pior?

Sabendo que Xotichl precisa da ajuda de Paloma tanto quanto Paloma precisa do dinheiro que seus clientes lhe trazem, balanço a cabeça e me viro na direção de meu quarto, dizendo:

– Não. É claro que você deve ficar.

Mas não consigo nem chegar ao corredor antes que Paloma note meu dedo e me puxe de volta.

– *Nieta*, como isso aconteceu? – Ela examina a ferida que há algumas horas mal era perceptível, mas que agora, depois de uma viagem ao Mundo Inferior grosseiramente corrompido, tornou-se imensa e inflamada. Então ela me segura pelo cotovelo e me conduz pela rampa que leva ao seu escritório, onde me coloca em uma cadeira ao lado da mesa quadrada de madeira, perto de Xotichl, antes de se ocupar no balcão com porções e ervas.

Espio a camiseta negra de manga comprida de Xotichl, com a palavra EPITÁFIO, nome da banda de Auden, rabiscada em letras prateadas na parte da frente, seu jeans justo escuro enfiado em botas de camurça também escuras. Vejo o cabelo preso em um rabo de cavalo que permite que suas feições finamente talhadas se destaquem, e fico mais uma vez impressionada com sua delicada beleza. Seus suaves olhos azuis-acinzentados olham para a frente, quando ela estende a mão na direção de meu ombro e diz:

– Senti sua angústia no momento em que chegou. Sinto muito pelo quer que tenha acontecido. Se quiser minha ajuda, é só falar.

Sorrio debilmente, tão desacostumada a ter amigos, pessoas em quem confiar, pessoas desejando ajudar, que não sei como responder. Então, além de um rápido e murmurado *obrigada*, fico sentada em silêncio ao seu lado. Cruzo os pés na altura dos calcanhares e os coloco embaixo da cadeira, enquanto Paloma tritura no pilão um punhado de ervas cuidadosamente escolhidas. Cantarolando uma de suas canções de cura em voz baixa, ela transforma tudo aquilo em um grosso emplastro verde que aplica em meu dedo, então enrola uma faixa de gaze sobre a mistura, dizendo-me para mantê-la no lugar até que me diga para tirar.

Faço como fui instruída. Espero que ela se junte a nós na mesa antes de perguntar:

– Então, como você sabia? Ou, melhor ainda, *o que* você sabe?

Paloma faz uma longa pausa, o suficiente para aquecer os dedos contra a base de sua caneca.

– Temo que tudo seja parte da profecia – ela diz. – Eu li no códice.

Respiro fundo. Vagamente ciente de Xotichl se agitando ao meu lado, colocando a mão em meu braço, proporcionando um conforto bem-vindo que eu não esperava.

– Por favor, *nieta*, saiba que a profecia é uma coisa complicada. Nunca é tão exata quanto parece. A linguagem em geral é confusa, escrita em código, permite mais de uma interpretação. Foi só quando vi você e Dace juntos, quando vi a fonte de energia que ligava vocês, que comecei a suspeitar. Então, depois de uma pequena pesquisa, descobri que o aniversário de vocês dois cai no mesmo dia. Você sabia disso?

Nego com a cabeça, fazendo uma careta quando digo:

– Acho que esqueci de conferir a identidade dele.

Minha observação cáustica faz com que Xotichl dê tapas em meu braço, numa tentativa de me acalmar, e Paloma me lança um olhar que diz que, embora perdoe meu estado de espírito, não está disposta a responder a nenhuma outra pergunta até que eu me recomponha.

– Então, o que isso quer dizer? – pergunto, fazendo um esforço concentrado para suavizar meu tom de voz. – Aonde exatamente você quer chegar?

– Ainda que a profecia dê pistas sobre o efeito do Eco, sua definição não é inteiramente clara. Imagino que signifique que os gêmeos estão conectados... profundamente conectados. – Ela olha para mim em busca de confirmação e, quando consegue, continua. – Embora, eu devo avisá-la, *nieta*, a profecia também diz que um de vocês morrerá.

Xotichl se assusta, apertando meu braço com tanta força que me tira de meu estado estupefato. Me apoio no encosto da cadeira. Permito que as palavras rolem pela minha cabeça, antes de dar um profundo suspiro e dizer:

– Tudo bem. Então o Cade morre. Eu matarei o Cade. Então estará feito e acabado, e poderemos todos seguir adiante. E duvido que qualquer um além de Leandro sentirá falta dele. E duvido seriamente que Dace vá se importar, já que não são assim tão próximos. – Encaro Paloma, depois de tomar minha decisão. Mas ela devolve o olhar com uma expressão de compaixão marcada pela dor.

– Ninguém está aqui por acidente, *nieta*. O universo não comete enganos. Todo mundo tem um propósito, e isso inclui Cade. O que significa que não saímos por aí matando pessoas. Você não pode ser tão indiferente quando a vida de outro ser humano está em jogo... – Ela está prestes a continuar, mas suas palavras são interrompidas pelas minhas.

– O Cade não é humano. É um monstro demoníaco. – Luto para me conter, para segurar a onda de raiva que cresce dentro de mim. – Além disso, eu estaria fazendo um favor para humanidade. As coisas mudaram desde a sua época. Já passamos do ponto da hostilidade lá fora. E ainda que, de certo modo, possa ser minha culpa, por poupar sua alma, o que possibilita que acessassem o Mundo Inferior, o fato é que se algum Buscador anterior tivesse tido a prudência de matar todos eles há muito tempo, eu não estaria sentada aqui agora, sentindo como se meu coração tivesse sido esmagado, enquanto o único futuro que consigo ver é escuro, solitário e sombrio, onde devo lutar uma batalha que fui designada a perder. – Estreito os olhos, ansiosa para ver o que ela responderá. Mas Paloma permanece fiel a si mesma. Constante. No mesmo caminho. Recusando-se a se desviar da mensagem, não importa o quanto eu a atormente.

– E se algum antigo Buscador tivesse feito o que você quer, Dace jamais teria nascido. Ele teria vindo em alguma outra forma, sim, mas não teria sido seu predestinado. Está escrito. Ninguém está aqui por acidente.

Eu aceito as palavras, incapaz de negá-las, não importa o quanto as despreze.

– *Nieta*, não se engane, o trabalho de um Buscador é restaurar e curar... Manter o equilíbrio entre os mundos e nunca se afastar da luz. Só podemos conter o mal. Não podemos erradicá-lo. Enquanto os humanos existirem, o mal também existirá. Cabe a nós reduzir seus efeitos.

Cutuco a gaze em meu dedo, relutante em desistir tão facilmente.

– Sim, bem, talvez isso já não seja verdade. Talvez seja o momento de uma nova geração de Buscador... um que trabalhe de outras maneiras. O equilíbrio está claramente comprometido, e posso dizer honestamente, depois dessa última viagem ao Mundo Inferior, que está ficando pior a cada dia. O inimigo não é o mesmo com que você estava acostumada a lutar, *abuela*. Está maior, mais forte, mais... demoníaco. – Faço uma pausa, lembrando-me do jeito que Cade se ergueu diante de nós. Como seu coiote assustador triplicou de tamanho. – Você está acostumada a lidar com humanos... humanos maus, humanos sombrios, mas ainda assim humanos. Mas Cade *não é* humano. É um monstro demoníaco e psicopata... o resultado da magia mais negra possível. Guiado por uma patética necessidade de impressionar Leandro ao conseguir dominar o mundo. Ah, e ele também consegue se transformar em um monstro com pele escamosa e língua de serpentes sempre que quer. Sei porque vi e, deixe-me dizer a você, *não* é bonito. Então, com isso em mente, eu dificilmente acharia que bater em um tambor e agitar uma pena de águia fariam algo para detê-lo.

– E quanto a Dace, seu irmão gêmeo... Ele é humano? – Paloma pergunta, seu olhar no meu, sua voz tranquila e uniforme.

– Claro que é! – Franzo o cenho, aborrecida com a pergunta. – Ele é bom, gentil e...

– E, mesmo assim, também é resultado da magia negra da qual você falou.

Me contorço sob seu olhar, sem gostar de onde ela está chegando, mesmo sem saber exatamente onde é.

– Então você está me dizendo que Dace é a metade humana de um gêmeo não humano? Como isso é possível? – Ela espera que eu responda, mas, pela primeira vez, não tenho nada a dizer. Meu silêncio a permite continuar. – As maiores atrocidades do mundo foram cometidas por humanos, *nieta*. Humanos sombrios, enlouquecidos, mal orientados, egocêntricos... mas ainda assim humanos.

Continuo a esfregar o polegar sobre a gaze, desfrutando da sensação refrescante que o emplastro proporciona. No momento, é a única coisa que faz com que eu me sinta bem.

– Ouça, se ele se transforma em um demônio, então é um demônio. – Aceno com a cabeça, esperando que aquilo coloque um fim à discussão. Mas um olhar para Paloma e uma rápida espiada em Xotichl me dizem que falhei em convencê-las.

– Não é assim tão simples... – Xotichl faz uma pausa, inclinando a cabeça na minha direção. – Sinto muito, Daire, mas tenho que ficar do lado de Paloma desta vez. O padrão de energia de Cade não é nada parecido com o dos demônios que guardam o vórtice da Toca do Coelho.

– Talvez ele seja um tipo diferente de demônio – digo, mal dando tempo para ela terminar. – Talvez haja mais de uma espécie.

Xotichl nega com a cabeça. Brincando com a barra de sua manga, ela a arrasta até os nós dos dedos, quase cobrindo as mãos.

– A energia de um demônio é como uma interferência elétrica. É frenética e estranha, possui uma vibração que é difícil de conter. A energia de Cade não é assim. É definitivamente humana... mais sombria do que a maioria, sem dúvida. É extremamente pesada e densa. Mas ainda assim humana.

– Mas talvez você só o tenha encontrado em sua forma humana – digo, percebendo que perdi a discussão no momento em que formulo a frase. – Ok, tá, já entendi. Forma *humana*, o que significa que ele é humano. Mesmo assim, ele não é um humano *normal*, nem de perto. – Suspiro em rendição. O sexto sentido de Xotichl é uma ferramenta formidável. Não é tendencioso. Simplesmente diz o que é. Mais ou menos como o pêndulo.

– Alguma de vocês ouviu falar das lendas dos *skinwalkers* navajos? – Paloma pergunta, seus olhos passeando entre nós.

Xotichl se contorce na cadeira, admitindo que sim em relutância, enquanto simplesmente dou de ombros. Já cruzei com a palavra uma ou duas vezes, mas fui incapaz de compreender seu significado exato.

– São *brujos* e *brujas*. – Quando ela vê meu olhar de interrogação, começa a explicar. – Bruxas e feiticeiros do mal, mágicos sombrios capazes de assumir a aparência de outras formas.

– Como metamorfos? – pergunto, lembrando-me da noite em que, na pele de uma barata, espiei Cade. Como ele tirou suas roupas antes de correr com o Coiote, o que me pareceu estranho, para não dizer perturbador. Mas antes que pudesse ver mais alguma coisa, ele acertou sua bota em mim... bem, na barata... acabando com nossa ligação. Mas agora, não posso deixar de me perguntar se Cade estava se preparando para se transformar em um coiote. Dou uma olhadela em Xotichl, perplexa pelo jeito como ela se agita na cadeira, como se não quisesse mais nada além de mudar de assunto.

– Parecido, mas não exatamente. – Os dedos de Paloma traçam o contorno de sua xícara. – Eles utilizam peles de animais, também conhecidas como peles mágicas. Envolver-se na pele do animal que pretendem se tornar permite que completem a transformação e adotem muitas das características do animal, incluindo a habilidade de viajar grandes distâncias rapidamente. São capazes de ler mentes, de entrar na cabeça de uma pessoa e persuadi-la a causar grandes danos aos outros assim como a si mesma. Dizem que um *skinwalker* pode assimilar o corpo de alguém simplesmente fixando os olhos em sua presa. São frequentemente associados com o Coiote. Mas se Cade é ou não um *skinwalker* de verdade, não sou capaz de assegurar. O que posso dizer é que, pelo que você me contou, ele e provavelmente outros membros de seu clã partilham da habilidade única de se transformar. Já sabemos que se notabilizam no controle da mente, a ponto de serem capazes de alterar a percepção. Mas o fato de que ele parece ser capaz de manter sua consciência humana e ligações com seus desejos enquanto está no estado alterado me diz que ele é mais um metadílio.

Encaro meu dedo fixamente, recordando o momento em que Cade e eu cruzamos nossos olhares na Fonte Encantada – que se transformou em um esgoto. Como eu o senti sugar minha alma, drenar minha energia. Só de lembrar eu estremeço.

– Só que, no caso de Cade, ele só se transforma na manifestação física da verdadeira natureza de sua alma. – Vendo minha confusão, ela explica.

– A alma dele é sombria. Quando ele se transforma, está apenas exibindo o que esconde dentro de si.

– Como se estivesse se transformando de dentro para fora! – Xotichl sorri, entendendo imediatamente o que eu ainda estava lutando para captar.

– Então isso significa que Dace pode se transformar num arco-íris, num anjo ou num deslumbrante garanhão branco alado? – pergunto, lamentando as palavras no momento em que Xotichl se encolhe e Paloma me dirige um olhar.

– Não tenho dúvidas de que Dace tem o poder de se transformar em algo muito poderoso e bom. Mas não tenho certeza se ele já descobriu isso – Paloma diz.

Suspiro em rendição, sabendo que elas estão certas. Dace é bom. Cade é mau. E, mesmo assim, são igualmente humanos. O que significa que tenho que encontrar outro meio de deter Cade. Mas, no momento, não tenho ideia por como começar.

– Mesmo assim são dois contra um – me atrevo a dizer, na esperança de encontrar conforto na ideia. – O que quero dizer é que sou, em grande parte, boa. Dace é completamente bom – explico, ao ver a confusão delas. – E já que estamos apaixonados, e que o amor sempre vence... desde que a luz sempre rompe a escuridão... estamos destinados à vitória, certo? – Olho paras as duas, apenas para observar Paloma se afastar da mesa e se dirigir a um armário trancado que até agora eu não tinha notado.

Pegando um antigo livro com capa de couro, ela o coloca diante de nós e diz:

– Por que não consultamos o códice?

dez

Xotichl e eu vamos para a frente, sentando lado a lado enquanto nos inclinamos sobre o livro. As páginas de papel pergaminho fino feitas com couro de vaca finamente esticado, ainda que tenham sobrevivido bem ao longo dos anos, contêm arestas que mostram sinais de idade e parecem começar a secar e enrolar.

– É ilustrado! – Xotichl se vira para Paloma, em busca de confirmação.

– É, sim. – Paloma assente. – Valentina era muito habilidosa tanto como vidente quanto como ilustradora. – Ela se refere a uma das primeiras Buscadoras da árvore genealógica da família Santos, que apareceu para mim durante minha busca da visão ao lado de Django, Alejandro, o avô que nunca conheci, e toda uma série de Santos antepassados e seus espíritos animais.

Espio os elaborados textos rabiscados em letra de mão que, ao primeiro olhar, parecem ser uma bagunça de símbolos, números e palavras tão arcaicos, tão enigmáticos, que são impossíveis de decifrar.

– É ilegível. – Meu rosto se inclina enquanto viro para Paloma.

– Parece que sim. – Ela olha para mim, um brilho leve nos olhos.

As mãos de Xotichl pairam sobre as páginas, com as palmas para baixo, os lábios torcidos para o lado. Ela contempla por um momento, então diz:

– Tem uma energia muito pura. Fala somente a verdade. – Ela coloca as mãos no colo e se recosta em sua cadeira. – Embora com um grande custo. Um sacrifício foi envolvido.

Paloma estende a mão para Xotichl, os olhos brilhando de orgulho.

– Você está progredindo tanto! – Ela alisa seu cabelo, fazendo Xotichl segurar as mãos de Paloma entre as suas.

– Sim, mas ainda há tanto para aprender. – Xotichl sorri.

Observo as duas juntas, a professora e a aluna. E ainda assim são muito mais do que isso. Uma família. Minha família. A percepção me enche com um calor que não espero. Já que Dace está determinado a me evitar a fim de me proteger, é bom saber que não tenho que enfrentar isso sozinha.

– Valentina foi o sacrifício – Paloma diz. – Ela sofreu grandes provações para acumular esse conhecimento, mas o fez de bom grado. Como uma das primeiras a enfrentar os Richter, ela sabia que a luta continuaria, que seu filho não teria muita alternativa senão continuar de onde ela parasse. Ela estava determinada a deixar algum tipo de guia. Este livro é o resultado.

– Eles falavam em uma linguagem especial que só eles conheciam? – Espio os textos, os estranhos símbolos, ainda incapaz de encontrar algum sentido neles.

– Valentina tomou grandes cuidados para garantir que o texto não caísse em mãos erradas. Ciente de que uma violação desse tipo pudesse ser desastrosa para nós, ela inventou um elaborado código que não é decifrado com facilidade. Desde o início de sua existência, o livro, juntamente com o segredo de sua leitura, tem sido passado de cada Buscador para seu filho. Presenteei este livro para Django em seu décimo-sexto aniversário, como de costume. Mas, é claro, como você já sabe, ele não queria tomar parte da tradição dos Buscadores. Mas agora que você aceitou seu chamado, *nieta*, é hora de passá-lo a você.

Xotichl abaixa a cabeça e suspira.

– Parece que você tem uma leitura difícil para as férias de inverno. – Ela ri, determinada a tornar leve uma situação pesada.

– Ah, não. – Pego o livro pelas bordas, deslizando-o em minha direção. – Não tenho intenção de esperar. Vou começar agora. Isso se Paloma estiver disposta a me mostrar como se lê esta coisa.

Olho de relance para Paloma, observando-a desaparecer na cozinha, apenas para retornar alguns momentos mais tarde com uma bandeja cheia de biscoitos caseiros sem açúcar e chá recém-feito. Coloca uma caneca diante de cada uma de nós, enquanto nos voltamos para o livro, permanecendo assim até tarde da noite.

Na manhã seguinte, estou esperando do lado de fora do portão azul de Paloma bem antes que Dace apareça para me pegar. Minha tristeza da noite anterior foi reduzida pelo que agora sei.

É como a Paloma disse, as profecias são complicadas. Elas podem ser interpretadas de várias maneiras. E agora que tive a chance de ler eu mesma o livro, minha missão está clara.

Um deve morrer. Não há dúvidas quanto a isso.

Mas não serei eu.

E tampouco será Dace. Farei o que for necessário para mantê-lo vivo. Mesmo que isso signifique frustrar uma previsão feita há muito tempo.

Apesar de Paloma me dizer que matar é algo a ser desaprovado, o que ela não entende é que um novo dia amanheceu. Agora que sei o que sei – que vi o que vi –, está claro que Cade Richter deve ser morto.

Ele pode ser humano, mas não é um humano comum. Assim que eu o tiver combatido, é só uma questão de tempo até localizar aqueles Richter, já que eles praticamente seguem a orientação que Cade lhes dá. E uma vez que tiverem sumido do mapa, o Mundo Inferior estará livre para se curar e florir novamente, o equilíbrio será restaurado, e Dace e eu não teremos nada nem ninguém em nosso caminho. Estaremos livres para nos amar o tempo que desejarmos.

Tudo o que tenho de fazer é livrar o mundo de seu irmão.

Esse pensamento me dá o impulso necessário para o que eu preciso fazer em seguida.

Então, quando Dace estaciona sua caminhonete diante do portão, salta pelo seu lado para dar a volta e abrir a porta para mim, permaneço estática. Com o olhar fixo no dele, digo:

– Obrigada por passar por aqui, mas vou de carona com Auden e Xotichl hoje.

Ele me observa com olhos que estão ainda mais cansados e avermelhados do que estavam quando o deixei. Fala meu nome com uma voz tão rouca que preciso de toda minha força de vontade para não me jogar em seus braços e implorar que esqueça o que eu disse. Que esqueça o que ele disse. Que esqueça tudo e apenas fique comigo novamente.

Ele estende a mão para mim, os dedos tentando pegar os meus, mas rapidamente saio de seu alcance. Não posso permitir o contato. Não posso permitir ser atraída pela sedução de seu toque. Se vou matar seu irmão gêmeo, não posso fazer nada que permita que Cade se torne um oponente ainda mais extraordinário do que já é.

Tenho que ser paciente.

Tenho que acreditar em meu coração que não demorará muito até que Dace e eu estejamos juntos.

Tenho que acreditar nisso, visualizar e pensar a partir do fim.

Aceno com a mão, esperando que ele não perceba como meus dedos tremem, ou o jeito como minha voz vacila quando digo:

– Estamos bem, ok? De verdade. Eu entendi por que você tem que fazer isso. Sério, eu entendo. – Sufoco o soluço que sobe pela garganta, desviando meu olhar para que não tenha que ver seu rosto agoniado.

Ele está prestes a falar novamente, quando Auden e Xotichl chegam. Os olhos de Auden arregalados e inseguros, a cabeça de Xotichl inclinada quando me encontram parada ao lado de Dace.

Sinalizo para que esperem um minuto, e estou prestes a dizer adeus para Dace quando ele me agarra. Seus dedos circundam meu punho, ele espia meu dedo e diz:

– Você está curada.

– Parece que Paloma fez outro de seus milagres. – Permito-me um rápido sorriso e então me solto. O movimento custa muito mais do que aparenta por fora. Carrega toda a responsabilidade pela avalanche de dor que me invade por dentro. – E você?

Espio o pedaço de gaze que sai pela manga de sua camisa, marcando o ponto onde o Coiote se banqueteou com sua carne. Observo-o puxar o tecido com força, fazendo-o cobrir o ferimento.

– Não preciso de milagre. Não se preocupe, estou bem.

Olho de soslaio, não acreditando nem por um instante, mas escolhendo deixar para lá. Me permito retribuir seu olhar por muito mais tempo do que devia. Barganho por apenas mais alguns segundos para ser tragada na sacralidade do espaço dele – dizendo a mim mesma que farei o que for necessário para consertar qualquer dano que isso possa produzir.

Preciso do meu último bocado de força para me afastar dele, mas me afasto. Caminho até Auden e Xotichl sem olhar para trás.

– Você conseguiu dormir? – Xotichl pergunta, quando deslizo para o assento bem atrás deles, tentando agir indiferentemente, embora tenha certeza de que não consigo enganá-los.

– Na verdade, não – respondo. – Mas, estranhamente, não estou nem um pouco cansada. – *Determinada, mas não cansada.*

– Nem eu – Xotichl diz, enquanto Auden sai para a estrada e cuidadosamente desvia de Dace.

– Bem, eu estou – Auden brinca. – Não há bebidas energéticas suficientes no mundo.

Suas palavras fazem Xotichl rir daquele jeito delicioso dela. Pressionando o ombro contra o dele, ela se aconchega e diz:

– O Epitáfio fez um show em Albuquerque ontem à noite. A multidão gostou tanto que tiveram que tocar sete bis!

– Dois. – Auden ri, puxando carinhosamente o rabo de cavalo de Xotichl. – Mas quem está contando?

– Tudo o que sei é que ele dirigiu de volta para Encantamento, em vez de ficar lá com o resto da banda, só para poder nos levar para a escola. Ele não é um doce? – Ela inclina a cabeça na minha direção, enquanto tento controlar a onda avassaladora de inveja quando vejo o jeito como conseguem amar um ao outro de um jeito tão aberto e fácil. Me obrigo a concordar que realmente é muito doce da parte dele.

– Sim, sou um doce. – Auden ri. – E, assim que deixar vocês, vou descansar meu doce ser até a hora de buscá-las novamente.

– Não preciso de carona para casa. – Olho pela janela, assimilando esse lixo de cidade com seus carros enferrujados, varais cheios de roupas e casas de adobe desmoronando.

Por um breve período, me enganei em pensar que estava melhorando – achando que eu fosse a razão para isso. Mas agora, vendo de modo imparcial, não há como negar que este lugar é um completo e total beco sem saída. Não há sinal algum da afirmação de Paloma de que um dia esta cidade já combinou com seu nome. Só posso esperar que, assim que tiver derrotado Cade Richter, este lugar fique encantador de novo.

– Como você vai voltar para casa? – A voz de Xotichl está cheia de desconfiança.

– Arranjarei alguma carona. – Solto o cinto de segurança e pego minha mochila. – Aliás, vocês podem me deixar bem aqui.

– Vai faltar à aula? – Auden pergunta.

– Vou – murmuro, já distraída pelo que preciso fazer em seguida.

– De novo? – Xotichl se vira no assento até estar quase me encarando.

Sua voz colide com a de Auden, que deixa escapar:

– Você realmente quer que eu pare bem aqui? – ele aperta os olhos, me encarando pelo espelho retrovisor. – No meio da estrada? – seu olhar se estreita ainda mais.

Afirmo com a cabeça, já abrindo a porta e colocando uma perna para fora.

– O que você vai aprontar, Daire? – O rosto de Xotichl fica triste de um jeito que raramente vejo.

Já que não adianta mentir para ela, nem mesmo tento. Olho para os dois e digo:

– Algo que deveria ter sido feito há muito tempo.

Então bato a porta e me dirijo para a Loja de Presentes do Gifford * Tabelião * & Correio. Planejo me encher com um pouco daquele café recém-passado que anunciam na janela, enquanto espero que a Toca do Coelho comece a funcionar.

profanação

onze

Dace

Daire se afasta da minha caminhonete.

De mim.

Determinada. Com pressa. O brilhante cabelo castanho balançando atrás dela de um jeito que parece quase zombeteiro. Como se dissesse: *Você me quer? Quer me segurar na palma de suas mãos e passar seus dedos pelos meus fios suaves e sedosos? Fique à vontade – não há nada que seu irmão demoníaco amaria mais.*

Praguejo em voz baixa, chuto a terra grosseiramente e entro na caminhonete. Uma coisa feia de partes juntadas que, graças a horas incontáveis passadas sob o capô e camadas de graxa em minhas mãos, tem um motor que ronrona.

Olho pelo retrovisor, observando Daire se acomodar no banco de trás do carro de Auden. Seus profundos olhos verdes brilham como esmeraldas, suas bochechas estão coradas – sorrindo com tanta vivacidade que fecho os olhos e finjo que ela sorri para mim.

Quando abro os olhos novamente, eles se foram. Fico encarando a poeira que levantam, incapaz de fazer algo além de balançar a cabeça, passar uma mão pelos cabelos e me lembrar de um tempo quando eu pensava que o comprimento dele era a única coisa que me diferenciava de meu irmão gêmeo.

Ontem eu era ingênuo.

Hoje, nem tanto.

Não depois de ver o jeito como ele se ergueu diante de nós – transformado em uma monstruosa besta com línguas de serpentes.

E lá estava Daire, olhando horrorizada, é claro, mas nem um pouco surpresa por vê-lo daquele jeito. O que me fez questionar se ela teve o sonho também.

Aquele em que Cade se transformava em um monstro, roubava a alma dela e a deixava morta em meus braços.

É um sonho que tive muitas vezes.

Levo os nós dos dedos com força contra os olhos, em uma tentativa inútil de fazê-los parar de queimar, o resultado direto de uma noite passada em agonia. Cada vez que tentava dormir, imagens de Daire vagavam pela minha mente. Seus olhos me fitando, confiando em mim, me amando, entregando-se de um jeito que a assustava mais do que a mim.

Eu tinha certeza de que era apenas o começo.

Estava certo de que nosso amor só cresceria a partir dali.

Nunca me sentira mais feliz, nunca me sentira mais realizado do que quando estava deitado ao seu lado. Jurando dedicar o resto da minha vida a fazê-la tão contente quanto eu estava.

Era uma promessa que pretendia manter.

Ainda pretendo.

Nossa separação é temporária. Uma necessidade amarga. É o que tenho que fazer para mantê-la em segurança enquanto encontro um jeito de enfrentar Cade.

E ainda que cada pedaço disso seja verdade, não me oferece nenhum conforto.

Cinco minutos sem ela é insuportável.

Uma vida sem ela é completamente inconcebível.

Mas, enquanto não posso me arriscar a ficar perto dela, não posso nem ousar pensar nela sem beneficiar Cade, encontrarei um jeito de acabar com isso. Não tenho escolha. Aquele sonho recorrente em que ela morre em meus braços dificilmente é uma coincidência. É uma profecia. Não tenho mais dúvidas.

Uma profecia que planejo deter não importa o custo.

Não há como ficar parado e observar enquanto Daire morre. Se alguém acaba morto, será Cade. E se não for Cade, então tomarei seu lugar com prazer. Se não fizer nada com minha existência mal concebida, me assegurarei de que Daire saia dessa ilesa.

Viro o volante com força – esse monte de ferrugem e metal velho precede a direção hidráulica em uma década. Estou prestes a pegar a estrada quando a avó de Daire sai pelo portão pintado de azul e olha para mim.

– Ainda que eu suspeitasse há muito tempo, não tive certeza até agora. – A voz dela é leve e ofegante, como se estivesse voltando a uma conversa anterior que não me lembro de ter iniciado. – Lamento tanto – ela diz, me confundindo ainda mais.

Dou de ombros. Esfrego o polegar sobre o volante. Há muito para se lamentar ultimamente, mas acho que ela se refere ao meu rompimento com Daire.

– Você é melhor do que as circunstâncias de seu nascimento – ela diz.

Ah. Isso.

– Você deve se esforçar para superar isso. Você carrega o potencial para a grandeza. Nunca se esqueça disso.

Ela me observa, enquanto fito minhas mãos, incerto do que responder.

– O que quer que faça, por favor, não se culpe. Sua mãe já se recriminou o suficiente por vocês dois, não acha?

Encontro seu olhar, me perguntando como ela faz isso – como todos os anciãos fazem isso. Paloma, Pé Esquerdo, Chepi e Chay. Como permanecem tão esperançosos e otimistas em um mundo transbordante de dor?

– Porque não temos escolha. – Ela sorri fracamente, respondendo os pensamentos em minha mente. – Sempre haverá luz e escuridão. Como poderíamos reconhecer um sem a existência do outro?

Mantenho o olhar sobre ela, sabendo que tenho sua plena compreensão e apoio. Mas também muito dominado pela vergonha de ela saber o que sou, como nasci, a verdade horrível que ninguém se incomodou em me contar para apreciar o olhar de compaixão que ela me oferece.

– Você deve lutar contra a vontade de enfrentar fogo com fogo, nada de bom resultará disso. Você deve se apoiar em sua luz e bondade internas. – Ela dá um tapinha em meu braço para enfatizar, seu toque breve, fugaz, mas ao mesmo tempo reconfortante.

Então se afasta da caminhonete, puxa o cardigã ao redor do corpo e me acena em despedida. O olhar perturbado em seu rosto é apagado pela espiral de poeira que levanto com minha arrancada.

Quando chego ao estacionamento da escola, a vaga ao lado do carro de Auden está livre. Mas prefiro evitar parar ali. Manter a distância começa aqui. Agora. Então começo a manobrar, indo para o outro lado, quando percebo que só duas pessoas descem da perua de Auden, e Daire não é uma delas.

– Onde ela está? – Piso no freio com força, observando ao redor em busca de um sinal dela.

Olho para Auden, que se vira para Xotichl, que se volta em minha direção e diz:

– Ela não veio para cá... Ela nos fez deixá-la na cidade.

– Na cidade? Por quê? – Esfrego a mão sobre o queixo, tentando entender o motivo dela fazer tal coisa. Observo Xotichl morder o lábio, decidindo o quanto deve me contar.

Levantando e baixando os ombros, ela diz:

– Honestamente, ela está planejando alguma coisa... Só não sei o quê. Tudo o que posso dizer com certeza é que ela parecia muito determinada. E, Dace, só para esclarecer, eu sei o que aconteceu ontem. O que só me deixa ainda mais preocupada.

O carro atrás de mim buzina. É Lita, abaixando a janela e me cumprimentando com um sorriso sarcástico:

– Ei, Dace. Vai pegar essa vaga ou não? Porque, se não for, eu realmente gostaria de parar o carro aí. Ainda hoje seria bom!

Meus olhos encontram os de Auden, e o vejo balançar a cabeça e rir enquanto faço sinal para Lita estacionar. Se Xotichl fica preocupada, eu também fico. E isso é tudo o que preciso para sair do estacionamento na mesma velocidade com que entrei.

Digo a mim mesmo que só preciso vê-la. Ter certeza de que está bem. Uma vez que fizer isso, voltarei para a escola, farei o que devo e não pensarei nela novamente.

Mas, não importa quantas vezes repita isso, sei que não é verdade.

doze

Daire

A campainha da porta ressoa alto atrás de mim, fazendo com que o punhado de clientes pare o que está fazendo tempo o suficiente para me lançar um olhar rápido e avaliador.

Gifford espia por sobre a caixa registradora, seus olhos se arregalando em sinal de reconhecimento. Ele me chama com uma voz animada:

– Ei, você! Perdeu o ônibus? Um lote novo de cartões-postais acabou de chegar. Eles estão bem ali. – Ele aponta na direção da prateleira onde estão as fotos deprimentes desta miserável cidade de três quarteirões. Sem ter a mínima ideia de que ele acaba de fazer eu me lembrar de um dos piores episódios da minha vida. O dia em que quase morri a alguns passos dali.

Mas, mesmo tendo sido ruim, ontem foi pior. Muito pior. Com a ajuda de Paloma, aquela perna quebrada que ganhei do lado de fora da Toca do Coelho levou apenas algumas semanas para sarar. Se hoje não sair como planejei, meu coração partido pode não se recuperar jamais.

Sorrio debilmente. Lembro a mim mesma que ele quer ser simpático – nem todo mundo neste lugar é um Richter. Então vou para o fundo da loja onde o café é servido. Espero pegar uma daquelas mesas redondas com brilhantes toalhas cor-de-rosa e usá-la como esconderijo temporário, até que chegue o momento de colocar meu plano em ação.

Mas, no segundo que vejo Chay debruçado sobre um café e um folhado doce enquanto lê o jornal, começo a voltar pelo mesmo caminho que vim. Não chego muito longe antes que ele se levante da mesa e me chame, deixando-me sem outra opção senão voltar atrás e cumprimentá-lo.

– Oi – digo, pendurando a mochila na cadeira em frente à dele.

Ele empurra o prato em minha direção, oferecendo-se para dividir o folhado. Mas, por mais tentador que pareça, com o queijo doce derretido, as frutas cristalizadas e a promessa geral de desfrute, jurei a Paloma que deixaria de comer bobagem, e é um voto que pretendo manter.

– Não, obrigada. Ainda estou abstêmia. – Empurro de volta para ele. – Permanentemente abstêmia, se Paloma conseguir o que quer. Mas não se preocupe, não contarei a ela como você passa suas manhãs.

Ele ri quando digo isso, seus olhos se enrugando e afundando nas marcas de expressão. Seu bom humor é tão contagiante que não posso deixar de rir também, surpresa pelo jeito que isso imediatamente melhora meu humor.

– Vamos fazer um trato – ele diz. – Você não conta para Paloma que ainda estou me entregando aos doces prazeres da vida, apesar dos avisos dela sobre os males do açúcar, e eu não contarei que você está cabulando aula. – Quando seu olhar encontra o meu, já não há mais nenhum traço de alegria nele. – É isso que está fazendo aqui, certo?

Levanto as sobrancelhas e dou de ombros. Já não estou mais a fim de companhia. Me afasto da mesa para me proteger nas últimas gotas de café velho em uma térmica que está quase vazia. Um bom exemplo de publicidade enganosa, se é que já vi um. Está muito longe de ser um café *recém-passado*.

Tomo o primeiro gole para experimentar quando Chay diz:

– E, se esse é o caso, por que viria aqui?

– Não há muitas opções nessa hora do dia. Ou em qualquer outra, na verdade. Afinal das contas, estamos falando de Encantamento. Não é exatamente a capital mundial da animação. – Acrescento dois sachês de creme em minha xícara, esperando que o gosto melhore. É creme seco, em vez de líquido, o tipo que definitivamente não teria a aprovação de Paloma. Mas é tudo o que tenho no momento, e algumas concessões devem ser feitas.

– Não sei – Chay diz. – Posso pensar em outras centenas de coisas que você poderia estar fazendo.

– Diga uma. – Mergulho um desses palitos finos de plástico em meu café e começo a mexer.

– Kachina adora uma cavalgada matutina. – Chay me observa enquanto volto para minha cadeira.

– Assim como eu. – Tomo outro gole, que está melhor do que o primeiro, mas apenas de leve. – Acho que senti necessidade de estar cercada de pessoas em vez da natureza. E quer melhor lugar do que este?

Chay faz uma pausa, deixando uma garfada de folhado parada entre o prato e sua boca.

– E a escola? Há um monte de gente lá. Pessoas da sua idade até. – Seus olhos encontram os meus. Não é um homem que seja enganado com facilidade. – Daire, o que está acontecendo aqui? – Sua voz se torna firme e séria, tendo chegado ao fim da brincadeira.

Observo o creme boiando em meu café e suspiro, dizendo:

– Por onde começo?

– Por onde quiser. – Ele dobra o jornal no meio e o coloca de lado, enquanto espalmo uma mão em cada lado da xícara, analisando minhas opções.

Chay é o amigo em quem Paloma mais confia e, como descobri recentemente, também é seu namorado. Ele me viu em meus piores momentos. Me levou por todo o caminho de Phoenix até Encantamento sem uma única reclamação. Me acompanhou até o lugar da minha busca da visão e me deu a confiança necessária para me aventurar naquela caverna. Deixou Kachina aos meus cuidados pelo tempo que eu quiser estar com ela.

É um bom homem.

Alguém em quem posso confiar.

Talvez não tudo, mas lhe contar tudo também não é a minha intenção.

Levanto meu olhar até encontrar o dele, dou um profundo suspiro e começo.

Observo como ele mexe nervosamente no anel de águia que sempre usa, com as duas pedras douradas no lugar dos olhos, quando lhe conto sobre como o Mundo Inferior está indo para o inferno. Continuo explicando sobre o Eco, como eu finalmente descobri o que realmente significa, para Dace, para Cade, para todos nós.

– E então, é claro, há a pequena questão da profecia – digo, a voz repleta de sarcasmo, quando a verdade é que a profecia parece maior do que a vida; é tudo no que consigo pensar. E, sem dúvida, continuará assim até que eu encontre um meio de jogá-la na sarjeta. Coisa que planejo fazer em breve. Muito em breve. Assim que consiga me livrar de Chay e cruzar a rua até a Toca do Coelho. – Você sabe sobre a profecia, certo?

Chay se inclina sobre seu café, evitando propositadamente meus olhos.

– Uma profecia pode ser interpretada de muitas maneiras.

Me reclino em minha cadeira, desistindo do café antes do terceiro gole.

– Foi exatamente o que Paloma disse.

Observo-o cuidadosamente, seu longo cabelo escuro – não tão longo quanto o de Dace mas o suficiente para ser preso em um rabo de cavalo que desce além de seus ombros –, as maçãs do rosto altas, a boca larga, a pele queimada pelo sol e os olhos mais gentis que já vi – além dos de Dace.

– Paloma é uma mulher sábia. – Chay sorri. E leva um momento para terminar o folhado e limpar as migalhas dos lábios, antes de prosseguir. – Mas isso ainda não explica por que você está aqui.

– Não? – Empino a cabeça, desafiando-o a tentar adivinhar a verdade, já que não está em meus planos revelá-la.

Ele se reclina em sua cadeira, estreitando os olhos e analisando. Fica claro que ele percebe o que quero dizer, embora não completamente. Toma o resto de seu café e afasta a xícara.

– Vamos dar uma volta.

Eu o acompanho para fora, sem ter ideia de onde ele está me levando, embora esteja certa de que não será para a Toca do Coelho. Ou, pelo menos, espero que não. Não preciso de guarda-costas. Estou destinada a fazer algumas coisas por conta própria.

– Para onde estamos indo? – Paro ao lado dele no meio-fio, permitindo que uma fila de carros passe antes de atravessarmos.

– À livraria. – Ele volta sua atenção para o lado oposto da rua onde Dace me observa de sua caminhonete.

Eu sei que ele está lá mesmo sem olhar para ele.

Posso sentir o fluxo de amor incondicional que me cerca sempre que ele está por perto.

Preciso do último pedaço de força para ignorar. Para não olhar em sua direção. Para não começar a saltar, sacudindo as mãos freneticamente sobre a cabeça enquanto grito seu nome.

Já é ruim o suficiente que eu o ame. Expressar esse amor está fora de questão.

Ou pelo menos por enquanto, em todo caso.

– Preciso parar aqui primeiro. – Digo, agarrando Chay pelo cotovelo e levando-o para a loja de bebidas da esquina, onde, uma vez lá dentro, me encosto contra a parede para tentar me recompor.

– Você está bem? – Chay me encara com firmeza.

Concordo com a cabeça e retomo a compostura para dizer:

– Você se incomodaria em comprar um maço de cigarros para mim? Não tenho idade suficiente para isso.

Ele ergue a sobrancelha e me lança um olhar duvidoso.

– É o petisco favorito dos demônios – eu o recordo. – E nunca se sabe quando eles serão necessários.

treze

dace

Desacelero quando os vejo. Suspiro de alívio ao vê-los caminhar pela rua Principal.

Chay é um bom homem. Estável. Confiável. Equilibrado. Se Daire está cabulando aula para encontrá-lo, deve ter suas razões.

Me afundo no assento quando eles param no meio-fio. Fico me sentindo um assediador sujo quando Chay me pega observando-os. Embora o olhar que me lança é de silenciosa solidariedade. Felizmente, Daire está ocupada demais conversando para notar minha presença.

Observo seus lábios, tentando lê-los. Determinado a me punir quando imagino que ela esteja falando sobre nós. Sobre como nosso amor estava condenado desde o início. Sobre como dormi com ela e a dispensei menos de duas horas depois.

Talvez ela pense que estou escolhendo não lutar.

Que estou enrolando, deixando Cade vencer.

Deus sabe que ela insinuou isso na noite passada, na minha cozinha.

E talvez seja por isso que Chay não lhe diz que estou aqui encarando impotente pela janela coberta de terra – já renegando minhas palavras, incapaz de manter as próprias promessas.

Talvez ele pense que não sou digno dela.

Quando desaparecem na livraria, volto minha atenção para a Toca do Coelho, com olhos recém-informados. Me pergunto como poderei continuar a trabalhar ali – colocar os pés ali – agora que sei o que sei.

Odeio aquele lugar.

Odeio todos eles.

Mas, assim que tenho esse pensamento, a voz de Chepi desliza em minha mente: *O que eu ensinei sobre o ódio, meu filho?*

Seguida pela resposta obediente que eu dava quando criança: *Que causa mais dano para quem odeia do que para quem é odiado. Para ficar longe disso a qualquer custo.*

Esfrego o rosto com as mãos. Me pergunto por que ela se incomodaria em ensinar a uma criança presumivelmente tão boa, tão supostamente incapaz de tais emoções sombrias, o que fazer quando afrontado com o espectro do ódio.

Ela suspeitava que esse dia chegaria?

Estava me preparando para o momento em que minha alma seria enegrecida pela dor?

Qualquer que seja a razão, não há dúvida de que minha alma pode se servir de um pouco de escuridão. Se tenho qualquer esperança de superar as circunstâncias do meu nascimento – superar meu irmão demoníaco –, então uma alma um pouco manchada pode ser útil.

Não enfrente fogo com fogo, Paloma disse. Afirmando que nada de bom resulta disso.

Mas de que outra forma devo lutar?

Devo brilhar com tanto esplendor e bondade que Cade será destruído pela minha pureza cegante?

Devo ficar sentado e não fazer nada, permitir que meu irmão mate Daire, roubando sua alma assim como fez em meus sonhos? Um sonho que confundi com pesadelo. Não podia imaginar por que me despertava continuamente, noite após noite, banhado em suor e consumido por pensar em uma garota que não conhecia.

Até aquela noite em que ela correu na minha direção na Toca do Coelho, e a aparição dela virou meu mundo de cabeça para baixo.

Não muito depois disso, quando Pé Esquerdo veio até mim, afirmando que a chegada dos meus dezesseis anos significava que era tempo da minha busca da visão, nunca imaginei que minha busca a envolveria.

Nunca imaginei que viajaria para a caverna da busca da visão dela, convencendo-a a ficar ali, a ver além. Mostrando para ela o tipo de grandeza que um dia alcançaria se pudesse aguentar só um pouco mais.

Quando tudo acabou, tinha mais perguntas do que respostas. *O que aquilo significava? Por que eu estava lá? Por que Daire jamais mencionou isso? Nem mesmo o beijo que partilhamos...*

Olho para a Toca do Coelho com sua estúpida placa de neon com a flecha brilhante apontando o lance descendente de escadas.

Os Richter são idiotas.

Quando o portal falhou em admiti-los no Mundo Inferior, tentaram forçar o caminho cavando a terra. Não perceberam que tinham mais chance de atingir a Austrália do que a dimensão mística habitada por todas as coisas boas.

Quando finalmente perceberam sua estupidez, decidiram colocar a escavação em uso, transformando-a no lugar mais badalado de Encantamento para se divertir – o único lugar de Encantamento para se divertir. Os bêbados no andar de cima, os adolescentes no andar de baixo, e uma multidão que enche o lugar todas as noites.

Mas agora, graças a Cade ter roubado a alma de Paloma e à inabilidade de Daire em sacrificar a eternidade de sua avó por um bem maior, eles conseguiram romper a barreira. A história que fui obrigado a adivinhar, juntando os fragmentos que consegui ouvir – já que todo mundo parece pensar que preciso de proteção, que preciso ser blindado contra a verdade da minha família.

Eles realmente acham que sou tão estupidamente puro que não consigo lidar com minha própria realidade?

E, ainda pior, eles realmente acham que sou incapaz de me defender?

Aperto o volante com as mãos, olhando para a lateral do edifício enquanto piso no acelerador com força, até o final. Não há nada que queira mais do que bater contra aquela fachada falsa de adobe, quebrar aquela placa estúpida em pedaços, com os Richter que estão lá dentro.

Mas, no último instante, dou um cavalo de pau e deixo o centro da cidade.

Faço o caminho para a reserva, em busca de respostas que estão muito atrasadas.

catorze

Daire

Quando saímos da loja de bebidas com os cigarros protegidos em minha mochila, Dace não estava mais lá. Com sorte voltou para a escola, percebendo o imenso risco que corria me seguindo.

Pensando em mim.

Me amando.

Sigo Chay até a livraria, onde ele começa a vaguear pelos corredores, espiando o tipo de títulos nos quais tenho certeza de que ele não tem nenhum interesse. Demora de um jeito que faz com que me pergunte por que decidiu me trazer aqui.

Quando a mulher ruiva que trabalha na caixa registradora chama alguém que não está visível – dizendo algo sobre ir até a loja de Gifford comprar um rolo de selos –, não posso deixar de notar o jeito que Chay espicha o pescoço enquanto ela sai. Dirigindo-se para o balcão no mesmo segundo em que a porta se fecha atrás dela, ele se aproxima com um propósito que não posso nem mesmo imaginar. Então sorri em cumprimento quando um homem com cabelos negros e olhos da mesma cor sai de trás da cortina, seu olhar de soslaio para mim, interrogador.

– Daire Santos. – Chay aponta para mim com a cabeça.

– Lúcio Penabranca. – O homem assente, segurando minha mão em um cumprimento firme e simpático.

– Penabranca? – Desvio o olhar dele para Chay.

– Lúcio é filho de Pé Esquerdo. – Chay murmura, enquanto me guia através da cortina, em um aposento nos fundos que, pelo jeito, parece ter a tripla função de estoque, sala de descanso e centro de envio, julgando pelo número de grandes caixas de papelão espalhadas por todo lado.

– Veio bem na hora – Lúcio diz. – Acaba de chegar um novo lote.

Observo enquanto eles se debruçam sobre as caixas, cortando grossas faixas de fita adesiva marrom, apenas para revelar... *livros*?

– Não entendo. – Retorço a boca para o lado, tentando ver sentido naquilo. – Por que tanto segredo?

Lúcio olha para Chay e para mim, assumindo a dianteira quando diz:

– Os Richter não controlam apenas a cidade... controlam o que é vendido nela.

Olho as pilhas de livros com brilhantes capas coloridas – livros sobre controlar o próprio destino, criar um mundo melhor de dentro para fora –, muito distantes do tipo de livro que eu esperaria.

– Então você está dizendo que, além da longa lista de atos malvados, eles também proíbem livros?

– Eles proíbem tudo o que consideram muito inspirador ou informativo. – Lúcio e Chay trocam um olhar reservado. – Não querem as pessoas fortalecidas. Não seria bom para eles.

– Então eles censuram?

– Já ouviu a rádio de Encantamento? – Lúcio pergunta.

Nego com a cabeça. Nunca me ocorreu fazer isso. Estou muito bem casada com meu iPod.

– Ela só toca as músicas e as notícias que *eles* acham adequado compartilhar. E acontece o mesmo com o jornal da cidade.

– Ok. Mas, mesmo assim... Para que todo esse segredo? Por que vocês não podem simplesmente encomendar todas essas coisas pela internet e receber todos os livros de autoajuda ou motivacionais que desejar bem na sua porta?

– Eles controlam o posto local dos correios e o provedor de internet local também.

Meus olhos se arregalam. *Caramba*. Eu sabia que essa cidade era ruim. Sabia que os Richter eram perversos. Mas acho que nunca soube o quão longe isso ia. Eles são completamente fascistas. Mais uma razão para ir à Toca do Coelho e fazer o que vim aqui fazer.

– Então, por que vocês continuam aqui? – Olho para os dois.

– Alguém tem que lutar pelo lado do bem. – Chay sorri, escolhendo um livro da pilha e guardando-o em minha mochila. Dá um rápido adeus a Lúcio e me leva porta afora assim que a vendedora ruiva retorna.

– Então, que tal eu levá-la para casa? – Chay aborda a questão de modo casual, em oposição direta ao olhar analítico que me dá.

– Para casa? Você não quer dizer escola? – Ergo uma sobrancelha, olhando para ele antes de acrescentar. – Na verdade, pensei em dar uma volta pela cidade. Para encontrar um lugar tranquilo e ler meu livro novo. – Dou um tapinha do lado da mochila, embora o olhar que recebo me diz que ele não está acreditando em minha história.

– Eu não recomendaria isso. Melhor manter esse tipo de coisa na privacidade da sua casa.

– Então está me dizendo que nossos lares são privados?

Um sorriso repuxa os lábios de Chay.

– O de Paloma é.

– O que você me deu, afinal? – pergunto, pois mal tive a chance de olhá-lo antes de que ele o guardasse em minha mochila.

– Um livro sobre manifestação e intenção... Nada que Paloma não possa ensiná-la.

Eu o encaro, me sentindo um pouco perdida em suas palavras.

Ele coça o queixo e olha ao redor para se assegurar de que ninguém esteja ouvindo.

– Daire, queria mostrar a você seus inimigos. Você está subestimando grosseiramente El Coyote se pensa que pode chegar lá e fazer... o que quer que esteja planejando fazer. Eles são muito mais poderosos do que você imagina. O maço de cigarros em sua mochila pode fazer com que passe pelos demônios que guardam o vórtice, mas o que vai fazer depois que estiver lá dentro? Você tem um plano... ou está agindo com uma mistura irracional de paixão, raiva e adrenalina? – Seu olhar encontra o meu, esperando que eu responda, mas quando não o faço, ele prossegue. – Se entrar lá agora, tudo o que vai conseguir é ser morta.

– Não é verdade – digo. – Cade não me matará. Ele precisa de mim. Sabe que não posso simplesmente parar de amar Dace... não funciona dessa forma. Então, quanto mais ele me mantiver por perto, mais forte ele fica. Ele é o único que se beneficia.

– Não pense nem por um segundo que ele não a matará a fim de se salvar porque, garanto a você, ele a matará. Sua chance de matá-lo é somente igual à força que você precisa para fazer isso. E, Daire, você simplesmente não está forte o suficiente. Não posso deixá-la fazer isso. Ainda não, em todo caso. Além disso, você não deve estar sozinha. E você pode obter muitos recursos de Paloma e de mim. Até mesmo de Pé Esquerdo, de Chepi e de Lúcio, que você acaba de conhecer. Deixe-nos ajudar. Deixe-nos mostrar como fazer isso do jeito certo.

Fico parada diante dele, pesando suas palavras.

– Venha. – Ele passa um braço ao redor dos meus ombros e me leva pela rua até sua caminhonete. – Não há vergonha alguma em dar atenção à sabedoria de um velho.

quinze

Dace

A última pessoa que espero ver quando entro na casa de minha mãe é Pé Esquerdo. Mesmo assim, ali está ele, sentado na mesa da cozinha, debruçado sobre uma caneca fumegante de café recém-passado. Pego-o no meio da conversa, dizendo:

– ... simplesmente desapareceu. Mas sabemos que isso não é bem verdade.

Ele lança um olhar eloquente para Chepi, enquanto seu rosto fica severo de um jeito que não vejo com frequência. Os dois ficam perdidos em pensamentos, um instante antes de me notarem.

– Dace! – Minha mãe fica em pé, com uma expressão que não consigo decifrar. É *culpa*, *surpresa*, *reprovação*? Antes que eu consiga definir, ela corre em minha direção, apertando-me entre os braços e passando uma mão por meu cabelo.

Devolvo o abraço. Aperto-a com força, então gentilmente me solto. Desloco meu olhar de um para o outro quando digo:

– Preciso de respostas.

– Por que você não está na escola? – Os grandes olhos castanhos de Chepi se estreitam quando me veem. Ela tenta desviar uma conversa que prefere não ter. – As férias de inverno começam na próxima semana.

– Mãe, por favor. – Minha voz é tão tensa quanto a expressão que levo no rosto, enquanto pego uma cadeira vazia entre eles, sem vontade de participar deste jogo em particular. – É hora de me encarar e me dizer a verdade.

Pé Esquerdo murmura alguma coisa sobre precisar ir embora. Mas, antes que consiga ir muito longe, eu digo:

– Mas acontece que eu preciso de você aqui também.

Ele me encara e volta ao seu assento. Dirigindo suas palavras para minha mãe, ele diz:

– Chepi, chegou a hora. Você não pode evitar este dia para sempre.

Chepi bate na mesa com as mãos calosas de anos de trabalho de joalheria – peças de turquesa e prata que antigamente eram cobiçadas por galerias e turistas. Mas na última década as galerias todas fecharam, e Encantamento saiu da rota dos turistas. Obrigando-a a fazer viagens frequentes para Santa Fé, onde vende suas mercadorias pela rua, tentando nos manter em pé.

– Eu sei o que aconteceu com você no Dia dos Mortos – começo, esperando poupá-la de revelar aquele inferno. – Sei o que Leandro fez. Sei o que sou, o que Cade é, e como fomos concebidos. Sei que você não é em nada responsável pelo que aconteceu com você. Sei o quanto deve ter sido difícil olhar para mim nos últimos dezesseis anos...

– *Não*! – As mãos dela encontram as minhas, apertando-as com uma força surpreendente. – Não acredite nisso... não é verdade!

Me solto dela, inclinando minha cadeira para trás até que estou balançando em duas de suas pernas. Um ato que sempre resultou em um olhar desaprovador, seguido por uma reprimenda verbal quando eu era criança, mas que hoje passa despercebido.

– Você é meu filho. Jamais me arrependi de haver tido você. Você foi destinado a ser meu. – Ela torce os dedos, nervosa.

Destinado. Sim. Observo minhas mãos, decidindo o que dizer em seguida.

Meus pensamentos são interrompidos quando Pé Esquerdo diz:

– Dace, sinto muito. Muitas vezes quis contar para você, mas...

– Mas eu não permiti. – Chepi o interrompe. – Pensei que, se ignorasse isso, poderia evitar. Estupidez, eu sei. – Ela balança a cabeça. – Mas quando vi você com aquela garota...

– Daire. O nome da garota é Daire. – Meu estômago se contorce de angústia quando a imagem dela toma minha mente.

– Sim. – Chepi assente. – Quando a vi com ela, sabia que não demoraria muito até que a verdade fosse revelada. Mesmo então, nunca parecia uma boa hora de lhe contar. Mas, por favor, saiba que nunca quis mentir ou enganar você. Só queria protegê-lo desse tipo de pensamento lamentável que está tendo agora.

Meu olhar encontra o de minha mãe e, simplesmente assim, toda a raiva que cultivei durante o curso de uma longa e torturante noite se dissolve como se nunca tivesse existido. Ela sofreu mais do que qualquer pessoa deveria sofrer. Não há motivo para repreendê-la por guardar seus segredos. Não há razão para arrastá-la mais para o fundo do que já fiz.

Mas, quando tento dizer isso, insistindo que Pé Esquerdo e eu podemos continuar daqui pra frente, uma força há muito adormecida emerge.

– Você merece uma explicação – Chepi diz. – Merece saber a verdade.

Levo um momento para me recompor. Apesar de pedir e insistir nisso, preciso de tempo para me preparar.

Ela fita a parede oposta, como se suas memórias estivessem impressas nela. Seus ombros encolhem, sua postura suaviza, enquanto o canto de seus lábios se levanta levemente – em contraste com a mandíbula endurecida e os punhos cerrados que eu teria esperado.

– Eu era muito jovem. – Sua voz é cadenciada com carinho, enquanto um sorriso triste levanta sua expressão, lembrando uma versão irrecuperável de si mesma. – Jolon, meu pai, seu avô, me mimava, cuidava de mim e me protegia de maneiras que eu nem percebia, até que ele se foi.

– Ele a estragava – Pé Esquerdo se intromete, inserindo um bem-vindo momento de leveza em uma história que logo ficaria sombria.

Seus olhares se cruzam, como se partilhassem a lembrança entre eles. O momento é interrompido quando Chepi puxa as mangas de sua blusa e se volta para mim.

– Eu tinha acabado de fazer dezesseis anos. Mas, para os padrões de hoje, eu era muito jovem e inocente. Acredite quando digo que não possuía nem o mais leve traço do mundanismo da sua geração. Ainda que eu costumasse culpar minha ingenuidade pelo que me aconteceu... Pé Esquerdo finalmente foi capaz de me convencer de que isso não importava. Eu não era páreo para Leandro. Ele estava determinado. Eu era sua presa. É simples assim.

Meu olhar se direciona até Pé Esquerdo, e mais uma vez me lembro de sua abnegação – do quão rapidamente ele chegou para preencher o papel de pai em nossas vidas.

– Havia muita agitação naquele dia – ela continua. – A reserva toda estava cheia de atividades. Mas eu estava animada sobretudo porque Jolon tinha prometido me levar para o Mundo Inferior para que eu pudesse conhecer meu espírito animal. – Seus olhos brilham com a lembrança. – Ainda que eu soubesse que era guiada pelo Beija-Flor, nunca havia feito a jornada para encontrá-lo cara a cara. Estava tão animada... Me sentia crescida, como se finalmente tivesse completado minha iniciação. Sempre fui fascinada pelas artes místicas... Fui aprendiz de Jolon desde muito nova. Mas quando cheguei aos dezesseis anos, ele concordou em avançar meu treinamento. Estava convencido de que eu tinha um dom. Supunha-se que um dia eu assumiria...

Ela fica calada, as pontas de seus dedos lendo as ranhuras da mesa de madeira, preparando-se para o que quer que viesse a seguir. Ver isso me faz estender o braço e cobrir sua mão com a minha, esperando que isso traga a força necessária para continuar.

– Planejamos começar cedo, mas como acontecia com frequência com Jolon, nos atrasamos quando um vizinho ficou doente e precisou da atenção dele. Normalmente, eu teria ido junto para ajudar, mas estava tão empolgada, minha energia muito dispersa para ser de alguma utilidade. Então subi em meu cavalo, uma velha égua chamada Sortuda, a quem eu era ferozmente dedicada, e parti para o bosque de juníperos retorcidos, planejando esperá-lo lá. No caminho, cruzei com Daniel, um garoto cabeludo, de olhos castanhos, por quem eu tinha uma queda secreta. Ou pelo menos pensava que era secreta; aparentemente eu não a tinha escondido muito bem. – Seus olhos reluzem, seu rosto ganha uma expressão resignada, e ela solta um suspiro cansado. – De qualquer forma, Daniel se ofereceu para me acompanhar, mas antes ele disse que tinha algo incrível para me mostrar. Não levaria muito tempo, ele afirmou, prometendo que eu estaria de volta ao vórtice antes que Jolon percebesse que eu havia partido. Ele foi tão persuasivo, e eu estava tão disposta, que foi o necessário para que eu concordasse. Só mais tarde, quando estava amarrada e amordaçada, que ele revelou seu rosto verdadeiro. Acontece que não era Daniel que eu havia seguido... era Leandro Richter. Ele me enganou. Me manipulou para alterar minha percepção e me mostrar o que eu mais queria ver. Me manteve em cativeiro por horas... ajudado por figuras desoladas e sombrias que conjurou do éter. Juntos, fizeram horríveis rituais de magia negra que me agrediram, espancaram e me fizeram entrar e sair do meu estado de consciência. Até a primeira luz da manhã, quando jogou meu corpo inconsciente sobre o dorso de Sortuda e me mandou de volta para que Jolon me encontrasse. Algumas horas mais tarde, Jolon estava morto.

Sua voz carrega a resignação serena de um sobrevivente. Alguém que encarou o pior que a vida tem a oferecer: os incompreensíveis atos de crueldade que os humanos escolhem infligir uns sobre os outros.

– Naquele dia, perdi minha inocência, perdi minha fé e perdi meu amado pai.

Solto sua mão, fecho os punhos com força sobre a mesa, jurando vingança contra Leandro, Cade, contra o último que sobrar deles. Ainda que ela não tenha me dito nada que eu já não soubesse, não há como impedir a nova onda de raiva crescendo dentro de mim.

Sou produto das trevas. A semente de um ato tão hediondo, difícil de compreender.

Como ela consegue olhar para mim?

Como ela consegue ficar perto de mim?

Como se escutasse meus pensamentos, Chepi se vira em sua cadeira até ficar bem de frente para mim. Agarra meu queixo entre o indicador e o polegar e me obriga a retribuir seu olhar quando diz:

– Nove meses depois, quando você nasceu, quando vi a luz em seus belos olhos azuis, eu sabia que uma pequena parte de mim tinha prevalecido. Enquanto seu irmão se provou ser criação de Leandro, você, meu filho amado, é meu e só meu. É *meu* sangue que corre em suas veias. Você é um legítimo Penabranca e deve ter um grande cuidado de nunca se esquecer disso. Seu avô Jolon era ao mesmo tempo poderoso e dotado... era ligado com o divino... e não tenho dúvidas de que você também é.

– Sim, sou a metade boa, a metade pura – digo. As palavras amargas, cheias de sarcasmo quando afasto meu queixo de sua mão, desviando-me de seu olhar, indigno de seu amor incondicional.

– Você trouxe uma alegria inexprimível para minha vida. – Sua respiração falha, as palavras tão cheias de emoção que ela precisa de um momento para prosseguir. – Você é a única razão pela qual estou sentada aqui hoje. Sua chegada a este mundo me deu algo para celebrar... algo pelo qual viver. Dace, meu menino querido, agora que você está aqui, eu não queria que nada fosse diferente.

Não pode ser verdade.

Depois de tudo pelo que passou, não há como ela estar sendo sincera. Mas quando afinal meu olhar, relutantemente, encontra o dela, não há dúvidas de que ela esteja falando a verdade.

Fecho os olhos, lutando para me controlar. E, quando os abro novamente, sou tomado pela necessidade de me desculpar por fazê-la reviver um dia tão horrível.

– Sinto muito por tudo isso... por tudo. Lamento que o passado não tenha ficado para trás.

Chepi suspira, e seus ombros sobem e descem, quando recomeça:

– Tivemos dezesseis anos juntos e em paz... E sou grata por isso. – Ela ergue o braço até meu rosto, com uma mão que é suave e seca. E quando acaricia meu cabelo, não tento detê-la. Seu toque traz grande conforto. – Apesar do que estamos enfrentando agora, estou decidida a fazer com que a paz continue a reinar. Leandro roubou meu passado, mas não roubará meu futuro... tampouco o seu. – Sua voz está motivada de um jeito que raramente ouvi, suas íris se aprofundando, me lembrando terra recém-revolvida. – Já comecei o trabalho preparatório.

Olho de soslaio para Pé Esquerdo, vendo que ele está tão por fora quanto eu.

– Não observei o Dia dos Mortos por muitos anos. Mas depois de deixar você naquela manhã com Daire, logo depois que a alma de Paloma voltou, fiz um pequeno ritual por conta própria.

Me aproximo dela, tentando adivinhar o que quer dizer.

– Convoquei Jolon. – Ela inclina o queixo. – Tenho sentido a presença dele ao longo dos anos... Seu espírito está em toda parte, assim como ensinei a você... – Sua voz desvanece, enquanto ela esfrega distraidamente o polegar sobre o beija-flor esculpido em turquesa que leva no dedo indicador. – Apelei por sua proteção e, desde então, tenho sentido o poder do leão dele nos protegendo. Mas, Dace, não se engane... ele existe apenas em espírito. Você e Daire são nossa última e verdadeira defesa contra Leandro e o resto dos Richter. Não adianta negar isso.

Ela se cala, encarregando-me de interpretar suas palavras. E, ainda que não fosse tudo o que eu esperava ouvir, estou mais preocupado sobre o leão de Jolon nos guiando. Dadas as circunstâncias, isso não pode ser bom.

– O Mundo Inferior está corrompido – digo. – Daire e eu estivemos lá ontem. Temos ido lá quase todos os dias... ou, pelo menos, Daire tem ido. – Pego a ponta do curativo que levo no braço, as bordas já desfiando, o meio manchado de vermelho do meu sangue, ciente de que usei o nome dela duas vezes.

É um sinal de estar apaixonado. Agindo como se a simples menção da pessoa pudesse invocar sua presença. Quando, neste caso, a única coisa que isso invoca é a imagem de tirar o fôlego de Daire deitada embaixo de mim, suas bochechas coradas, seus lábios rosados e convidativos, seus olhos verdes e brilhantes, a pele suave e atraente sob a pressão de meus dedos...

Balanço a cabeça para me livrar do pensamento. Juro usar o nome dela o menos possível. Não há como dizer o quanto este pequeno devaneio me custa.

– O lugar está poluído – prossigo. – E os espíritos animais estão infectados também. O Cavalo está inútil. Não me guia mais. Estão todos inúteis... ariscos, assustados, ineptos.

É tudo o que Chepi precisa para remover o anel de beija-flor que usa desde que a conheço. Coloca-o sobre a mesa, enquanto Pé Esquerdo faz um sinal sobre a algibeira de camurça que usa no pescoço, a visão disso fazendo com que eu pense em Daire novamente.

Ela ainda está usando a algibeira. Talvez eu devesse lhe dizer – avisar que isso a coloca em risco.

Balanço a cabeça. Esfrego as mãos sobre o rosto. Tenho que parar com isso. Tenho que parar de encontrar desculpas para pensar nela, para vê-la. Paloma está cuidando dela. Chay também, pelo que vi mais cedo. Ela está em boas mãos.

Preciso me concentrar em protegê-la de outras formas.

Formas maiores.

Formas que realmente importem.

Encaro o anel de Chepi – uma relíquia da minha infância que cresci acostumado a ver, só que agora parece diferente. É como se tivesse um esconderijo inteiro de segredos que não posso sequer começar a compreender. Minha cabeça está tão cheia, meus pensamentos tão conflitantes, que mal ouço a mim mesmo quando digo:

– Os animais estão tão corrompidos que não são mais confiáveis.

Minha atenção é reivindicada por Pé Esquerdo afastando-se da mesa.

– Então temos de confiar em nós mesmos – diz, dirigindo-se para a porta e fazendo sinal para que eu o siga.

dezesseis

Daire

Quando o trajeto fica muito longo, quando Chay continua a vaguear por uma série de estradas de terra não familiares, fazendo caminhos cada vez mais confusos, eu o encaro e digo:

– Você não disse que Paloma estava nos esperando?

Ele me lança um olhar paciente.

– Ela está.

– Então... Onde exatamente ela está esperando? Você claramente não está me levando para casa.

– Estamos indo para as cachoeiras – ele diz, como se fizesse total sentido, quando na verdade não faz nenhum.

– Poderia me dar um pouco mais de informação? – Tento acalmar meu susto crescente, além do calafrio que me percorre. Isso me lembra muito de como a minha busca da visão começou. E, apesar de eu ter passado por ela e saído renovada, não se pode dizer que apreciei a experiência.

Chay estende a mão em minha direção, o anel de águia brilhando quando me dá um tapinha no joelho.

– Passei um SMS para Paloma quando a vi no Gifford. Ela me disse que a levasse para as cachoeiras... Disse que nos encontraria lá.

– Vocês trocam SMS? – Viro em sua direção. Sei que isso não devia estar em questão, mas, mesmo assim, jamais teria imaginado que fizessem isso.

Chay dá uma gargalhada.

– Sim, trocamos SMS. Usamos Facebook também. Embora tenhamos chegado ao nosso limite no Twitter.

Balanço a cabeça. Me obrigo a manter o foco, voltar ao assunto.

– Então, o que faremos lá, depois que chegarmos a essas *cachoeiras*?

Ele olha para mim.

– Paloma explicará quando estivermos lá. Sou apenas o motorista.

Suspiro. Me esgueiro em direção à borda do meu assento. Sei que não adianta forçar mais. Chay e Paloma são próximos demais para caírem em meu jogo em tentar desuni-los.

Um cenário sem fim se desenrola pela minha janela – uma mancha de austeras formas estéreis em tons de bege escuro e marrom, contra um céu esbranquiçado como osso. Apesar do tempo frio e triste, a afirmação de Xotichl que nevará no Natal parece mais improvável a cada dia.

Viajamos por quilômetros. Viajamos por terrenos desconhecidos que só parecem ficar mais acidentados conforme avançamos. E quando finalmente paramos a alguns metros da água, vejo o jipe de Paloma estacionado perto da margem.

Saio da caminhonete de Chay, observando como os dois discutem, com as cabeças inclinadas juntas, como conspiradores. Qualquer chance de escutar o que estão dizendo é vedada pelo barulho da água que ruge tão alto que abafa qualquer outro som.

– Está pronta? – Paloma olha para mim, a expressão cuidadosamente resguardada.

Meus olhos disparam para todos os lados. Veem um rio furioso e duas pessoas que podem ou não ter as melhores intenções nos corações.

– Pronta para o quê? – pergunto, embora tema já saber. Implorei para Paloma completar minha iniciação como Buscadora, para me ensinar o máximo que pudesse, o mais rápido que pudesse, e este é o jeito de ela cumprir sua palavra. – Realmente espera que eu entre ali? *Agora?* – Aponto na direção do rio e nego com a cabeça. – Você deve estar brincando! – Cruzo os braços sobre o peito. – Sem chance, Paloma. Caso não tenha notado, está muito frio. Sem mencionar que não estou vestida de forma adequada para isso.

Para mim parece uma boa desculpa, mas as palavras não fazem sentido para ela. Sem qualquer pausa, ela diz:

– Trouxe uma muda de roupas para você. Assim que estiver pronta, entrará neste ponto aqui. – Seus braços fazem um arco adiante, os dedos apontando na direção do lugar onde a água encontra a terra. – E vai seguir rio abaixo e encontrar o caminho até a cachoeira, onde suportará a enxurrada até conseguir se fundir ao poder da água e fazê-la revelar sua canção para você.

Pestanejo. Balanço a cabeça. Pestanejo novamente. Embora isso não melhore nada. A cada vez que abro os olhos, vejo-os parados diante de mim, esperando que eu pare de perder tempo e comece logo.

– Lembre-se do que lhe disse: tudo está vivo, *nieta*. Os elementos são seus aliados, amigos de todos os Buscadores. Cada um deles tem algo para nos ensinar, algo para nos revelar. Você já conheceu o poder do Vento e da Terra, e agora deve aprender o poder da Água. Há um antigo ditado que diz: a*s coisas mais suaves do mundo superam as coisas mais duras do mundo*... e a Água é um bom exemplo disso. É sedosa, fluida e, mesmo assim, responsável por escavar essas rochas que estão sob seus pés. Você deve se esforçar para ouvir a Água, descobrir o que ela oferece e definir sua canção. Senão, temo que você sucumbirá, e tudo estará perdido.

Engulo em seco. Tento determinar o que é pior – terminar decapitada em uma rodovia em Los Angeles, como meu pai, ou afogada em um lúgubre rio do Novo México, o que tenho quase certeza de que está prestes a acontecer.

– Uma das coisas mais importantes que você vai fazer como Buscadora, além de manter o equilíbrio entre os mundos, é gerir o clima, manipulando os elementos. Mas, antes que possa lidar com os elementos, precisa aprender a se ligar a eles. E, agora, é hora de se ligar com o elemento água. Muitos Buscadores antes de você passaram por essas provações, agora é a sua vez.

Ela me dá as roupas que trouxe e diz para eu me trocar no jipe. Quando saio, ela abre os braços, como se estivesse pronta para me abraçar. E, ainda que não me sinta especialmente afeita a isso neste momento, abraço-a mesmo assim.

Pode ser a última vez.

Pode me dar a força de que necessito para passar por isso.

Quando meus olhos encontram os de Chay e ele assente em encorajamento, endireito os ombros, encaro o rio e ando até ele. Caminho direto para a água gelada, que me encharca em um instante, esfriando meu corpo até a beira da hipotermia em alguns poucos segundos. Digo a mim mesma que, se isso é necessário para matar Cade Richter, eu o farei.

No início, luto contra a corrente, insistindo em ir no meu ritmo, seguindo meu caminho. Mas não demora muito antes que o esforço me esgote, me forçando a soltar os membros e, literalmente, seguir com a correnteza. Segurando a algibeira de camurça com uma mão, faço o possível para manter a cabeça para fora da água enquanto sou levada rio abaixo.

Meus dedos buscam as bordas duras do corvo de pedra escondido na algibeira, juntamente com a ponta da pena e a curva do urso de Django. Meus dentes batem, os lábios tremem, aperto a algibeira entre as mãos, dobro os dedos em súplica e digo:

– Se ainda há algo de bom em você, por favor, me guie. Por favor, me ajude a suportar. Não me deixe morrer. Não aqui. Não assim. Não antes de que eu tenha uma chance de fazer o que nasci para fazer.

dezessete

Dace

Travo minha mandíbula com força. Me encolho enquanto Pé Esquerdo derrama mais daquele líquido fétido em minha ferida. A coisa queima de um jeito que mal consigo acreditar.

– Acho que isso é suficiente. – Forço as palavras entre os dentes cerrados. – Se colocar mais, vou pensar que está empenhado apenas em me torturar.

– Como você se machucou? – Ele aperta os olhos, concentrado em enfiar a linha na agulha que usará para costurar a ferida.

– Foi em um encontro infeliz com um coiote maluco.

Ele faz uma pausa, me observa por um longo tempo, então insere a agulha em minha carne.

– Relaxe. Quanto mais resistir, pior será. A propósito, isso vale para tudo na vida, não apenas para pontos.

Balanço a cabeça. Murmuro vários xingamentos. Embora não seja a primeira vez que Pé Esquerdo me costure, este ferimento está mais fundo do que a maioria.

– Temo que esteja pior do que você imagina. – Ele passa a agulha, e o fio sai pelo outro lado da minha pele.

Olho para o ferimento. *Se aquele coiote tiver raiva, matarei ele também!*

– Não, não é isso. – Pé Esquerdo puxa o fio antes de fazer um nó. – O Mundo Mediano também está sofrendo os efeitos das ações de Cade.

Ah. Isso.

– Ontem, uma revoada de corvos despencou do céu. Quando acertaram o chão, já estavam mortos. É a segunda vez que isso acontece.

Corvos. É claro. Que poético.

Corvos igual a Daire.

E Corvos mortos igual ao plano de Cade de roubar a alma de Daire e levá-la à morte – exatamente como o sonho profético que tive.

– E ainda que não neve em Encantamento há muitos anos, agora não neva mais nas áreas ao redor tampouco. Está frio o suficiente para nevar. Parece que vai nevar. Mas, por alguma razão, não está nevando. Más notícias para Angel Fire, Taos e todas as outras estações de esqui... Mas notícias ainda piores para nós, porque sabemos o que está por trás disso. – Ele fita meu olhar. – E aquela que está a cargo de nos salvar não está preparada para a tarefa. O treinamento de Daire foi interrompido quando Paloma perdeu sua alma. Só agora estão recomeçando de onde pararam. Mas com a mágica de Paloma perdida, Daire terá que encarar essa coisa por conta própria. E, odeio dizer isso, mas ela está longe de estar pronta. – Ele apanha um rolo de gaze, ajeitando-o confortavelmente ao redor de meu braço.

– Eu vou ajudá-la! Eu vou... – Cerro meus lábios e olho para fora da janela.

Como vou ajudá-la se não posso nem me aproximar dela?

Não posso nem pensar nela sem fortalecer Cade.

O único jeito de ajudá-la é substituindo todos os pensamentos amorosos por ela por pensamentos de vingança contra Cade. Nutrir meu ódio por ele até que minha alma se torne sombria o suficiente para esmagar a dele.

– Você também não está pronto. – A voz de Pé Esquerdo interrompe meus pensamentos. – Você foi protegido por tempo demais. Além de um punhado de truques de salão que lhe ensinamos quando era menino, você tem um longo caminho a percorrer.

Travo os dentes. Dificilmente isso é minha culpa.

Ele puxa minha manga, desenrolando o tecido até cobrir o ferimento.

– Embora, apesar da sua falta de treinamento, você nunca deve esquecer que tem uma vantagem muito peculiar sobre Cade.

Nossos olhos se encontram. Não tenho ideia do que possa ser.

– Enquanto as trevas garantem sofrimento e caos, a luz é a única coisa que pode iluminá-la o suficiente para deter seu caminho. Você não precisa se tornar como seu irmão para lutar contra ele. Entendido?

Confirmo com a cabeça. Embora a verdade é que estou disposto a sacrificar tudo – jogar sujo, se necessário – se isso significa salvar Daire. Agora que ela é parte de minha vida, não há nada que não farei para protegê-la.

Observo os santos esculpidos em madeira que preenchem os nichos, o sortimento de penas e cristais, as ervas alinhadas nas prateleiras. As ferramentas de atuação de um Trabalhador da Luz. Os talismãs que Pé Esquerdo usa talvez sejam bons o suficiente para curar os moradores locais, mas dificilmente serão páreo para o monstro do meu irmão.

Me viro para Pé Esquerdo. Pego-o me observando com olhos caídos e profundos. Me sondando, como se lesse meus pensamentos, dá um suspiro resignado e diz:

– Acho que é hora de aprender alguns truques novos.

– As pessoas estão desaparecendo.

Aguço meu foco, incerto se ele está falando sério ou propositalmente tentando me distrair, só para que possa me lembrar, mais uma vez, da importância da intenção. De como é o ingrediente principal da magia. A força que faz tudo acontecer.

Abro as mãos, lutando contra a vontade de gritar em triunfo quando o falcão de cauda vermelha que estive rastreando pousa em minha palma. Suas garras afiadas perfuram minha carne quando a ave se instala por alguns segundos, toma um rápido impulso antes de abrir as asas e levanta voo mais uma vez.

– Quem está desaparecido? – pergunto, mordendo a isca, agora que aprendi a parte sobre me conectar e me misturar com a natureza. Convenci aquele falcão a pensar, por alguns poucos segundos ao menos, que eu era um lugar seguro para ele pousar. Espero que a próxima lição traga um pouco mais de desafios. As últimas foram fáceis demais.

– Mike Miller, Randy Shultz, Tessa Harpy, Anthony Lopez, Carla Sanchez... todos se foram. Parecem ter desaparecido sem deixar rastro. E esses são os que eu fiquei sabendo.

Franzo o cenho. As palavras imediatamente me lembram da conversa que interrompi entre ele e Chepi quando invadi a cozinha dela algumas horas mais cedo.

– Foram para onde?

Pé Esquerdo encolhe os ombros.

– Não dizem. As pessoas não costumam ir embora dessas bandas, você sabe.

– Algumas sim.

Encaro à distância, lembrando como Marliz conseguiu escapar de um futuro sombrio servindo mesas na Toca do Coelho e de um futuro ainda mais sombrio casando-se com o louco do meu primo Gabe ao se mudar para Los Angeles – com uma pequena ajuda da mãe de Daire, Jennika. E houve aquela garota que conheci certa vez... aquela que foi embora e jamais retornou.

– Nunca foram tantos. E nunca cinco em um dia.

– Suas famílias denunciaram os desaparecimentos?

Pé Esquerdo aperta os olhos, seu rosto queimado e vincado por uma série de vales e penhascos.

– Acha que alguém do departamento de polícia vai se importar e ainda fazer um relatório? Toda a cidade é governada pelos Richter... eles provavelmente estão por trás disso.

Faço minha mandíbula ranger. Passo a ponta do meu sapato pela terra.

– Você não é em nada como eles – ele diz.

Viro o rosto para ele, sem concordar nem discordar. Não quero dizer nada que possa resultar na suspensão do meu treinamento. Ainda há muito o que aprender, e ele é o único disposto a me ensinar.

– E agora? – Observo Pé Esquerdo, que leva um momento para reavaliar. – Sinta-se à vontade para tornar mais desafiador.

– Acha que está pronto para mais, então? – Ele me avalia por um momento, seu olhar tão examinador e profundo que luto para não me encolher. O velho curandeiro pode não ser tão lendário quanto seu irmão Jolon, mas definitivamente tem seus talentos, e nunca fui capaz de enganá-lo.

– Tudo bem. Embora eu tenha que avisar: isso vai levar a maior parte da noite. Amanhã você estará pronto para retornar ao seu trabalho na Toca do Coelho.

dezoito

Daire

Um jato forte de água acerta meu rosto muito antes que eu a alcance.

É o tipo de poder que as cachoeiras têm.

De onde estou, ela parece assustadora, agourenta e imensa – um sinistro dilúvio, amplo como uma rodovia. Ela não deixa dúvidas de sua capacidade de me esmagar ou de me transformar.

Pode ser qualquer um dos dois.

Vislumbro o lugar em que Paloma e Chay me observam da margem. Apesar do espaço relativamente curto entre nós, eles parecem estar a mundos de distância. Como duas figuras em miniatura olhando do lado de fora, esperando para ver se vou viver ou morrer. Mas não demora até que a correnteza acelere. A água agitada me avisa que logo chegarei ao meu destino.

O rugir constante da água esmagando a si mesma faz vibrar meu interior, enquanto do lado de fora o abraço gelado do rio deixa minha carne amortecida e dormente. A situação é tão miserável, tão insuportável, que exige cada grama de vontade que tenho para ignorar a necessidade instintiva de voltar para a terra. Para acreditar na mágica que Paloma me ensinou, nas antigas tradições dos Buscadores e nos elementos que querem me ver em segurança.

Realmente não há escolha. Não há sentido em lutar contra meu destino.

Recusar a fazer isso, recusar a completar meu treinamento, só vai colocar fim à minha vida assim como certamente aconteceu com Django. E, de algum modo, sinto que estou fazendo isso por nós dois. Desesperada para ter êxito onde ele falhou. E, embora eu possa não sobreviver a este teste em particular, ainda que isso possa me arremessar em uma morte horrível e prematura, ainda há uma pequena chance de que eu consiga sobreviver. E é nesse pensamento que me agarro.

Fecho os olhos com força, me concentro em meu objetivo e aperto o queixo contra meu peito.

Cada vez mais perto...

A água acerta minhas bochechas como socos.

Quase lá...

Django – Paloma – por favor, me perdoem! Não sirvo para isso – não posso fazer isso!

Estou submersa.

A água martela com tanta força que empurra meus ombros, levando-me para o fundo – e então ainda mais para baixo ainda. Me faz mergulhar em profundidades que ultrapassam todos os limites do suportável, fazendo meus pulmões incharem tanto que tenho certeza de que logo explodirão. E não há nada que eu possa fazer para impedir isso. A água me deixa impotente, indefesa, dissolve minha energia até que tudo o que resta é minha força de vontade.

Minha vontade de viver.

Minha vontade de ver essa coisa acabar.

Minha vontade de matar Cade – de reivindicar meu direito de nascença como uma Buscadora – e não morrer como meu pai.

Mas, como se nota agora, somente a vontade não é suficiente.

Ela é evanescente.

Fugaz.

Não é páreo contra a natureza.

Não pode contra ela.

Não me impede de afundar. Braços se debatendo, pernas se aventando, incapazes de impedir que eu bata com força contra o leito de rochas abaixo, enquanto coisas lisas, escorregadias e desconhecidas passeiam e deslizam ao meu redor.

Meus membros se tornam inúteis e fracos, meus pulmões inflados muito além da capacidade. Luto para reunir qualquer força que ainda me reste e me esforço novamente para nadar até a superfície.

Mas, no fim, não é mais do que uma dança da morte: frenética, patética, nem um pouco suficiente para me salvar.

Django teve sorte – quando ele viu a morte se aproximando, já era tarde demais.

Mas isso... Isso é horrível, ainda mais torturante pela consciência cristalina do fim que me aguarda.

As rochas se tornam primeiro suaves, depois esponjosas, até que abrem caminho por completo e eu desço ainda mais. Chego a um lugar que não é mais escuro – onde não estou mais sozinha. Livre de toda a dor e sofrimento que me assolavam há alguns poucos segundos. Deixada lá para olhar para uma bela figura luminescente que flutua bem diante de mim. Emanando uma energia tão cálida, tão brilhante, tão amorosa e curativa, que já não lamento o que perdi.

Estou apenas grata por estar perto de sua presença.

Grata por essa descida não ter sido nem de perto tão ruim quanto eu temia.

Permaneço ali. Flutuando lentamente em círculos, em torno desse ser radiante e maravilhoso. Uma entidade tão gloriosa que é difícil compreendê-la.

Meu corpo se fortalece, curado pela pureza absoluta de seu poder e bondade inatos, me esforço para manter a sensação, sem querer que acabe. Mas com não mais do que um leve aceno de sua cabeça e um gesto para cima com o dedo, novamente estou fora e ascendendo dali.

Subindo. Me agitando. Arremessada pelas águas tão rapidamente que não tenho tempo de protestar antes de emergir livre.

Livre da água.

Livre da correnteza.

Sou deixada ofegante e de olhos apertados por causa da água. Surpresa em me encontrar em um lugar calmo e bonito, do outro lado da cachoeira.

Não é mais alarmante. Não é mais ameaçador. A vista de dentro permite uma perspectiva totalmente nova.

Ainda é brilhante, escorregadio, cintilante, claro, mas, comparado com o lugar de onde flutuei, parece muito mais glorioso do que ameaçador. Uma cascata brilhante de águas cristalinas com um brilho prateado sob o ventre de uma lua matutina. O som de algum modo desapareceu. Não há sinal do rugir crescente que antes me pareceu tão ensurdecedor.

Pego minha algibeira, aliviada em descobrir que ela também sobreviveu à jornada. Pressionando a camurça molhada contra os lábios, digo:

– E agora? – Embora eu não esteja realmente esperando uma resposta, o silêncio que me recepciona me encoraja a permanecer em silêncio também.

Silencio meu corpo. Minha mente. Me obrigo a ficar tranquila e parada e ver o que a água revela.

Não tenho ideia de quanto tempo permaneço assim – com meu corpo já não mais gelado, minha pele não mais dormente. O tempo parece irrelevante, na melhor das hipóteses. Então, em algum ponto, minha pulsação começa a acelerar, meu coração começa a bater com força, até que eu comece a *sentir* que o poder bruto da energia da cachoeira se torna um só com minha própria energia.

Surge dentro de mim.

Se mescla com a força de vida que me guia.

Sua mensagem vem leve no início, mas não demora muito até que soe com clareza. Aumenta até se tornar uma bela harmonia que brota das profundezas – o som da canção da água ecoando em minha mente.

Eu sou o conforto
Eu sou a morte
Tanto tiro a vida quanto a mantenho
Sou calma e ondulante em um dia quente de verão
Sou a crosta endurecida de um duro feitiço de inverno
Sou adaptável
Sempre mutante
Meus apegos são inexistentes
Siga minha indicação quando se encontrar resistente.

A canção se repete. Toca uma e outra vez, até que também me pego cantando. E uma vez que a letra está gravada em minha mente e em meu coração, encontro meu caminho de volta. A até então feroz queda-d'água diminui e torna-se um fio – permitindo que eu passe com segurança antes que retorne com força total.

Paloma e Chay me encontram na margem, e me aqueço com um grande e pesado cobertor que ela enrola ao redor de mim. Suas mãos se movem pelos meus ombros e costas, sua voz embargada de orgulho, enquanto diz:

– *Nieta*, você conseguiu!

Recolho o cabelo com as mãos, espremendo grandes quantidades de água no chão, junto com uma bela pedra que reflete no solo. A cor me lembra os olhos de Dace.

– Um presente da água. – Paloma se abaixa para pegá-la, mostrando-a no centro de sua palma enquanto olho maravilhada. – Uma água-marinha... uma pedra da água. Isso vai para sua algibeira, *nieta*.

Ela a coloca ao lado dos outros talismãs, ao mesmo tempo em que olho para ela e para Chay e pergunto:

– Qual é a próxima etapa? – Me sinto mais do que pronta para lidar com o que quer que seja. Com certeza não será pior do que a proeza à qual acabo de sobreviver. Tudo bem, *mal* sobrevivi, mas mesmo assim...

Chay olha para Paloma.

– Deixarei isso com você – ele diz, dando um breve beijo de despedida nela e se dirigindo para sua caminhonete. Paloma me leva para seu jipe, onde me troco e visto as roupas com as quais cheguei.

– O fogo é o próximo – ela me aninha no cobertor e começa a explicar. – É o último elemento que falta, e alguns dizem que é o mais perigoso. Normalmente não passamos por dois testes em um único dia, mas, com já dissemos, essas não são circunstâncias normais, não é mesmo?

– Estou pronta. – Minha voz é determinada, e permito que ela faça uma longa trança com meu cabelo, que cai pelas minhas costas, muito parecida com a dela. – O que for preciso, eu farei. Só me diga por onde começar.

dezenove

Dace

Depois de um tedioso tempo abraçando a natureza, me misturando e me fundindo, Pé Esquerdo finalmente chega ao ponto e diz:

– Seu irmão gêmeo é um *skinwalker*.

Minha primeira reação é ficar paralisado. É instintivo, algo que não conseguiria impedir nem mesmo se tentasse. Meus olhos se lançam para todos os lados, freneticamente, à procura de alguém que estivesse perto o suficiente para ouvir por acaso, mas é claro que somos só nós dois. Mesmo assim, não respiro com mais facilidade.

Uma das primeiras coisas que aprendi quando criança foi que dar atenção para alguma coisa, falando ou pensando obsessivamente nela, ajuda a torná-la real, ela bate à sua porta, quer você queira, quer não. E funciona tanto para as coisas ruins quanto para as boas.

Por causa disso, mantiveram-me afastado de temas desagradáveis – e o tópico dos *skinwalkers* está entre os mais desagradáveis de todos.

São coisa séria, os *skinwalkers*. São realmente uma coisa assustadora. Se vai trazê-los à tona, é melhor ter uma boa razão para não chamar a atenção de um, ou você vai viver para se arrepender.

Isso se tiver sorte o bastante de viver.

Mas, de acordo com Pé Esquerdo, já atraí a atenção de um, quem, como calhou de acontecer, também é meu irmão gêmeo.

Concentro minha atenção no velho curandeiro diante de mim. No sol poente da tarde, seu cabelo brilha como papel-alumínio. Seu olhar caído se aprofunda e ele diz:

– Mas seria ainda melhor afirmar que ele está mais para um híbrido. Duvido que ele tenha completado o ritual. Não só porque ele não tem paciência para uma coisa dessas, mas também porque envolve matar um parente... o preço usual da admissão de alguém na introdução às artes negras. E já que Leandro não está disposto a abrir mão nem do Richter mais obtuso, imagino que Cade ainda não seja um *skinwalker* completo. Com uma alma tão escura quanto a de Cade, o simples ato de ficar irritado, ou mesmo de ficar muito zangado ou muito animado com algo, é o suficiente para resultar em uma completa transformação de seu ser.

Meu olhar se perde na distância. Preciso de um momento para analisar suas palavras. Ainda que não tenha dúvidas de que ele esteja dizendo a verdade, a questão permanece – eu posso fazer isso também?

– Eu vi acontecer – volto meu olhar para encontrar com o dele. – Tanto em sonhos quanto na vida real.

– Assim como eu. – Percebendo minha surpresa, ele continua. – Já vi muitas coisas na tenda de meditação, assim como você verá. Mas primeiro as prioridades. – Olho para ele, sentindo-me animado, pronto para qualquer coisa que ele esteja disposto a me ensinar.

– Vou partilhar algo com você que por muito tempo foi proibido. Algo que meu irmão Jolon me ensinou, e que ninguém ensinou a ele. Ele simplesmente *aprendeu* sozinho, como só Jolon conseguia fazer. Nesse sentido ele era muito habilidoso. – Os olhos de Pé Esquerdo se turvam com a lembrança, antes de se voltarem para mim. – Vou ensinar a você o salto da alma. Como mergulhar na essência de outra pessoa, mesclando sua energia com a dela, a fim de partilhar sua experiência. Você verá o que eles veem, ouvirá o que pensam. E os poucos que conseguem dominar a habilidade descobrem que são capazes de exercer uma grande influência sobre essas mesmas coisas.

Apesar da minha vontade de aprender, hesito diante de suas palavras. Fico parado, boquiaberto, em silêncio, até que me recomponho o suficiente para dizer:

– Você está brincando, certo? Como isso é possível?

– Ah, é possível. – A expressão e a voz de Pé Esquerdo permanecem constantes e seguras. – Da mesma forma que você misturou sua energia há alguns minutos com pássaros e serpentes para partilhar a experiência deles, vai aprender a fazer a mesma coisa com humanos.

Fecho os olhos e tento imaginar como seria. Me imaginar fazendo minha alma saltar para dentro de Cade.

Como deve ser perscrutar aquele âmago escuro e vazio e aprender os segredos de sua natureza – ir em busca de seus pontos fracos?

Isso é exatamente o tipo de coisa pela qual estava esperando.

É uma virada no jogo, com certeza.

Se eu puder dar uma espiada no que quer que seja que a escuridão esconde ali, saberei exatamente como explorar isso quando for a hora. Talvez possa até mesmo reivindicar uma parte disso para mim. Se meu amor por Daire o fortalece – então será que pode funcionar do jeito inverso? Será que posso me blindar com a maldade dele?

Me concentro em Pé Esquerdo, ansioso para começar. Com certeza isso se provará muito mais útil do que voar sobre a paisagem em um falcão de cauda vermelha, apesar do quão emocionante foi.

– Há uma ressalva... – seus olhos se estreitam de encontro aos meus. – Você nunca deve ensinar outra pessoa o que aprendeu... nem mesmo Daire. – Ele faz uma pausa longa o suficiente para que eu concorde, antes de continuar. – E você nunca deve abusar desse dom. *Jamais*. Não posso enfatizar isso o bastante. Você só deve usar esse dom se, e somente se, achar que deve. Antes deve esgotar todas as outras opções. Deve ser o último recurso. No restante do tempo, deve manter esse conhecimento trancado em segurança dentro de você. E deve jurar levá-lo para o túmulo. Nem mesmo Chepi e Paloma têm ideia de que sei como fazer isso. Como já disse, foi proibido por anos.

– Não direi para ninguém – sou rápido em concordar. – Juro. – O juramento soa um pouco ansioso demais até mesmo para meus ouvidos, e é provavelmente por isso que Pé Esquerdo me lança um olhar que diz que ainda não está convencido.

– E não é só isso. – Ele inclina a fronte para baixo enquanto seu olhar viaja uma longa distância. – Algo que espero que ilustre a seriedade de tudo isso...

Espero que ele prossiga, mas, na verdade, só quero começar.

– Leandro não matou Jolon.

Encaro Pé Esquerdo, chocado com suas palavras.

– Essa história é um desserviço para Jolon. Mas eu nunca tentei defendê-lo porque a verdade é muito pior.

Ele se vira na direção da cadeia de montanhas Sangre de Cristo, fazendo uma careta quando nota a falta de neve no topo ou talvez a cara feia seja pelo que está prestes a falar. É difícil dizer quando se trata de Pé Esquerdo.

– A verdade é que as defesas de Jolon eram fortes demais para que Leandro as penetrasse, e Leandro foi esperto o suficiente para perceber isso. Quando Chepi chegou em casa naquele dia, espancada e cheia de hematomas, Jolon decidiu usar a arte proibida com a qual meramente brincávamos quando crianças para entrar na experiência de Leandro. Permaneceu lá tempo suficiente para ver o conteúdo de sua vida miserável e devassa... incluindo os atos horríveis que fez contra Chepi. Ele achou que seria capaz de lidar com isso, e naquela época Jolon era tão forte que eu teria apostado nisso também. Mas os eventos que Jolon testemunhou foram tão horríveis que o enfraqueceram de um jeito que jamais imaginaria. Ele morreu um pouco depois de fazer o salto da alma. Então, ainda que a essência da história tão repetida seja a mesma... que Jolon morreu de um coração partido pelas coisas que testemunhou... a verdade é que Leandro não o forçou a testemunhá-lo. Ele não alterou a percepção de Jolon como afirmam. Jolon decidiu fazer o salto. Ele *escolheu* testemunhar a escória da alma sombria de Leandro. E o que viu custou sua vida.

Fico parado diante dele, adequadamente sério pela narrativa.

– Toda mágica vem com um preço. Você nunca deve se esquecer disso.

Aperto a mandíbula, cerro as mãos em punhos e aceno como se entendesse o que ele quer dizer. E eu entendo o que ele quer dizer.

– Ok – Pé Esquerdo diz, finalmente convencido. – É assim que você deve fazer...

vinte

Daire

No mesmo segundo em que avistamos o carro de Jennika estacionado do lado de fora da casa de adobe de Paloma, não tenho certeza de quem geme mais alto, se Paloma ou eu.

– Que ótimo. Um bom jeito de começar com o fogo. – Encaro incrédula enquanto minha mãe se inclina contra um carro de aluguel genérico, apertando furiosamente as teclas de seu celular. Provavelmente me ligando e obtendo caixa postal, já que meu telefone ficou desligado a maior parte do dia.

Ela levanta o queixo ao ouvir nossa aproximação – sua expressão mudando de zangada para aliviada, antes de se decidir por completamente irritada.

– Oi, Daire – ela diz, vindo em minha direção. Seus braços se estendem para um abraço, apesar do comportamento que eu dificilmente chamaria de acolhedor. – Onde diabos você esteva? – Ela me solta de seus braços. – Liguei por horas. Até fui à sua escola, só para saber que você não se incomodou em aparecer por lá. Eu estava morrendo de preocupação! – Ela agarra minha trança, então franze o cenho quando seus dedos ficam molhados. – E então? – ela diz, voltando sua raiva para Paloma.

– Por favor, vamos para dentro. – Paloma se aproxima dela e nos leva para a porta. – Farei um pouco de chá, algo para comer, e podemos todas sentar e conversar. É ótimo vê-la. – Ela sorri para Jennika, mas Jennika apenas grunhe em resposta.

Dou uma espiada em Paloma, meu olhar repleto de interrogações. *Como isso aconteceu? Como minha mãe apareceu em Encantamento sem meu conhecimento, sem nenhum tipo de aviso?* Mas Paloma parece tão aturdida quanto eu.

– O que você está fazendo aqui? – pergunto, sentando em uma cadeira ao lado da mesa da cozinha e fazendo sinal para que Jennika faça o mesmo, o que ela faz com relutância.

– Queria fazer uma surpresa para você. E julgando pelo olhar horrorizado em seu rosto quando me viu, eu consegui.

Sorrio, desajeitada. Tento agir como se não estivesse nem um pouco horrorizada como ela pensa. Um pouco surpresa, mas sobretudo feliz por vê-la.

O que estou.

Ou pelo menos teria estado com um aviso com um pouco de antecedência, com algum tempo para me preparar. Mas Jennika nunca foi de avisar com antecedência. É mais do tipo que prefere emboscadas.

– O que está acontecendo, Daire? – Seus olhos verdes, quase réplicas exatas dos meus, me estudam de um jeito maternal, que tudo sabe, tudo vê, e que sempre me deixa incomodada. – Por que você não foi à escola?

– Por que você não está trabalhando? – replico, aceitando a caneca de chá que Paloma coloca diante de mim. Se não servir para mais nada, pelo menos terei para onde olhar.

– Fechamos por causa do feriado. Então pensei em lhe fazer uma visita.

– Você vai ficar *aqui*? – pergunto, lamentando imediatamente o jeito que meu rosto se alarma e minha voz fica estridente de pânico.

Sutil, Daire. Bela maneira de impedi-la de pensar que está você envolvida em algum tipo de atividade que ela jamais aprovaria.

– Consegui um quarto de hotel na cidade. – Ela bate com o polegar contra a caneca, o anel de prata que lhe dei de Dia das Mães repercutindo um som vago.

– Há quartos de hotel na cidade? – Olho de soslaio, tentando imaginar quem possivelmente se hospedaria em um deles. Quem escolheria visitar Encantamento e, uma vez aqui, decidiria passar a noite na cidade?

– Acredite em mim, não é lá essas coisas.

Ela apanha o cabelo, os fios loiros descoloridos parecendo muito mais dourados do que o platinado extremo de que eu me recordava. E sua pele, normalmente tão pálida quanto a minha, está bronzeada, ainda que de leve. Deve ser o efeito de Los Angeles – o resultado de viver o tempo todo no Estado Dourado, onde o sol nunca se põe.

Ou pelo menos é o que penso até notar as linhas finas que cruzam sua testa, percebendo que ela não está nem de perto tão resolvida quanto imagino. Ela pode ter um endereço fixo e um lugar de trabalho permanente pela primeira vez em um longo tempo, mas tem sido um ano difícil, com muitas mudanças para considerar. E nem todas as mudanças foram boas.

Algumas vezes esqueço o quão difícil deve ser para Jennika não só me ver lidar com coisas que ela não consegue entender – e que realmente não faz questão –, mas também me deixar aos cuidados de uma mulher que não conhece tão bem.

Ela se preocupa.

Quer meu bem.

E quanto mais ela ficar, mais terei que me lembrar disso.

– Não quis atrapalhar você e Paloma – ela prossegue. – Mas agora estou pensando que talvez devesse.

Que ótimo. Encaro meu chá, enquanto ela que me encara. Mais uma vez, a ocasião não poderia ter sido pior. Ela deve ter algum instinto maternal maluco que lhe diz o momento exato de interferir. Nada mais pode explicar isso.

– Então, agora que respondi à sua pergunta, é hora de você responder à minha. O que está acontecendo com a escola? Por que não foi à aula hoje, quando, além do cabelo inexplicavelmente molhado, você parece bem para mim? Onde você e Paloma estavam? O que está acontecendo, Daire?

Olho para Paloma em busca de ajuda, mas ela voltou para o fogão. De costas para nós, se concentra em preparar a comida.

Decidida a replicar a enxurrada de perguntas como um todo, respondo:

– Precisava de um dia de saúde mental, então Paloma me levou para um passeio no campo. Disseram que um pouco de tempo ao ar livre pode me fazer bem. – Dou de ombros. É uma resposta tão boa quanto qualquer outra e é o mais próximo da verdade a que posso me permitir chegar.

– O que quer dizer com *um dia de saúde mental*? As visões voltaram? – O rosto de Jennika empalidece, recordando as alucinações que me trouxeram para cá. Mas sou rápida em afastar a ideia, relutante em revisitar aquele assunto outra vez.

– Não. Não é nada daquilo. Eu só... Bem, a escola é uma experiência nova para mim, como você sabe, e preciso de um pouco de adaptação, só isso.

– Tem algo a ver com aquele garoto? – Ela franze o cenho, o rosto ficando sombrio enquanto o brinco de diamante em seu nariz se move e cintila.

– Suponho que você esteja se referindo ao Dace, certo? – Estreito os olhos de encontro aos dela. Eu sei muito bem que ela se lembra do nome dele.

– Dace Penabranca, sim. Então... é isso? Alguma coisa aconteceu entre vocês?

Me reclino em meu assento, indisposta a discutir o assunto, mas também sabendo que ela não vai deixar de lado com tanta facilidade. Jennika é um pit bull. Ficaria sentada ali alegremente a noite toda, esperando pela resposta que busca. Pode ser inacreditavelmente teimosa. Sei disso porque foi ela quem me ensinou a ser inacreditavelmente teimosa também.

Suspiro, já temendo a reação dela, quando admito:

– Na verdade, não estamos juntos neste momento. Estamos dando um tempo.

– Um tempo? – Ela inclina a cabeça enquanto um olhar de desconfiança transparece por seu rosto.

– Um tempo curto – confirmo com a cabeça. Reviro os olhos internamente, sabendo que para os ouvidos dela aquilo dificilmente seria melhor ou mais crível.

– E de quem foi essa decisão? Dar esse *tempo*? – Ela cruza as mãos diante de si, esperando que eu termine de contar a história de horror.

Respiro profundamente, querendo dizer que fui eu, mas ela nunca acreditaria. Ela me conhece bem demais. Perceberia a mentira no momento em que deixasse meus lábios. Então, escolho dizer a verdade – ou, pelo menos, uma verdade parcial.

– Dele. A ideia foi dele. Feliz agora? – acrescento, incapaz de resistir. Sei muito bem que ela está. Ela adora estar certa. A maioria das pessoas adora.

Ela espalma as mãos nos dois lados da caneca, incapaz de impedir que o fulgor de satisfação infiltre seu rosto.

– Um tempo... E tão perto do Natal... Que encantador. – Ela balança a cabeça, bate as unhas pintadas de azul-cobalto com força contra a mesa. – Isso quer dizer que vão voltar depois do Ano-Novo? Ou talvez possam esperar até depois do Dia dos Namorados, a fim de manter livres todas as datas românticas.

Olho para meu chá. Se pelo menos fosse assim tão fácil...

Ela dá um suspiro longo e alto, como se estivesse se resignando ao fardo de ter sempre razão. Adotando um enjoado tom cantarolado, ela continua:

– Bem, odeio falar que eu avisei...

– Você não odeia, não. – Deslizo meus cotovelos pela mesa e me inclino em sua direção, olhando-a bem nos olhos. – Você não odeia nem um pouco. Você praticamente vive para isso.

Ela me observa. Provavelmente tenta determinar se estou zangada, jocosa ou indiferente. O pensamento dura um punhado de segundos antes que ela o deixe de lado.

– É verdade. – Seus ombros se erguem e se abaixam. – Mas nesse caso em particular não teria sido ruim estar errada. Sei que você não acredita em mim, Daire, mas eu realmente sinto muito, e entendo pelo que você está passando. Dace foi seu primeiro namorado de verdade, mas não será o último. Então, embora possa parecer ruim agora...

– Você pode, por favor, parar com isso? – suplico, logo respondendo ao olhar confuso que ela me lança. – Dá para não falar sobre outros peixes no mar, garanhões no estábulo, galos no galinheiro ou qualquer outra analogia animal, e simplesmente me deixar chafurdar neste momento? Como você mesma disse, é meu primeiro rompimento, então me deixe vivê-lo em sua plenitude antes de me empurrar na direção de algum garoto fantasma que não tenho interesse algum em conhecer ainda, ok?

Afundo lentamente em meu assento, surpresa pelo jeito que minha voz falha no final. Minha intenção era apenas mexer com ela, dizer o que ela queria ouvir, fingir que era realmente tão simples quanto ela pensa. Só um romance do ensino médio indo por água abaixo – tudo para que Dace pudesse evitar o fardo de me comprar um presente de Natal. Mas quanto mais eu falava, mais as palavras se tornavam reais. E não demora muito para que minha paranoia tome conta.

E se não for só um tempo?

E se eu não conseguir encontrar um jeito de acabar com a maldição do Eco?

E se eu não conseguir derrotar Cade?

Quantas pessoas sofrerão por causa do meu fracasso?

Jennika se move em minha direção e começa a acariciar meus cabelos. Desfaz minha trança, pega meus fios em suas mãos antes de arrumá-los em ondas suaves pelas minhas costas.

– Eu a levaria para tomar um sorvete, seguido de uma sessão pesada de terapia de compras, o que, como você sabe, são as duas melhores curas para um coração partido. Só que estamos presas neste lixo de cidade que nem boas lojas tem. – Seus olhos se voltam na direção de Paloma. – Não se ofenda – ela diz, mas Paloma só acena e continua a preparar nosso lanche. – Embora eu tenha falhado em trazer um pouco de sorvete, consegui trazer um punhado de roupas para você.

Jennika se ajoelha ao meu lado, sorrindo tão abertamente que quase implora para que eu sorria abertamente também.

Então sorrio.

Essa é Jennika se esforçando.

Jennika fazendo o melhor possível para me mostrar que entende.

Jennika determinada a me tirar da minha fossa.

O mínimo que posso fazer é ceder.

– Eu ia guardar para o Natal, mas não vejo motivo para adiar sua entrega. – Ela remexe a bolsa que deixou na cadeira, tirando de um esconderijo calças jeans de marca, um monte de blusinhas fofas para usar com elas, um emaranhado de joias de prata e um novo par de botas pretas. Tudo escolhido com o olho sobrenatural que Jennika tem para tudo o que é legal e da moda.

Ainda que ver aquilo não me anime do jeito que costumava fazer, finjo o contrário, enchendo os dedos com anéis e sorrindo quando Jennika pega um novo cardigã de lã vermelha e o entrega para Paloma.

Fico aliviada em saber que as desconfianças dela estão esquecidas agora. Embora seja apenas questão de tempo até que Jennika volte ao assunto, determinada a fazer com que eu explique o que Paloma e eu estivemos fazendo.

vinte e um

Dace

Quando chegamos à tenda de meditação, o sol já se pôs, o céu ficou da cor de fuligem e o aprendiz de Pé Esquerdo, Cree, já espera por nós. Concentrado no fogo que continua a queimar, mal nos olha de relance quando Pé Esquerdo diz:

– Cree será o Guardião do Fogo.

Concordo com a cabeça, ciente de que é uma grande honra manter o fogo aceso e as pedras do rio devidamente aquecidas para o ritual.

– Exige-se jejum antes de uma cerimônia... Quando foi sua última refeição?

Repasso meu dia, fazendo uma revisão mental. Incapaz de me lembrar, ergo os ombros em resposta.

– É o suficiente. – Ele se vira para trocar algumas palavras com Cree, instruindo-o sobre como conduzir a cerimônia, antes de se voltar para mim. – Tire as roupas e o sapato. A tenda é um lugar sagrado.

Sem questionar, faço o que ele pede. Sei o privilégio que é receber os ensinamentos de Pé Esquerdo. Apesar de sua reputação de ser gentil, generoso e sábio, quando se trata de conselhos místicos e de guiar alguém pela Estrada Vermelha – o caminho para a verdade, a paz e a harmonia –, ele é incrivelmente rigoroso. E se recusa a educar alguém que não escolheu pessoalmente. É uma honra estar aqui. Eu não o desapontarei.

Arranco meus sapatos e tiro minhas roupas. Deixo-as em uma pilha ordenada no chão, salto de um pé para o outro sob a gorda barriga de uma lua cheia de dezembro. Tomo um momento para abrir os braços e saudar o abraço do gélido ar da noite em minha carne.

Quando minha pele se arrepia de frio, distraio a mim mesmo da sensação lembrando do que me ensinaram quando jovem. A entrada da tenda é virada propositalmente para leste, a fim de saudar o sol nascente depois que a cerimônia for concluída. Um buraco é cavado no solo a fim de simbolizar o ventre da terra. E, o mais importante, as experiências que alguém tem durante o ritual são ao mesmo tempo poderosas e transformadoras, permitindo que a pessoa saia purificada e renascida.

Ainda que não seja exatamente uma purificação que estou buscando, decido não partilhar isso com Pé Esquerdo. Se a experiência for algo remotamente parecido à que tive durante minha busca da visão, terá valido meu tempo.

Bem quando acho que não posso aguentar nem mais um segundo nu e tremendo, Pé Esquerdo me conduz até a porta, mas me impede de entrar. Declarando que preciso primeiro buscar permissão dos espíritos que a guardam, fica parado diante de mim enquanto me inclino em direção à terra e pressiono os joelhos contra o chão. Apelo aos meus ancestrais em minha língua nativa e me levanto apenas quando Pé Esquerdo afirma que estou pronto para prosseguir.

Ele empunha um ramo espesso de sálvia por toda a largura e comprimento do vão da porta. Sua voz se ergue na melodia de uma de suas tradicionais canções de cura, enquanto desço a curta escada ligada à porta e me encolho em direção ao extremo oposto. Fico surpreso ao descobrir que o espaço é muito menor do que esperava. Mais escuro também. Acho que ouvi tantas histórias cochichadas ao longo dos anos que construí uma visão elaborada em minha mente. Imaginava algo maior, mais espaçoso. Quando a verdade é que o telhado abobadado, preso por ramos de salgueiro e coberto com uma lona bem tecida que cai para os lados até o chão, me obriga a ir até o centro, a fim de sentar com as costas totalmente eretas.

Pé Esquerdo e Cree me seguem. Pé Esquerdo reivindica o espaço ao meu lado, murmurando uma oração. Enquanto Cree empunha um imenso par de chifres de veado que prendem rochas de rio fumegantes que ele abaixa em direção ao poço antes de encharcá-las com uma dose generosa de água e ervas que infundem o espaço com um odor doce e inebriante.

Com a temperatura aumentando rapidamente, Cree fecha a porta, mergulhando-nos na completa e total escuridão. Então vai até o lado oposto da parede, onde pega seu chocalho e o sacude em um ritmo lento e constante, enquanto entoa uma canção que eu nunca havia escutado.

Grossos fios de suor começam a escorrer pelo meu torço, formando pequenas poças na terra logo abaixo. O ritmo incessante do canto de Cree e do chocalho faz minha cabeça retumbar – meu corpo instintivamente balança com a batida. O ar ao meu redor assume um aspecto leve e nebuloso – até que me dou conta de que não estou mais preso ao meu corpo.

Estou livre do peso da gravidade.

Minha forma física abre caminho para minha versão astral. Estou totalmente sem peso, liberto de todas as restrições. Deslizo facilmente através da lona abobada sobre mim, flutuando através do éter. Fico surpreso ao ver Pé Esquerdo suspenso ao meu lado, sua forma etérea cercada por uma leve película dourada, enquanto a minha é delineada por brilhantes faixas azuis.

Observe cuidadosamente. Suas palavras rodopiam dentro de mim. *Você verá o que está destinado a ver, então é importante prestar bastante atenção. Pode não gostar do que lhe é mostrado, mas você não escolhe a jornada – a jornada escolhe você.*

Com um breve aceno de cabeça, flutuamos para baixo. Finalmente pousamos em um comprido corredor todo branco marcado por uma série de portas sem puxadores ou maçanetas, as quais não poderemos abrir.

Olho para Pé Esquerdo, hesitante sobre o que fazer, quando seus olhos encontram os meus e a palavra *paciência* atravessa minha mente.

Uma porta à minha direita se abre, e sou rápido em espiar seu interior. Fico surpreso ao ver o momento em que faço uma entrada rápida e tranquila no mundo. Só para ter o silêncio logo interrompido pela chegada barulhenta de Cade alguns minutos depois.

Para um observador qualquer, não há diferença discernível entre nós. Mesmo assim, um olhar mais atento revela o véu de escuridão que cerca meu irmão gêmeo.

Chepi percebe no instante em que o vê. Sua inquietude é visível pelo jeito como ela recua quando ele é colocado em seus braços.

Leandro também percebe. Isso é evidenciado pela centelha em seus olhos quando ele reivindica Cade para si.

A imagem desaparece, diminuindo e se enrolando a partir das bordas, como se queimada por uma chama. Mal tenho chance de digerir o que vi, quando outra porta se abre e Pé Esquerdo me guia até uma cadeira estofada colocada diante de uma pequena tela. Ali assistimos a um filme em preto e branco das cenas mais embaraçosas da minha infância.

Afundo lentamente em meu assento, cruzando e descruzando minhas brilhantes pernas azuis. Estou prestes a levantar, a tentar a sorte em outra sala, quando Pé Esquerdo coloca a mão em meu braço e aponta em direção à tela. E é quando vejo. É quando vejo o que não tinha conseguido perceber até agora. Durante toda a minha infância – toda a minha vida –, cada momento sombrio, cada humilhação, cada episódio de infelicidade foi aliviado pelos conselhos de Pé Esquerdo.

Ele estava ao meu lado naqueles momentos, assim como está ao meu lado agora.

Durante todo esse tempo, ele sabia o que sou e para o que estou destinado. E, por causa disso, fez o melhor possível para me ensinar lições sutis de magia e sorte, contradizendo os desejos de Chepi.

Quando a tela escurece, sou tomado por gratidão, pela necessidade de agradecê-lo. Mas ele apenas flutua para fora e me leva de volta ao corredor, onde observamos as portas abrirem e se fecharem.

Algumas permitem não mais do que uma espiada – enquanto outras oferecem revelações muito maiores.

Apesar de já ter vivido tudo isso, ver minha vida passar diante de mim tão nitidamente prova que nada foi por acidente.

Nada foi deixado ao acaso.

Cada passo levou facilmente ao seguinte – todos eles peças de um plano muito maior.

O chão sob nossos pés começa a se mover, nos levando ao fim do corredor, onde batemos contra a parede de vidro e rodopiamos por uma constelação de pequenos pedaços cristalinos à medida que nos erguemos para o céu.

Passamos sobre os picos das montanhas.

Deslizamos sobre rios sombriamente brilhantes.

Voamos muito mais alto do que quando me fundi ao falcão de cauda vermelha algumas horas antes. A sensação é tão gloriosa, tão libertadora, que não suportarei pousar.

Em algum lugar ao longe, o chocalho de Cree fica mais rápido – minúsculas esferas saltando furiosamente contra o couro cru. Chamando-nos de volta. Mas ainda não estou pronto.

Mergulhamos para baixo.

E ainda mais para baixo.

Vamos em direção a uma paisagem que mudou drasticamente. Um deserto de chão rachado. Um lugar de corrupção e derrota incalculáveis. As casas decadentes e o povo maltratado identificam instantaneamente o local como Encantamento.

Uma cidadezinha triste, profanada sem cuidado pelas mãos dos Richter – a linhagem da qual faço parte.

Deslizamos pela Toca do Coelho, vendo-a envolta de uma névoa escura que eu não havia notado até agora.

Passamos pela casa de adobe de Paloma, com o portão azul vibrante, toda a propriedade cercada por uma gloriosa coroa de luz.

A cidade consiste em bolsões de luz e escuridão.

Mas em geral escuridão.

Principalmente escuridão.

E, então, Cade.

Vamos para o beco que fica atrás da Toca do Coelho. Passamos despercebidos enquanto ele empurra uma garota com força contra a parede e agarra o colarinho da camisa dela.

Uma garota com longos cabelos escuros que caem sobre seu rosto, obscurecendo-o de modo que não posso vê-lo.

Ela vira a cabeça. Tenta, em vão, gritar. Mal é capaz de dar um gemido antes que Cade a silencie com uma mão sobre seu rosto.

Os olhos dele se incendeiam. Sua boca está cheia de serpentes. Transformado no animal que é, ele emite um rosnado arrepiante e arranha o peito dela com suas garras.

Roubo de almas.

Exatamente como no sonho.

Corro na direção dele. Direciono minha energia com força contra a dele. Espero desequilibrá-lo tempo suficiente para que a garota consiga escapar.

Mas, no fim, é como me jogar em uma espuma – o pouso é macio, maleável, incapaz de produzir um efeito real.

Mesmo assim, prossigo. Minha missão de salvamento não é nada menos do que implacável. Ciente de um poder recém-descoberto surgindo dentro de mim, empurro-o com força. Apenas para encarar com horror quando a garota cai, revelando ser Daire, enquanto meu irmão gira em minha direção com uma esfera brilhante perolada presa na mandíbula da serpente de duas cabeças que está no lugar de sua língua.

Um grito ecoa. O som tão cheio de raiva, tão primordial, que fico surpreso ao descobrir que sou a fonte dele.

Continuo a tentar deter Cade, minha energia repetidamente acertando a dele. Mas não demora muito para que eu perceba que estou acertando o ar. Sou deixado para observar atônito quando toda a cena se desfaz diante de mim. Os fragmentos esfacelados se dissipam no éter como se jamais tivessem existido.

Giro de um lado para outro, desesperado por entender aquilo. Até que Pé Esquerdo coloca uma mão brilhante em meu ombro e aponta na direção da parede de tijolos diante de nós, onde uma série de palavras se enfileiram, como se escritas por uma mão invisível. Cada linha desaparece assim que a seguinte começa. E, apesar de sua brevidade, as palavras permanecem gravadas em minha mente.

É a profecia.

Sei no instante em que vejo.

Reproduz perfeitamente o sonho.

Quando acaba, quando as palavras retornam para o lugar de onde vieram, Pé Esquerdo fala comigo pela primeira vez desde que nossa jornada começou.

– Dace, eu realmente sinto muito – diz, com uma voz que revela a inteira medida de seu lamento. – Mas a profecia está escrita, não pode ser desfeita.

Começo a responder. Um prolixo protesto pronto para ser despejado de minha língua, quando o chocalho acelera – minha essência fica mais pesada – e logo percebo que estou de volta à minha pele. Meus membros parecem estranhos, carnudos e duros. Viro o pescoço para um lado e para o outro, estico os braços sobre a cabeça. Tento me familiarizar novamente com minha forma física.

O suor persiste em grossas gotas que escorrem na direção de meus olhos. Me obriga a passar uma mão pela testa enquanto me concentro em uma espiral de fumaça que se ergue da pilha de pedras diante de mim. O vapor serpenteando acena como se fosse um dedo, me pedindo para observar enquanto se divide em dois.

Um lado claro, iluminado – o outro tão escuro que é difícil notar.

Eles balançam diante de mim em oferenda – exigindo que eu escolha.

Olho para Pé Esquerdo em busca de orientação, só para me descobrir chocado pelo convite dele para fazer um salto de alma.

– É uma oferta única – ele diz. – É bom fazer o melhor possível.

Sem hesitação, mergulho. Ansioso para testemunhar seu código de alma.

Todo mundo tem um código de alma.

Todo mundo tem uma alma, e toda alma tem um propósito.

Ainda que a maioria das pessoas viva suas vidas sem conhecimento disso.

Mas não Pé Esquerdo. Agora que me foi dado acesso completo ao filme sem edição de sua vida, não posso deixar de me maravilhar com a visão. Eu pensava que o conhecia bem, mas as cenas que são reveladas vão muito além de qualquer coisa que imaginei.

É uma vida na qual milagres acontecem quase diariamente. Mas isso não quer dizer que não haja erros.

Havia muitos arrependimentos. Muitas situações nas quais ele desejava ter agido de modo diferente. Embora a maioria delas tenha acontecido nos anos da juventude, quando era governado por seu ego.

É a parte de advertência da história. A parte que estou destinado a absorver. E ainda que aprecie a sabedoria e reconheça o aviso que há nela, estou ansioso para me aprofundar. Para localizar o lugar onde os segredos são mantidos.

– Tem certeza de que está pronto? – Pé Esquerdo pergunta.

Pronto ou não, estou ávido para absorver tudo o que consiga.

Escavando um pouco mais, eu encontro – o esconderijo de segredos misteriosos que se provariam bem perigosos em mãos erradas.

Em mãos inexperientes e ansiosas.

Mãos como as minhas?

No entanto, é um depósito irresistível de conhecimento. É como estar garimpando flocos de ouro e se descobrir nadando entre pepitas.

Uma frase em particular paira sobre as demais. Tão simples na superfície – mesmo assim, parece ser dirigida para mim.

Algumas vezes você deve se aventurar na escuridão para trazer à tona a luz.

No momento de sua revelação, Pé Esquerdo se fecha e me manda embora. Sua voz é resignada quando diz:

– Eu o guiei para o melhor das minhas habilidades. Partilhei com você tudo o que sei. Agora cabe a você decidir o que fazer com o conhecimento que adquiriu. A escolha do caminho é sua. Mas, Dace, você deve sempre se lembrar de uma das mais fundamentais leis do universo: cada ação resulta em uma reação. É uma regra sem exceções.

A água assobia, fervendo e sussurrando com impaciência. Desvia minha atenção de Pé Esquerdo e de volta às espirais de vapor diante de mim.

Os ensinamentos de Pé Esquerdo circulam em minha mente:

Cada homem deve decidir o tipo de caminho que percorrerá – agora é minha vez de escolher.

Cada ação tem uma reação.

A profecia está escrita. Não pode ser desfeita.

É essa última parte que recuso a aceitar.

Se a profecia não pode ser desfeita – o que dizer sobre o livre-arbítrio?

Por que devo fingir que posso escolher meu próprio caminho se ele já está determinado para mim?

As palavras se contradizem. Não fazem nenhum sentido.

Cabe a mim reunir todas as peças da minha vida, convocar cada coisa que aprendi, juntar tudo e provar que a profecia está errada.

Daire não morrerá.

Não se eu puder impedir.

Farei o que for necessário para mudar isso.

Estreito meu foco, observando as espirais de vapor subindo e girando diante de mim. Então, sem outro pensamento, escolho aquela que seguirei. Observo-a faiscar e brilhar, dobrando de tamanho enquanto consome a outra e salta descontroladamente na minha frente.

Gostaria de dizer que me sinto aliviado. Mas a verdade é que a visão me deixa inquieto.

Mesmo assim, a escolha foi feita; não há como voltar atrás.

Haverá consequências, certamente. Pé Esquerdo garantiu isso.

Mas não será nada com o que eu não possa lidar. Não há preço alto o bastante para salvar Daire.

Quando deixamos a tenda de meditação, a noite está sendo empurrada pelo amanhecer. No entanto, apesar de não haver dormido, não estou nem um pouco cansado.

Pelo contrário, me sinto renovado. Transformado. Como se tivesse passado de menino a homem no curso de uma noite.

– Quero que vá para a escola hoje – Pé Esquerdo diz, enquanto nos vestimos novamente. – Não só porque sua educação é importante, mas também porque impede que Chepi se preocupe, e dá a você a aparência de normalidade. O que é algo que você deve lutar para manter, agora mais do que nunca. – Ele me observa atentamente, e seguro a respiração, pronto para ouvi-lo dizer. Para ouvi-lo lamentar a escolha que fiz. Mas ele apenas prossegue. – Também deve voltar à Toca do Coelho e se desculpar por faltar esses últimos dias no trabalho. Pareça arrependido. Não lhe custará nada além de um momento de orgulho, algo do qual você deve tentar se livrar. É uma virtude superestimada que só serve para isolar, separar uns dos outros quando estaríamos melhor trabalhando juntos. Então, uma vez que estiver lá dentro, quero que localize o vórtice que mencionei. Daire sabe onde fica. Mas já que é melhor evitá-la neste momento, você deve recorrer à Xotichl. Ela será capaz de guiá-lo.

– E quando eu o encontrar? – pergunto, percebendo que, apesar de tudo o que ele me ensinou ao longo da noite, nunca chegou a me dizer como espera que eu use o que aprendi.

– Eu só quero que o encontre, é tudo... ou pelo menos por enquanto, de qualquer maneira. Eles já invadiram o Mundo Inferior, então esse dano em particular já foi feito. Por enquanto, só quero que fique de olho. Procure por qualquer coisa fora do comum e me conte suas descobertas.

Esfrego a mão no queixo. Fico surpreso em descobrir uma longa faixa de barba por fazer que arranha minha pele. Parece que não tomo banho nem me barbeio há dias.

– E, Dace...

Viro para olhá-lo.

– Descanse um pouco. Você vai precisar.

Apesar de Pé Esquerdo me pedir para descansar, apesar do fato de que não durmo há dias, quando chego a meu apartamento, estou muito tenso para fazer qualquer coisa além de considerar a ideia brevemente.

Dormir significa fechar os olhos.

E fechar os olhos significa sonhar com Daire.

Daire sorrindo.

Daire rindo.

Daire amando.

Minha cabeça repleta com o filme dela – culminando com o jeito como ela me olhou logo depois que lhe disse que não devíamos mais nos ver. Como ela caiu sobre a mesa da cozinha como se esfaqueada pelas minhas palavras...

Balanço a cabeça para me livrar dos pensamentos, treino meu foco para apagá-los. Troco a roupa por algumas peças que escolho do cesto da lavanderia que nunca cheguei a guardar e faço um lanche rápido antes de ir para a escola.

Alimentado com nada mais do que uma tigela de cereais velhos, café fraco e a adrenalina da pura determinação, olho para o relógio enquanto saio. Chegarei cedo – mas isso é melhor do que ficar sentado aqui preso em minhas memórias.

vinte e dois

Daire

Jennika chega cedo na manhã seguinte, sob o pretexto de querer desfrutar o desjejum conosco, mas sei que não é verdade. Ela quer me ver vestida e pronta para a escola. Vivendo o tipo de vida que não a faça se preocupar ainda mais do que já se preocupa.

Bate na porta do meu quarto, mal me dando tempo para responder antes de ela entrar e se deitar em minha cama. Começa a disparar algum sermão que deve ter passado metade da noite criando. Sua voz aumenta e diminui enquanto caminho do banheiro para o armário, me arrumando.

É a mesma conversa que tivemos quando ela deixou Encantamento, há alguns meses. Mais avisos sobre os perigos que garotos trazem – especialmente os bonitos, como Dace. Em "O mundo segundo Jennika", garotos como esse vivem unicamente para jogar conversa mole até conseguir enfiar a mão nos jeans apertados das garotas, só para dispensá-las depois que conseguem o que querem.

Mais ou menos o que Django fez com ela.

Só que Django não a dispensou.

Ele morreu.

E Jennika nunca superou isso – nunca o perdoou.

E é por isso que está tão desesperada por me impedir de repetir os erros dela, dando meu coração para alguém que pode morrer para mim também.

Mas é tarde demais para isso. Já dei meu coração para um garoto que morreu em meus sonhos, não importa a profecia. Ainda que, se depender de mim, ele não morrerá na vida real – pelo menos não nos muitos anos que virão.

– E o Vane? – Fico parada diante dela, uma mão no quadril vestido de sarja, a outra segurando as botas novas que ela me comprou. – Lembra de Vane Wick? – respondo à pergunta em seu olhar. – Galã de cinema, membro certificado dos Jovens e Gostosos de Hollywood... O garoto que ataquei na praça marroquina?

– O que tem ele? – ela cutuca as unhas azuis brilhantes. Começa a descascar o esmalte do mesmo jeito que me diz para não fazer, quando afirma que isso enfraquece as unhas.

– Bem, não me lembro de ter ouvido esse sermão naquela época. – Calço a bota, sorrindo levemente quando vejo que ela serve com perfeição.

– Porque eu sabia que você era esperta demais para se apaixonar por alguém como Vane. Você nunca foi tiete, Daire. É esperta demais para isso. Sabia que você percebia a encenação dele, e é por isso que nunca me preocupei.

Me viro na direção da janela, olhando o apanhador de sonhos pendurado no peitoril. Lembro-me da noite em que Vane me atraiu para aquele beco, o jeito experiente com que me beijou. Como quase conseguiu me convencer a fazer as mesmas coisas sobre as quais Jennika discursa. Como apenas a visão das pessoas brilhantes me poupou daquilo.

Mas não partilho isso com ela.

Balanço a cabeça para me livrar da lembrança, ouvindo-a pacientemente:

– Soube que Dace era diferente no momento em que vi vocês juntos. – Ela franze o cenho, presumivelmente se lembrando da noite em que nos pegou no carro dele. Estávamos prestes a nos beijar quando ela interferiu e fez questão que isso não acontecesse. – Daire, querida. – Seus olhos verdes se viram ao encontro dos meus. – Você sabe que só estou tentando evitar que cometa os mesmos erros que eu.

– Sim, eu sei. – Viro de costas, jogando zangada uma pilha de livros dentro da mochila. – E, como você sabe, eu simplesmente adoro quando você se refere a mim como um *erro*. Sério. Faz com que eu me encha de amor e afeto.

Ela funga. E, embora eu esteja de costas, conheço-a o suficiente para saber que seus olhos se fecharam enquanto ela contava silenciosamente até dez.

– Você sabe o que quero dizer – ela fala, assim que termina.

Franzo o cenho. Estou prestes a dar uma resposta desagradável quando a vejo me olhando tão singela e sem defesas que algo dentro de mim se solta e desiste.

É como se eu realmente pudesse *sentir* o que ela sentiu quando se descobriu grávida aos dezesseis anos de um garoto que acabara de morrer – só para perder os pais alguns anos mais tarde.

Nocauteada.

Chutada no estômago.

Deixada ofegante e sem ar – lutando para construir uma nova vida.

Agarro o encosto da cadeira, meus dedos se curvando na madeira enquanto luto para me conter. Submetida pela força dessa *impressão* – por mergulhar involuntariamente na experiência dela.

É o mesmo fenômeno sobre o qual Paloma me falou, motivando-me a treinar essa habilidade. Afirmando que me ajudaria a conhecer a verdade de uma pessoa.

A primeira vez que experimentei isso foi quando encontrei Dace e Chepi no posto de gasolina. Sem nem mesmo tentar, eu instantaneamente captei a nuvem de tristeza e pesar que cercava a mãe dele – junto ao fluxo de amor puro e incondicional que fluía desde Dace até mim.

E, agora, sem nem mesmo tentar, está acontecendo de novo. Só que desta vez é com Jennika.

Depois de passar apenas alguns poucos momentos debaixo da camada de aço dela, não posso mais ficar zangada. Não posso mais adotar o mesmo tom sarcástico. Como a maioria das pessoas, ela só está tentando fazer o que acha que é o melhor.

– Vamos – levanto o queixo, fazendo um gesto exagerado ao inspirar o ar. – Parece que a Paloma está fazendo suas famosas panquecas de milho azul. E, acredite em mim, você não vai querer perdê-las.

Empenhada como estava em ser gentil com Jennika, quando ela insiste em me levar para a escola não posso fazer outra coisa além de lançar um olhar suplicante para Paloma, implorando para que ela interfira de algum jeito.

Nós precisamos conversar. Precisamos continuar meu treinamento. Mas agora, com a visita surpresa de Jennika, não sei quando conseguiremos prosseguir. Quando ela foi embora, na noite passada, estava muito tarde e muito frio para que Paloma me ensinasse como descobrir a canção do fogo, então eu esperava que pudéssemos fazer isso hoje. Mas do jeito que as coisas vão, essa previsão em particular parece duvidosa.

Apesar de meu olhar suplicante, Paloma só me diz para ter um bom dia, que me encontrará quando eu voltar. E ainda que haja sinal de algo por trás de suas palavras, antes que eu descubra, Jennika está me puxando pela manga, me arrastando para fora até seu carro alugado.

– Você devia aprender a dirigir. – Ela sobe atrás do volante enquanto me acomodo ao seu lado.

– Eu sei – digo, esperando que ela não ofereça trocar de lugar e me ensinar. Íamos só acabar discutindo, quando estou tentando fazer o contrário.

– Não que realmente haja para onde ir quando você tirar sua habilitação...

Ela faz uma careta. Me revela, mais uma vez, o quanto detesta este lugar. Continua a recitar, em voz baixa, a mesma conversa cansativa sobre como não entende por que prefiro morar neste lixo em vez do lugar superlegal que ela conseguiu em Los Angeles. Ela só para quando suspira, afofa o cabelo e se concentra no rádio do carro.

Quando pede para eu procurar dentro do porta-luvas o CD do Hole, sei que quer encerrar a conversa e pisar em terreno neutro. Músicas da década de 1990, as canções de sua juventude, são sempre a escolha certa quando ela deseja algo que recorde tempos menos turbulentos.

– Você fica bonita nessa blusa – ela diz, o humor instantaneamente melhor depois de algumas batidas de Courtney Love cantando "Celebrity Skin". – E o jeans serviu direitinho... Bem que achei que serviriam. – Ela me dá um olhar de aprovação, enquanto dou de ombros, murmurando *obrigada* e observando a paisagem. Vejo um vira-lata sarnento revirando o conteúdo de uma lata de lixo caída, ao mesmo tempo que um gato ainda mais sarnento observa, esperando para entrar em ação na primeira oportunidade.

– Dace Penabranca vai se arrepender muito de ter dado o fora em você – ela diz, em uma tentativa equivocada de me alegrar.

– Na verdade, espero que não – eu a espio, satisfeita ao ver o clarão de surpresa que toma conta de seu rosto.

Sua testa se contrai em uma tentativa de encontrar algum sentido em minhas palavras, em encontrar algum sentido em mim. Ela tenta achar algum traço de seus ensinamentos, dos valores que lutou para me ensinar.

– É melhor se ele não pensar mais em mim – empurro as palavras para além do soluço preso em minha garganta. Aquele que está ali o tempo todo desde aquela noite horrível na cozinha dele. – É melhor que ele simplesmente siga com a vida dele.

Ela analisa minhas palavras por um momento, a cabeça balançando para a frente e para trás, como se pesasse minhas palavras. Finalmente resolve deixar para lá e diz:

– Onde conseguiu isso? – Ela pega a manga da jaqueta preta que visto. – Não sei o que é pior, Daire... Aquela jaqueta do exército velha que você sempre usava ou essa coisa. – Ela balança a cabeça, decidindo que sou um enigma que faz o tipo de escolhas que ela jamais entenderá.

– É de Django. – Vejo-a ficar boquiaberta, enquanto seus olhos ficam maiores do que jamais vi.

– Onde você a encontrou? – Ela me encara, segurando o volante com tanta força que as juntas de seus dedos ficam esbranquiçadas.

– Em uma caixa cheia de coisas dele. Você devia dar uma olhada já que está aqui. Acho que vai achar interessante.

– Não – ela desvia o olhar de mim, concentrando-se na estrada de terra esburacada adiante. – Talvez – ela aperta os lábios, continuando a olhar pela janela. – Não sei. Veremos. – Suspira, seus ombros caindo em rendição e permanecendo dessa forma até que ela para no estacionamento. – Ei, aqueles não são seus amigos? E aquele parado com eles não é seu ex?

Sigo o olhar dela para onde Xotichl, Auden, Lita, Crickett, Jacy e, sim, até mesmo Dace, estão conversando e rindo. Meus olhos passam sobre eles, antes de se fixarem *nele* – mas só por um momento, antes que me force a olhar para outro lado. Não posso me dar ao luxo de permitir olhá-lo por muito tempo.

– Uau. Eu esperava que eles estivessem do seu lado – seus olhos vão deles até mim. – Eles sabem sobre o rompimento?

– Provavelmente não – murmuro. – Já que não vim para a escola ontem. – Minha voz desaparece enquanto observo uma garota nova, alguém que nunca vi antes, com uma cabeleira selvagem de cachos escuros, se aproximar cuidadosamente deles.

– Bem, é claro que ele não vai contar para eles, idiota que é. Então, assegure-se de fazer isso. – Jennika funga, olhando como se estivesse pensando em ir até eles e contar a verdade no meu lugar.

Mas tudo o que consigo fazer é encarar aquela garota magra, bonita, de aparência exótica, com aquele halo de cabelo, os compridos olhos amendoados que se desviam para o lado, o nariz delicado e os lábios generosos.

Ela parece uma dançarina – vigorosa, fluida –, a verdadeira manifestação da graça.

É como se várias nacionalidades tivessem se juntado e decidido doar seus traços físicos mais celebrados para uma só pessoa, e ela é o resultado.

– Quem é aquela com eles? – Jennika dá uma cotovelada em meu braço. – Aquela parada perto de Jacy?

Continuo a fitá-la, me perguntando por que todos parecem conhecê-la – por que ela fica olhando toda hora para Dace. E por que Dace mal consegue retribuir seu olhar.

Estou prestes a investigar, a tentar uma daquelas *impressões*, só para ter uma ideia da situação, quando me contenho. Me detenho. Antes de tudo, eu deveria estar construindo muros entre nós e não os derrubando.

A voz de Jennika zumbe, proporcionando uma longa lista do que deveriam ser dicas úteis sobre como lidar com esse rompimento com meus amigos, a fim de ficar por cima. Ela só para quando digo:

– Jennika...

Ela olha para mim, o rosto em expectativa.

Mordo o lábio com força, me obrigo a engolir a resposta zangada que vem tão facilmente. Aquela sobre limites – sobre me dar liberdade para que eu cometa meus próprios erros. Aquela em que a recordo que ela não pode me proteger de tudo, não importa o quanto tente. Em vez disso, saio do carro e aceno do meio-fio. Observo enquanto ela sai do estacionamento, antes de avistar a velha caminhonete azul de Chay estacionada ao lado do edifício, bem embaixo do desenho do mago, o mascote da nossa escola. Era isso o que Paloma estava querendo dizer.

– Venha – ele se inclina no banco para abrir a porta para mim. – Paloma está esperando. Parece que você tem mais treinamento pela frente.

Subo ao lado dele e, apesar de saber que não devo, não posso deixar de dar uma última olhada em Dace enquanto Chay deixa o estacionamento.

Não posso deixar de notar o quão rápido ele percebe que estou olhando. O quão veloz ele se vira para encontrar meu olhar.

Mergulho no momento – permitindo me aquecer na presença dele.

Até que me lembro do alto preço de amá-lo, obrigando-me a olhar para o outro lado.

vinte e três

Dace

Eu a sinto no segundo em que a mãe dela entra no estacionamento.

O fluxo de sua energia, como um coquetel para os sentidos que me deixa sedento por mais.

Fico tão absorto pela presença de Daire que quase não escuto quando Lita diz:

– ... e então falei: *Phyre*? – Ela reencena o momento do dia anterior, dramatizando as mesmas expressões e o mesmo balanço de cabelo para que possamos ver como aconteceu. – E é claro que era ela. Phyre está de volta a Encantamento. Acreditam nisso? Eu jurava que eles tinham partido para sempre.

– Phyre? – observo Lita, embora sem concentração. Só o nome é suficiente para me levar de volta a um passado que há muito tempo eu enterrei. E mal pensava nele.

Lita balança a cabeça e revira os olhos para mim dramaticamente.

– Humm, oi? Sim, Phyre. Sobre o que você acha que eu estava falando? – Ela olha para os demais, fazendo uma careta que acha que não posso ver, embora eu esteja parado bem na sua frente.

– Então, ela está de volta? – pergunto, sabendo que a pergunta só vai servir para irritá-la e tendo perdido os detalhes na primeira vez que contou. Preciso da confirmação de que é o que penso.

Ela adota uma expressão exageradamente paciente e um tom de voz tão calmo quanto. Agindo como se tivesse sido deixada para lidar com uma criança difícil, que precisa de cuidados especiais, ela explica:

– Eu a vi na cidade ontem. Ela definitivamente está de volta. Vai até voltar para o Milagro. Disse que frequentará as aulas depois das férias de inverno...

Ela prossegue a história, mas já parei de escutar. Já ouvi tudo o que precisava.

Phyre.

Aqui.

No Milagro.

Tento me libertar do pensamento, mas ele se prende a mim pelas bordas. Encorajando o borrão de imagens há muito esquecidas tomar forma em minha mente. O *slideshow* se desdobra com a trilha sonora da minha própria voz advertindo: *Você jamais pode voltar. E por que iria querer isso?*

Então, logo depois de pensar isso, percebo que não o faria.

Voltar.

Jamais.

– Uau – Xotichl diz. Sempre me surpreendendo com sua habilidade de colocar tanto significado em uma única e aparentemente inócua palavra. Sua cabeça se inclina em minha direção, sem dúvida lendo minha energia. Tentando descobrir como estou reagindo à notícia. O que isso significa para mim. O que significa para Daire.

Respondo ao seu aceno de cabeça levantando e abaixando os ombros. Espero que ela o perceba e descanse ao se assegurar de que a notícia não significa nada. Posso achar interessante. Inesperado. Nada mais que isso.

– Falando em... – Jacy aponta na direção do lugar em que Phyre desce de um carro branco empoeirado. Seus olhos caem sobre nós, seu rosto irrompe em um sorriso.

Ela está mudada. Parece muito diferente do que me lembro. Seu cabelo ainda é rebelde, mas as mechas vermelhas são novas. E ela está definitivamente mais alta. Mais bonita também. Como se a gordura infantil que certa vez estufava suas bochechas tivesse migrado para outros lugares mais femininos, permitindo que seu rosto se rearranjasse em um série de curvas e ângulos marcados e bonitos.

Passo a mão pelo queixo. Tento parar de olhar, mas não consigo. É como avistar um fantasma ressurgir direto do passado, e tudo o que posso fazer é ficar parado aqui e observar. Recordo a mim mesmo que não significou nada, que éramos apenas crianças e não sabíamos o que estávamos fazendo.

Ok, talvez não fôssemos mais crianças.

Crianças não fazem o que fizemos.

Mesmo assim, muito tempo se passou. E, durante esse tempo, muitas coisas mudaram. Na verdade, tudo mudou. Pelo menos para mim. E, pela aparência dela, ela enfrentou mudanças também.

Ela diz oi, permitindo que seu olhar incida sobre cada um de nós, antes de pousar em mim, onde fica tempo suficiente para fazer um inventário completo. Mantém o olhar apenas por alguns longos segundos – longos o suficiente para que todos notem –, antes de limpar a garganta e dizer:

– Então... quer dizer que vocês são amigos agora? Como isso aconteceu?

– Daire fez acontecer – Xotichl levanta o queixo e enruga o nariz, como se acessasse a energia de Phyre. E, pelo jeito que se recusa a abrandar, acho que não aprova o que *vê*. – Daire é a namorada do Dace. – Com as palavras tão inequivocamente ditas, Phyre aperta os lábios e desvia o olhar para os pés.

– Tenho certeza de que ela é incrível – Phyre diz, seus olhos brilhando um pouco além do que deveriam. – Então, alguém pode me mostrar onde é a secretaria? Preciso fazer minha matrícula.

Ela vira a atenção para mim, esperando que eu me ofereça, mas finjo não escutar. Apenas observo enquanto Lita cutuca Jacy com força de lado e, um segundo depois, ela e Crickett estão levando Phyre embora.

Mal estão fora de alcance quando Xotichl franze o cenho e Lita diz:

– Não gosto disso – ela observa a recém-chegada, torcendo os lábios de lado a lado. – Não gosto do que isso possivelmente pode significar para mim. – Suas palavras propositalmente mandando, praticamente implorando, que Xotichl e eu perguntemos o que ela quer dizer. Mas sabemos que não precisamos fazer isso. Lita tem toda a intenção de prosseguir. Está simplesmente filtrando os pensamentos em sua cabeça. – Quero dizer, olha como ela simplesmente desliza para o meio do grupo e se mistura. Ela sempre esteve passando de panelinha em panelinha, se misturando com todo mundo com tanta facilidade. Precisei de *anos* para cogitar a hipótese de reconhecer vocês. – Ela para, percebendo o que acaba de dizer. – Não se ofendam. Mas mesmo assim... – ela acrescenta, dando de ombros.

Ela tagarela, pesando os prós e contras do reaparecimento repentino de Phyre – como isso poderia impactar em sua popularidade. Sem perceber que ninguém está ouvindo de verdade – ou sem se importar que Xotichl esteja perdida em seus pensamentos enquanto luto como se estivesse no inferno para não me virar e olhar para Daire.

Parte de mim morrendo de vontade de vê-la – parte de mim sabendo que esta é a última coisa de que precisamos.

Infelizmente, a primeira parte vence. Guiado pelo peso do olhar de Daire sobre mim, me suplicando para me virar. Para olhar. E, sem hesitar mais, me rendo.

E fico olhando por um longo tempo depois que Chay a leva embora, afastando-a da minha vista.

vinte e quatro

Daire

– Uma vez aceso, o Fogo tem ação rápida e é veloz em consumir tudo em seu caminho. Ele queima, resseca, chamusca e transforma, alterando a estrutura de tudo o que toca. Por outro lado, provê conforto, calor e luz. Em excesso, causa um caminho profano de destruição.

Paloma se abaixa na direção da fileira de velas alongadas que colocou na surrada mesa de madeira de seu escritório. Os pavios chiando e faiscando quando encontram a ponta em chamas do longo fósforo que ela segura na mão.

– O fogo também pode ser usado para a vidência – ela olha para mim, um pequeno sorriso iluminando seus olhos. – A maioria dos objetos pode ser usada para esse fim, mas o fogo acrescenta certa intensidade, certa qualidade animada que não se encontra com frequência em uma rocha ou um cristal. Então me diga, *nieta*, quando você olha para a chama, o que vê?

Aperto os lábios e espio as velas enfileiradas diante de mim. Tento fazer o exercício com seriedade, já que há tanto em jogo, mas, sem querer mentir, digo:

– Provavelmente não o que você quer que eu veja – eu ergo os ombros. – Há uma base azul que leva a uma ponta amarela esbranquiçada que ondula de um lado para o outro.

– Muito bem – ela sorri. – É tudo o que deveria ver. Pelo menos por enquanto. Assim como fez com o pêndulo, você fará uma pergunta ao Fogo. Mas, em vez de responder *sim* ou *não* como o pêndulo, o Fogo lhe mostrará imagens que lhe fornecerão a informação que procura.

Ergo uma sobrancelha, sabendo que não devo questioná-la. Mesmo assim, essas lições parecem cada vez mais e mais estranhas.

– E, da mesma forma que o pêndulo, é importante lembrar que o Fogo só lhe fornecerá a sabedoria que está dentro de você. O mesmo acontece com os talismãs que estão em sua algibeira. Nenhuma dessas coisas pode transmitir atributos ou respostas que você já não tenha... Em vez disso, elas trazem os poderes que existem em você. Chegará um tempo, *nieta*, em que você estará tão sintonizada consigo mesma e com sua conexão com todas as coisas vivas que não precisará mais recorrer a essas ferramentas, a menos que busque esclarecimentos. Mas como você ainda não chegou a esse ponto, quero que faça uma série de respirações profundas e de limpeza. Quero que limpe sua mente e se centre. Então, quando estiver pronta, quero que escolha uma das chamas para olhar, permitindo se concentrar nela de forma natural. E, em vez de fazer uma pergunta ao Fogo, quero que peça ao Fogo para revelar o que quer que ele considere digno de lhe mostrar. Apenas mantenha a mente aberta. Permita que a informação flua. Consegue fazer isso?

Confirmo com a cabeça. Já estou fazendo. Já estou respirando de modo calmo e profundo. Já estou ciente do jeito que meus músculos instantaneamente se enfraquecem e relaxam. Do jeito que minha visão começa a se alargar antes de se estreitar em um único ponto.

Me concentro em uma chama solitária tremulando diante de mim. Atraída por seu calor, sua essência e sua dança animada, me esforço para me conectar e me misturar com seu núcleo. Até que tudo desaparece, exceto esse lampejo solitário.

Mal termino de fazer um pedido rápido e silencioso para que compartilhe seu conhecimento, quando um rosto começa a se formar. Um bonito rosto, sombrio e assustado, com profundos olhos luminosos que me observam com firmeza. Mas, antes que eu tenha captado direito a imagem, o rosto desaparece, permitindo que o traço fugaz de um guaxinim tome seu lugar.

– É Valentina! – arquejo, contemplando um dos primeiros Buscadores conhecidos da árvore genealógica da família Santos. – E Guaxinim... o espírito animal dela.

As palavras sussurradas de encorajamento de Paloma fazem com que me aproxime, enquanto tento discernir a mensagem, convencida de que há uma. E, desta vez, quando o rosto de Valentina aparece diante de mim, sua voz começa a soar em minha cabeça.

No início, o tom de voz é fraco, difícil de discernir. Mas não demora até que as palavras comecem a reverberar em meu âmago.

Ouça – não há tempo a perder! Você deve sempre se lembrar de que sua intenção alimenta sua determinação, e sua determinação é seu caminho. Você nunca deve olhar para trás. Nunca deve se arrepender. Um novo dia amanheceu – as antigas regras mudaram. Ações sem precedentes são exigidas de você e virão com um grande custo. É a crença do Buscador e você deve jurar dar atenção a ela!

Concordo com a cabeça vigorosamente, me comprometendo com cada palavra.

Observo seu rosto desaparecer lentamente, deixando-me com a frase:

É seu dever protegê-los, de cuidar deles!

Enquanto isso, imagens de Xotichl, Auden e Lita piscam diante de mim, seguidas por um morcego, uma lontra e um gambá, respectivamente.

Os espíritos animais deles. Só pode ser. Agora que somos amigos, agora que estou conhecendo cada um deles, os animais que os guiam fazem todo sentido.

Como Xotichl, o Morcego pode ver na escuridão.

Como Auden, a Lontra é divertida e simpática, com objetivos claros.

Como Lita, o Gambá é um bom ator, rápido em avaliar e se adaptar.

Quando as imagens desaparecem, fico observando a chama balançando com a melodia da canção do Fogo:

Ao sabor do vento posso arder ou chamuscar
Confortar com a mesma facilidade que machuco
Uma única lambida de minhas chamas gera mudanças irrevogáveis
Seja como eu quando buscar transformação

Depois da terceira repetição, a chama simplesmente se desvanece. Fico encarando seu fantasma – um filete fino de fumaça ondulando diante de mim – enquanto Paloma sussurra em meu ouvido:

– Muito bem, *nieta*. Agora apague o resto. Você sabe o que fazer.

Estendo o braço até uma das velas, erguendo a mão diante dela, e observo como ela instantaneamente se apaga. Então vou para a seguinte, capaz de apagá-la simplesmente piscando os olhos e desejando que isso aconteça. E quando chego à última, pego a faca de dois gumes que Paloma colocou ao meu lado. Segurando com firmeza o cabo suave de madeira, santifico o athame, permitindo que ele passe lentamente pela chama sagrada da vela. Ciente do coro – a gloriosa sinfonia que retumba em minha cabeça –, enquanto o fogo enegrece a lâmina que passa por ele, apenas para emergir brilhante como nova.

Quando termino, Paloma guarda a faca em sua bainha. Seus dedos repousam na peça de couro desgastado, e ela faz uma longa pausa antes de dizer:

– Você estava certa.

Me inclino em sua direção, sem ter ideia do que ela está falando.

– Por mais que eu desejasse que fosse diferente, temo que não há como negar o aviso de Valentina. Um novo dia está entre nós. As antigas regras são obsoletas agora. O que significa que Cade deve ser morto. E temo que você seja a única capaz de fazer isso. O destino desta cidade... de seus amigos... depende de sua capacidade de matá-lo. – Seus dedos correm pelo comprimento da bainha, ao mesmo tempo que uma série de emoções conflitantes passam por seu rosto. E quando seu olhar finalmente encontra o meu, está cheio de uma tristeza incomensurável que é impossível negar. – *Nieta*, se eu pudesse tomar seu lugar e fazer isso por você, acredite, eu faria. Mas meu tempo como Buscadora acabou. Quaisquer poderes que eu tinha passaram para você.

Eu a encaro sem pestanejar, sem respirar. Assustada com sua súbita mudança de opinião – com a enormidade de suas palavras.

Ela desliza a faca na minha direção. Me olha bem nos olhos.

– Quando estiver pronta para matar Cade, você usará este athame. Também vai usá-lo para livrar o Mundo Inferior dos Richter mortos-vivos, removendo suas cabeças ou cortando-os ao meio, na cintura.

Reluto com suas instruções, incapaz de me imaginar cometendo um ato desses.

– Sei que a ideia é desagradável – ela diz. – Temo que o ato também será. Mas, dessa vez, ao contrário da última, você não terá a ajuda da Guardiã de Ossos. Então, esse é o único jeito de libertar as almas que lhes dão poderes. O único jeito de devolvê-las ao lugar a que pertencem.

– E Cade? Esse é o único jeito de matá-lo também? – Tiro a faca da bainha. Observo-a com olhos recém-informados, testando o peso dela, deslizando a parte suave da lâmina pelo comprimento da minha mão. Asseguro a mim mesma que posso fazer isso, que nasci para isso. Só tenho que encontrá-los, só isso. Quando o momento chegar, não haverá hesitação. Matarei todos eles.

É uma promessa que faço a mim mesma, a Paloma, ao povo de Encantamento que não merece o tipo de sofrimento que vem enfrentando.

Me viro para Paloma com um olhar determinado, querendo que ela saiba que darei conta da tarefa. Que eu não a desapontarei. Passarei por tudo isso. E então ela me lança um olhar profundamente pesaroso e percebo que deixou minha pergunta sem resposta.

– Isso matará Cade? – repito, a voz um pouco aguda demais.

Ela pressiona as mãos contra o peito e entrelaça os dedos.

– Tudo isso é novidade para mim, *nieta*. Sinto pedir isso a você. Tudo o que sei com certeza é que a faca está agora fortalecida com a essência de Valentina. Não tenho dúvidas de que provará ser uma formidável aliada. A partir deste momento, deve manter o athame com você o tempo todo. Você vai agir quando for necessário. Fará o que for preciso para derrotar Cade e seu exército de ancestrais mortos-vivos, não importam os riscos – seu olhar se suaviza. – Agora, vamos ver se conseguimos fazer nevar.

vinte e cinco

Dace

– Será que alguém pode me explicar que raios está acontecendo aqui? – Lita olha para a mesa de almoço, encarando cada um de nós. – Em primeiro lugar, onde está Daire? Ela ainda estuda aqui? Segundo, não é estranho que ela tenha desaparecido bem quando Phyre chegou? E, não que eu esteja reparando demais, então que ninguém tenha a ideia errada, já que não quero mais nada com ele, mas Cade Richter ainda está desaparecido. E como ninguém parece nem um pouco preocupado com essa série de acontecimentos estranhos, tenho que perguntar: perdi algum memorando? Sou a única que se importa com as provas finais? E, só para constar, estou olhando principalmente para *você*, Penabranca. Você é o mais próximo de todos os três.

Os garotos no final da mesa se viram, aliviados por estarem fora do alvo. Enquanto dou de ombros, me concentrando na máquina de burritos, e digo:

– Daire não está se sentindo bem. E Cade e eu não nos falamos, como você sabe.

Ao ouvir, Lita se senta. Meneia a cabeça para a frente e para trás, como se a balança da justiça estivesse lá dentro.

– E essa história toda com Phyre? O que acontece afinal?

– Não sei – murmuro, sabendo muito bem aonde ela quer chegar com isso, mas sem vontade de fazer essa viagem em particular. Phyre é uma lembrança. Um fantasma. Não tem lugar na vida que vivo agora.

– Ah, não. – Lita se endireita, me encarando com seu olhar muito praticado de interrogatório. O mesmo olhar que alerta Jacy e Crickett para sentarem retas também, para não perderem o que quer que venha na sequência. – Isso não funciona comigo. Onde Phyre se encaixa? E por que você ficou tão estranho perto dela?

Elas me encaram. Todas elas. Até mesmo os olhos de Xotichl se dirigem desconfiados para mim, deixando-me sem escolha senão levantar as mãos em sinal de rendição e dizer:

– Phyre se encaixa onde ela quiser. Não precisa me consultar. Ela está fora do meu radar há anos.

– Dois anos. – Lita sorri, as palavras ilustradas pelos dois dedos que enfia no meu rosto. – Só faz dois anos que ela partiu. E, meu palpite é, do jeito que ela olhou para você, ela quer continuar bem do lugar onde pararam. E do jeito que você ficou todo sorridente e esquisito perto dela, você não sabe o que quer. Ou, ainda pior, você *sabe* o que quer, mas tem um pequeno problema chamado Daire no caminho. O que deixa todos vocês... *enigmados* e *tumultuados*.

– Essas palavras lá existem? – Xotichl pergunta, fazendo Jacy e Crickett abafarem o riso com as mãos, enquanto Lita revira os olhos e ignora todas elas com um aceno.

– Seu problema, Penabranca, é que – Lita faz uma pausa, exigindo minha atenção completa. – Quer saber qual é o seu problema?

Observo meu almoço. Me pergunto como cheguei ali. Por que concordei em ser amigo dela, quando é claro que ela pouco mudou desde o retorno de sua alma. Mas, em vez disso, simplesmente respondo:

– Sim, por que não? Diga.

Ela concorda com a cabeça, cruza os braços e as pernas, assumindo uma postura defensiva, como se eu tivesse considerado entrar em combate verbal contra ela.

– Seu problema é que você não está acostumado a que as pessoas o achem gostoso.

Xotichl franze o cenho.

Jacy e Crickett engasgam, quase incapazes de se conter. Enquanto meus ombros relaxam, aliviados. Esperava algo muito pior.

– Ou melhor, você estava acostumado a que só *uma* pessoa achasse você gostoso. Phyre. E isso foi só porque ela estava presa naquela reserva com você, onde não há muitas outras opções para uma garota escolher.

– Lita... – Xotichl se aproxima dela, tentando dissuadi-la de continuar, mas Lita a ignora. Ela está embalada. Não será detida até terminar.

– De qualquer modo, lá, quando Phyre era a única que queria você, a escolha era fácil. Mas agora... agora que Daire também acha você gostoso, assim como algumas outras garotas, que, embora isso não faça nenhum sentido para mim, escutei discutindo também a qualidade de sua recém-descoberta gostosura, você está repentinamente diante de escolhas. Quanto a mim, eu não enxergo o mesmo que elas. Você é muito parecido com Cade para o meu gosto.

– Hum, sim, porque eles são idênticos – Jacy diz, fazendo Lita fechar a cara e Crickett lhe dar um olhar de desaprovação.

– Então, o que estou tentando dizer é que é para você não ficar todo metido só porque teve um pequeno aumento na escala de gostosura. Não seja um cretino. Não seja seu irmão gêmeo. Faça a coisa certa com Daire ou terá que se ver comigo. *Comprehendu?*

Travo a mandíbula. *Comprehendu? Acho que isso é espanhol no mundo rarefeito de Lita Winslow.* Examino toda a mesa. Faço um inventário completo. Conto um grupo de caras que não tem nada em comum comigo e que claramente não quer ter nada a ver comigo, e um grupo de garotas que não veem problema em me sacudir sobre as brasas quentes que continuam a atiçar.

Teria sido melhor almoçar sozinho no corredor.

Me concentro na comida e me recuso a responder. Isso é ridículo. E apesar da minha alma supostamente pura e boa, estou começando a me sentir ofendido.

Mas o problema com garotas é que ficar em silêncio nunca funciona. Elas são verbais demais para permitir isso. E querem que eu seja verbal também.

– Tanto faz – digo, sabendo que devo dizer alguma coisa, só para pôr fim à conversa. – Phyre é passado. Não importa o que esteja acontecendo entre mim e Daire, estamos firmes. Meu coração bate por ela, e só por ela.

– Firmes, hein? – Lita estreita os olhos, claramente sem acreditar em uma palavra. – Então se assegure de levá-la à Toca do Coelho esta noite para minha festa de Amigo Secreto, ok? Não me importa se terá que arrastá-la pelos cabelos como o homem das cavernas que sei que é. Quero ela lá, Penabranca. Quero *todo mundo* lá. Trabalhei feito uma camela para fazer a melhor festa de todas. E acho que não tenho que lembrá-lo da sorte que foi ser convidado. Então não me faça lamentar meu ato de generosidade, ok?

Ela dispara um olhar final de advertência, então se volta para Jacy e Crickett. Pergunta para elas se deve ou não deixar as luzes dos cabelos para o inverno: não. E se deve ficar com o piercing no buço ou deixar o buraco fechar: elas votam por mantê-lo.

Quando o sinal toca, juro que o som nunca me pareceu tão suave. Me afasto da mesa, ansioso para ir para o inferno e nunca mais voltar, quando Xotichl me agarra pelo pulso e diz:

– Nós precisamos conversar.

Fecho os olhos e abafo um gemido. Não sei quantas pancadas mais posso suportar. Essas garotas são insanas.

– Relaxe – ela diz, sentindo meu estado de espírito. – Deixarei esse assunto para Lita. Em todo caso, ela é melhor nisso do que eu. O que quis dizer é que precisamos conversar sobre a profecia.

– Você a conhece? – eu a observo cuidadosamente.

– Você já leu a profecia?

Hesito, inseguro sobre o que responder, então tomo uma decisão:

– Já passei os olhos por ela uma ou duas vezes. Mesmo assim, preciso saber o que você quer me contar. Exatamente. Palavra por palavra. Não deixe nada de fora.

– Então me espere depois da aula e me dê uma carona para casa. Eu lhe contarei tudo – ela diz, seus olhos azuis-acinzentados desorientados, mas isso não significa que não possa me ver.

Suspiro. Passo a mão pelos cabelos, ansioso demais para ter de esperar. Mas, sem ter outra escolha, eu concordo.

No mesmo segundo em que me livro de Estudos Independentes, encontro Xotichl já me esperando no corredor.

– Eu estacionei um pouco longe – digo, enquanto ela caminha ao meu lado, a bengala de ponta vermelha se agitando diante dela.

– Tudo bem – ela sorri, de um jeito que ilumina seu rosto. – Então você terá tempo suficiente para me contar seu lado da história. Tudo. Do início ao fim. Sem deixar nada de fora.

Olho para ela, tentando não odiar o fato de que outra pessoa se juntou ao clube sempre crescente de pessoas que sabem sobre mim. O que sou. Como vim a existir. Sem mencionar que de jeito algum vou lhe contar *tudo*.

– Duvido que seja diferente do que Daire já lhe contou – estendo o braço em sua direção, prestes a ajudá-la a atravessar a rua, então desisto com a mesma rapidez. Xotichl se vira bem. Não precisa que eu a guie.

– Só há um jeito de ter certeza. – Seu rosto é determinado, sua mandíbula endurecida, os lábios cerrados. Para uma garotinha com uma incapacidade perceptível, ela é uma força a ser reconhecida.

Ela também é incrivelmente gentil.

Ela foi a primeira pessoa a falar comigo. Correção: ela foi a *única* pessoa a falar comigo nos dois primeiros anos nesta escola – até a chegada de Daire.

Ela também é a única que Cade nunca foi capaz de atingir – o que me deixou um pouco impressionado.

Eu a ajudo a entrar na caminhonete, me asseguro de que esteja bem instalada, então subo do meu lado. Ligo o motor e dou ré quando ela diz:

– Ainda estou esperando...

Espero que alguns carros passem, então adentro a rua.

– Você não quer me fazer passar por tudo aquilo de novo, quer? Não há necessidade. Além disso, o trato era eu levá-la para casa e você me contar o que sabe sobre a profecia.

Ela pondera por alguns segundos, o dedo tamborilando na ponta do queixo. Desfruta da minha frustração, aproveitando o momento o máximo que pode.

– Está bem – ela diz, mas só quando tem certeza de que sofri o suficiente. – Você venceu. Acho que eu soube tudo o que precisava saber de Daire. Afinal, ela foi bem detalhista.

Detalhista? Detalhista como?

Seguro o volante com força, aperto tanto a mandíbula que ela range em protesto. Incapaz de relaxar até que Xotichl diz:

– Escute, ela está totalmente arrasada, não vou mentir. Mas ela não está culpando você. Ela sabe que você fez a coisa certa. Além disso, tenho certeza de que não ficará assim por muito tempo. Ela é osso duro de roer, você sabe.

Ainda que suas palavras pretendam me consolar, não tenho certeza se isso é bom. *Ela está insinuando que Daire já desencanou? Que já me esqueceu?*

Balanço a cabeça para me livrar da ideia. É ridículo. Eu sou ridículo. Eu vi o jeito que ela me olhou hoje no estacionamento. Do mesmo jeito que olhei para ela. Além disso, não foi exatamente o que lhe disse para fazer? Parar de pensar em mim – parar de me amar – durante o tempo que for preciso?

Deus, odeio meu irmão.

Passo a mão pelo cabelo, afastando algumas mechas do rosto.

– Podemos falar da profecia? – peço, mais do que pronto para ouvir, mesmo que tenha quase certeza de que não vou gostar.

Ela balança a cabeça para a frente e para trás, sem estar completamente pronta para desistir do jogo. Suspirando em rendição, ela diz:

– Eu a li no códice.

Concordo com a cabeça impacientemente, sem ter certeza do que é isso, mas ansioso para descobrir.

– É um livro impressionante. Tem tudo o que um livro antigo e místico deve ter. Com páginas de pergaminho encurvadas e ilustrações elaboradas, é como algo que você veria em um filme de fantasia... – ela faz uma pausa, provavelmente só para me torturar. É uma garota doce, uma das mais doces que conheço, mas ama seus joguinhos. – Não que eu realmente possa ver as ilustrações, embora possa ler a energia delas. De qualquer modo, há muita coisa nele. Montes e montes de páginas, todas elas escritas em um código especial que leva uma eternidade para decifrar. Eu queria que você visse: sua energia é tão vibrante, tão viva...

Meus polegares batem no volante, enquanto seguro a vontade de exigir que ela vá direto ao ponto.

– De qualquer modo – ela diz, um pequeno sorriso iluminando seu rosto –, aqui vai a parte que você precisa saber...

Quando ela termina de falar, tudo o que consigo pensar é o quão ingênua ela parece.

O quão inconsequente.

Pelo tipo de livro que ela descreveu, acho que esperava algo maior e mais envolvente do que eu já sabia.

Especialmente quando se leva em conta que vidas reais estão em jogo.

Mesmo assim, segundo Xotichl, a versão do códice é uma cópia exata dos versos que me foram revelados durante minha experiência na tenda de meditação.

Uma quadra enganosamente simples que afirma:

O outro lado da meia-noite faz um arauto tocar três vezes
Vidente, Sombra, Sol – juntos eles vêm
Dezesseis invernos portanto – a luz deve ser eclipsada
Deixando a escuridão ascender sob um céu que sangra fogo

– Então é verdade. A luz deve ser eclipsada. Um de nós morrerá. – Encaro a estrada de terra adiante, quase incapaz de me concentrar em qualquer outra coisa que não as palavras que continuam a soar em minha mente.

Provocando.

Assombrando.

Recusando-se a afrouxar seu aperto.

– Mas acho que já sabíamos disso – digo, precisando lembrar a mim mesmo que não há nada de novo aqui. Xotichl simplesmente confirmou, é tudo.

– Daire vai matar Cade – Xotichl diz. – Não só para prosperar como Buscadora, impedindo-o de ascender, e para acertar as coisas no Mundo Inferior, mas também para ficar bem com você. E, ainda que eu entenda isso, e ainda que a apoie totalmente em querer fazer isso... não quero vê-la machucada. Não tenho certeza do que posso fazer para ajudar a mantê-la em segurança.

– Ela não vai – digo, minha voz determinada, enquanto viro na rua de Xotichl e estaciono do lado de fora da modesta casa de adobe em que ela vive. – Ela não vai se machucar. Não haverá oportunidade, porque eu vou matar Cade antes.

Xotichl concorda com a cabeça. É a resposta que esperava ouvir.

– Há um vórtice na Toca do Coelho – ela abre a porta e sai da caminhonete. – Se entrar por ali, terá uma chance maior de encontrá-lo.

– Pé Esquerdo quer que eu encontre o vórtice. Disse que você pode me mostrar onde está.

– É complicado – ela fecha a porta e se inclina pela janela aberta. – Também é guardado por demônios, então assegure-se de levar bastante nicotina para apaziguá-los. Mas esta noite, depois da troca de presentes, eu lhe mostrarei onde fica.

vinte e seis

Daire

– Pare de se mexer. E pare de revirar os olhos também. Quanto mais tempo resistir, mais tempo isso vai demorar. – Jennika franze o cenho, engancha o polegar sob meu queixo e inclina minha cabeça enquanto desenha um arco de sombra roxa sobre minhas pálpebras. – Achei que estivesse com pressa para sair e se divertir com seus amigos.

– E estou. E, caso não se lembre, era exatamente o que eu estava tentando fazer quando você invadiu e disse que eu precisava de uma transformação. – Disparo um olhar mordaz-zombeteiro que logo se transforma em gargalhada quando ela me devolve um dos seus.

– Bem, me desculpe por dizer isso, mas filha minha não vai a uma festa como... – Ela levanta a cabeça e aperta os olhos, procurando o jeito perfeito de ao mesmo tempo terminar a sentença e me ofender adequadamente.

– Como *o quê*? – Dou uma olhada de esguelha no espelho. Vejo o olho esquerdo esfumaçado e profundo, enquanto o direito definha em um estado de quase opacidade, com apenas uma leve promessa de sensualidade.

– Filha minha não vai a uma festa como se estivesse pronta para a *missa*. – Jennika sorri, satisfeita consigo mesma com sua habilidade de me surpreender dizendo algo que eu não esperava. – Há *looks* para igrejas, *looks* para festas e também *looks* para *datas comemorativas*, o que, vou lhe dizer, exige muito drama, ostentação e, sim, profundos olhos esfumaçados. *Principalmente* profundos olhos esfumaçados. Então, se puder me aguentar mais dez minutos, te darei um olhar tão matador que garanto que *você sabe quem* vai desmaiar e morrer no segundo que a encontrar. – Ela mergulha o pincel em um pote de sombra em pó negra e vem até mim novamente.

– Dace – digo. – O nome dele é Dace. Você tem permissão para usá-lo, sabia? – pronuncio as palavras através dos lábios que mal se movem. Um tipo de ventriloquia que aprendi por necessidade, quando ela costumava praticar suas técnicas de efeitos especiais de maquiagem em mim quando eu era criança. – E se isso ajudar a acelerar as coisas, sinta-se livre para fazer meus olhos um pouco menos *fatais*. Eu realmente prefiro que ele não *morra* quando me ver. Gosto mais dele vivo.

– A-rá! – Jennika se afasta. Seu rosto se ilumina como se eu tivesse acabado de revelar algo que nós duas já não sabíamos. – Você ainda *gosta* dele. Aí está – ela abana o dedo diante de mim. – E é aí que está o problema.

Abro minha boca para falar, então a fecho com a mesma rapidez. Decido, em vez do "jeito-muito-defensivo", usar a resposta "nem-de-todo--crível" que primeiro me vem à mente.

Se a defesa é o primeiro ato de guerra, então qualquer coisa que eu disser só vai acabar em uma discussão que prefiro não ter. Se tenho qualquer esperança de sair daqui a tempo de encontrar Dace, então preciso cooperar.

Depois da sessão de hoje com Paloma, quando não só aprendi a canção do Fogo mas também instiguei um pequeno vendaval, seguido por uma breve explosão de chuva – ainda que, infelizmente, a neve que tentei convocar permaneceu como um desejo não realizado –, consegui esse aumento de poder que não pretendo desperdiçar.

Pela primeira vez, estou completamente preparada para enfrentar Cade cara a cara.

E é isso o que farei.

Tão logo consiga encontrá-lo.

Mas, antes que isso aconteça, preciso ver Dace.

Tenho algo planejado. Algo que ainda ontem eu não teria tido a coragem de fazer – mas agora tudo mudou.

Eu mudei.

E mal posso esperar para contar a ele.

Para mostrar a ele.

Agora só preciso convencer Jennika a se apressar.

– *Et voilà*! – Jennika me segura pelos braços esticados e inspeciona seu trabalho com um olhar crítico. Considerando a obra um sucesso, ela sorri com orgulho. – Você, minha filha querida, está perfeita. Um arraso total! Me faz lembrar de mim quando eu tinha a sua idade.

– E isso é uma coisa boa? – brinco, lembrando-me das fotos que vi dela na fase de aspirante a Courtney Love. O rosto pálido, os lábios vermelhos, usando baby-dolls cor de pele e uma tiara plantada no alto da cabeça tingida de loiro.

– É uma coisa *muito* boa – ela sorri. – E já que você é nova neste jogo, aprenda com uma velha mestra como eu... é *assim* que se faz. É *assim* que as melhores guerras de amor são vencidas.

– Guerras de amor? – não posso deixar de fazer uma careta. Há algo realmente errado com isso. – Então, tudo isso... – aponto o dedo na direção do meu rosto. – Isso é só pintura de guerra para você?

Ela puxa o suéter negro de manga comprida sobre o quadril vestido em couro e continua seu exame minucioso. Revira minhas feições em busca de traços dela – traços de Django –, absorta demais com o passado para realmente me ver.

– Honestamente, Jennika, acho isso uma loucura. Meus sentimentos por Dace não são um jogo. O amor não é como uma antiga canção de Pat Benatar... não é um campo de batalha para ser ganho ou perdido. E se você realmente vê desse jeito, tudo o que posso dizer é *pobre Harlan*.

A simples menção de seu ex e atual namorado, mas em geral ex, a sacode de seu devaneio, trazendo uma careta imediata ao seu rosto.

– De verdade, Daire? *Pobre Harlan*, você diz? – ela sacode a cabeça, fazendo os finos fios loiros baterem contra suas delicadas maçãs do rosto, antes de retrocederem novamente. – Sabe que ele realmente teve a coragem de me pedir em *casamento*?

Agarro o gabinete do banheiro para não cair de cara na pia. Levo um momento para absorver o golpe surpreendente de suas palavras. Não tinha notado nada. Mas agora que ela disse, sua visita intempestiva faz todo o sentido.

– Quando? – minha voz se ergue, desconfiada. – Exatamente *quando* Harlan pediu você em casamento?

Ela se vira, remexe sua caixa de maquiagens, em uma tentativa tola de disfarçar. Suspirando em rendição, ela admite:

– Semana passada. Na praia de Malibu. Ao pôr do sol. – Ela faz uma cara de desgosto, como se ele tivesse cometido um ato detestável e de uma maneira horrível.

– Então é por isso... – Dou um olhar compreensivo para ela, propositalmente deixando a sentença incompleta.

– É por isso o quê? O que quer dizer, Daire? – Ela mergulha um grande pincel fofo em um pote de pó brilhante e o passa sobre minhas bochechas.

– É por isso que está aqui. É por isso que saltou para dentro do primeiro avião até Encantamento. Está fugindo de Harlan, do compromisso, da vida! – Meus olhos ardem de encontro aos dela. Estou tão animada com a descoberta, de ter certeza absoluta de que estou certa, que a expressão de dor que cruza seu rosto quase me passa despercebida. Quase, mas não totalmente.

– Estou aqui porque é Natal e queria passar algum tempo com minha filha. – Ela insiste em manter sua história, apesar do fato de que a farsa acabou. – Por que é tão difícil para você acreditar nisso?

– Não é que não acredite – eu a observo atentamente. – É só que essa não é a verdade completa. Há mais do que isso, e você sabe. Vamos, Jennika, por que não pode simplesmente admitir que, por mais que afirme odiar este lugar, Encantamento se tornou seu novo refúgio quando você não consegue aguentar a pressão?

Seu rosto fica sombrio de um jeito que revela que me aventurei muito além dos limites pessoais dela. Mas como alguém que recentemente se libertou da própria gaiola de ferro, sei no fundo do meu coração o que ela precisa ouvir. Então vou em frente e acrescento:

– Até você precisa admitir que, agora que está instalada permanentemente em Los Angeles, está ficando mais e mais difícil escapar de todas as coisas das quais fugia antes. Você sabe, coisas como amor. E compromisso. E a possibilidade muito real e muito tangível de se acertar com um cara tão legal, talentoso, bom e paciente e, sim, até mesmo bonito como Harlan. Ou pelo menos bonito para um cara mais velho como ele. – Sorrio quando digo isso, mas ela se recusa a devolver o sorriso. – Pela primeira vez em um longo tempo, você tem um endereço fixo. Um lugar onde todos os seus demônios pessoais se amontoam na soleira da porta, esperando que você lide com eles. E agora que está sem nenhuma das suas desculpas, é obrigada a encarar tudo isso, e isso assusta pra caramba. Então, o que você faz? Vem me visitar.

Cruzo os braços sobre o peito, desafiando-a a refutar o que falei. Mas ela simplesmente revira os olhos e diz:

– Quem a transformou no Dr. Phil?

– Por que não dá uma chance para ele? – insisto. – Por que não prende a respiração, fecha os olhos e mergulha? Por que não vê o quanto pode cair sem perder a si mesma? Tenho quase certeza de que Harlan sabe no que está se metendo. Tenho quase certeza de que ele não espera que você desista de sua carreira ou mesmo de seu nome. Tenho quase certeza de que ele quer você pelo que você é.

Jennika para por um momento. Se está considerando minhas palavras ou esperando que o assunto tenha uma morte inevitável, não tenho certeza. Tudo o que sei é que, quando ela olha para mim novamente, sua voz é tão resignada quanto a expressão em seu rosto.

– Você pode me deixar pintar seus lábios ou pode continuar a me psicanalisar. A escolha é sua, Daire. Você decide a que horas vai sair daqui.

Nossos olhos se encontram e decido dar o que ela quer desta vez. Já venci só de plantar a semente.

Então levanto o queixo, contraio os lábios e me ajeito diante dela. Permito que ela passe uma grossa camada de gloss enquanto murmuro:

– Eu só estava falando...

– Sim, eu também... – sua voz soa cansada e agitada, mas de um jeito bom. De um jeito que mostra que ela está considerando um futuro que negou a si mesma por muito tempo. – Eu só estava falando também.

vinte e sete

Dace

Do momento em que saio de casa até chegar à Toca do Coelho, devo ter conferido o bolso do meu casaco pelo menos vinte vezes. Mas isso não me impede de checar novamente. Nem de suspirar de alívio quando descubro que o pequeno pacote embrulhado que contém o presente de Amigo Secreto de Daire ainda está lá.

Apesar do fato de que a peça de turquesa em formato de coração exceda em muito o limite de vinte dólares, à primeira vista provavelmente parece abaixo disso. A beleza da pedra, sua óbvia dureza, esplendor e a brilhante cor azul-celeste – todos sinais da qualidade do mais alto grau – estão ali presentes, mas a gema contém um significado muito mais profundo.

É para ser um amuleto – um que ela pode acrescentar à algibeira de camurça, ao lado de todos os outros talismãs. É para protegê-la quando eu não estiver por perto. A turquesa é uma pedra de cura. Uma pedra protetora. Dizem que afasta o mal. E aqui em Encantamento isso não falta.

Só espero poder explicar isso de um jeito que faça sentido e sem parecer estúpido.

Estaciono minha caminhonete no lugar de sempre e me dirijo para a entrada. Quando chego à metade do caminho até o beco, Leandro sai das sombras, parecendo se materializar do nada.

– Dace – ele diz, em uma voz tão afiada quanto seu olhar.

Olho para o monstro diante de mim. A horrível, malvada e egoísta aberração que me gerou, que acidentalmente me criou no dia em que violentou minha mãe – quando desordenou sua percepção e roubou sua inocência, efetivamente tirando seu futuro dos trilhos.

A besta a quem jamais vou me referir como pai.

– Não o vejo há um tempo. Você ainda trabalha aqui?

Ele mantém o tom de voz casual, amigável, mas apenas dou de ombros e confiro meu bolso novamente.

Leandro ergue o queixo, me espiando sobre o nariz, daquele jeito perscrutador que tem. Mas em vez de recuar, como normalmente faço, olho-o nos olhos – aqueles olhos insondáveis – colocando minhas novas habilidades em uso. Sei que terei de confrontar a escuridão do meu irmão antes que isso acabe e escolho agir de frente.

– Tem certeza de que quer fazer isso? – Ele ri de um jeito que arreganha seus lábios, expondo uma fileira de dentes brancos que brilham amarelados sob a iluminação da rua. – Afinal, você pode não sobreviver. Seu avô Jolon não sobreviveu.

Eu o observo. Surpreso em ouvi-lo admitir tão francamente.

– Vamos lá, filho, tem certeza de que sabe a verdade sobre a sua existência?

– Não me chame assim. – Tento passar por ele, mas ele me segue e fica bem de frente para mim.

– Não chamar você de quê? De *filho*? – ele ergue uma sobrancelha. – Mas você é meu filho. Quer goste ou não, você deve sua existência a mim. Eu lhe dei a vida. Trouxe você para este mundo, e, acredite em mim, eu podia ter acabado com você facilmente. Eu podia ter exterminado você há anos, mas não o fiz. Já se perguntou por quê?

Fito seus olhos, sem dizer uma palavra.

– Não gosto de desperdício. Não acredito nisso. E estou convencido de que em algum lugar no fundo dessa sua alma pura e miserável se esconde um espinho negro e amargo que me representa, e tenho quase certeza de que você acha isso também. Você me odeia. Posso ver a escuridão crescendo dentro de você, e isso me satisfaz imensamente. Seu ódio me dá esperança. Se nutrir isso, alimentá-lo e permitir que cresça, talvez você acabe não sendo uma causa perdida no final das contas. Talvez algum dia seja capaz de ascender da vida humilde de um Penabranca para a existência exaltada de um Richter. É claro, não há garantias, mas pela primeira vez estou começando a achar que pode acontecer.

– Você é louco. Insano. – Passo por ele, batendo com força contra seu ombro.

– Você tem visto seu irmão? – Seu olhar me segue, enquanto resmungo em voz baixa e sigo adiante, ciente de sua voz me chamando pelas costas. – Se o encontrar, diga que estou procurando por ele. Precisamos conversar antes que eu saia da cidade.

Quando alcanço a porta, bato minha mão com força contra ela, mas me detenho antes de entrar. Preciso de um momento para reduzir a respiração até um ritmo mais calmo, me livrar da raiva para não descarregá-la em Daire. A última coisa que quero é infectá-la com o veneno da presença sombria de Leandro.

Por mais que odeie, Leandro e eu partilhamos uma linhagem. E, assim como ele disse, um pedaço dele se esconde dentro de mim. Por mais que eu o odeie, o deteste, estou determinado a usar nossa conexão para detê-lo. Se eu me sacrificar no processo, que seja assim. Salvar Daire é todo o legado de que preciso.

vinte e oito

Daire

Depois de consentir que Jennika use o *babyliss* em mim, resultando em uma série de ondas soltas que até eu tenho que admitir que ficaram muito boas, permito que dê um jeito no restante também.

Ela passa um olho crítico sobre o jeans de marca, a blusa estilosa e as botas novas que me deu, antes de acrescentar mais algumas pulseiras em cada um dos braços e alguns anéis a mais em meus dedos – alguns deles tirados de suas próprias mãos. Mas quando se oferece para fazer um *piercing* no meu nariz para combinar com o dela, estabeleço o limite. Empurro-a para fora de casa, até a noite de gelar os ossos, onde entramos no carro alugado dela e passamos os primeiros minutos tremendo incontrolavelmente até que o aquecimento nos esquente.

– O mínimo que poderia fazer é nevar – ela olha sobre os ombros enquanto sai de ré. – Tudo parece melhor sob uma camada de neve fresca, e Deus sabe que essa cidade precisa de toda ajuda que conseguir.

– Estou trabalhando nisso – digo, os dedos segurando a pesada sacola marrom que tenho no colo. Estou tão ocupada com o inventário mental de seu conteúdo que não percebo que falei em voz alta até que Jennika chama minha atenção.

– Você está *trabalhando nisso*? – ela me lança um olhar inquisitivo. – Desde quando controla o tempo?

Desde hoje – desde que aprendi a me misturar completamente com os elementos. Como Buscadora, esse é apenas um dos meus muitos deveres.

Mas, em vez disso, apenas respondo:

– O que quis dizer é que espero que neve também. Todo mundo quer um Natal branco, certo?

Ela me lança um olhar desconfiado, sem engolir minha tentativa de disfarce.

– Não deixe Paloma encher sua cabeça com esquisitices – ela avisa. – Não a deixe transformar você numa versão mais jovem dela.

Fecho os olhos e me recuso a responder.

– É sério – ela prossegue, longe de colocar fim ao tema. – Não tem ideia de como me preocupo em deixar você com ela. Na verdade, hoje à noite, quando você estava no chuveiro, eu a vi *cuspir* em um cliente.

Mantenho os lábios fechados, determinada a não falar até que tenha reunido paciência.

– Ela não *cuspiu* no cliente. Ela simplesmente... – *Ingeriu a energia ruim do cliente e então a cuspiu para ser absorvida pelo universo.* Aos ouvidos de Jennika, isso dificilmente soaria melhor. – Tanto faz – dou de ombros. – Tudo o que sei é que ela tem uma longa lista de clientes e todos parecem adorá-la. Não cabe a nós julgar seus métodos, não é?

Jennika faz cara feia. Ela odeia quando ajo com justiça, sobretudo quando estou certa.

– De qualquer forma – acrescento, desesperada para mudar de assunto –, você se lembra de como chegar lá?

– Como poderia esquecer? – Ela diminui para fazer uma curva, então acelera outra vez. Ela é sacudida no assento enquanto o carro alugado atravessa uma série de ruas de terra irregulares. – Da última vez que estive lá, o lugar estava decorado com esqueletos e máscaras de crânios. É difícil esquecer uma coisa dessas.

– Pelo que ouvi, substituíram os esqueletos por guirlandas cintilantes e uma dose generosa de visco... Então cuidado com onde vai ficar.

– Ficar? – ela hesita. – Ah, não. Eu só vou levá-la. Não tenho intenção de me juntar a vocês.

Relaxo em meu assento, tentando não parecer aliviada demais em saber que nosso laço mãe e filha não se estenderá além deste carro. A última coisa que preciso é Jennika sobre meu ombro proporcionando dicas em tempo real sobre como vencer minha "guerra do amor".

– Acho que vou voltar para a casa de Paloma. Talvez dar uma olhada naquela velha caixa que você me falou. Sabe, aquela com as coisas de Django?

– Acho que deveria mesmo. – Forço um sorriso, tentando não soar animada demais com a possibilidade.

Jennika precisa olhar aquela caixa. Ela nunca será capaz de construir um futuro com alguém se não se reconciliar com o passado.

– Ou eu poderia simplesmente voltar para o hotel e cair na cama. – Ela tamborila os dedos no volante, lendo com precisão a intenção verdadeira por trás das minhas palavras. – Ainda não decidi.

– Você quem sabe – empurro minhas cutículas, fingindo não me importar com sua decisão. Jennika é tão teimosa, tão obstinada que, se achar que isso de alguma forma se relaciona com a conversa que tivemos no banheiro, quando tentei convencê-la a dar uma chance a Harlan, certamente fará o oposto.

Percorremos o restante do caminho em silêncio, até que ela para do lado de fora da Toca do Coelho e diz:

– Achei que você tinha dito que odiava este lugar. – Ela me olha com desconfiança.

– Tem certeza de que fui eu? Porque isso me parece mais coisa sua. – Abaixo o quebra-sol, confiro minha maquiagem no pequeno espelho iluminado. Mal me reconheço, com toda aquela sensualidade pintada e o cabelo armado.

– Ah, com certeza eu disse isso – ela franze o cenho. – E tenho certeza de que direi mais algumas vezes antes de voltar para Los Angeles. Nunca entenderei sua atração por este lugar.

– E mesmo assim você vem me visitar e se oferece para me levar por aí. Tão altruísta da sua parte. – Fecho o quebra-sol, seguro a maçaneta, pronta para dizer adeus e dar prosseguimento à minha noite.

– Bancar a motorista parece ser o único jeito de conseguir passar algum tempo com você. Para uma cidade tão sem futuro, você certamente parece conseguir se manter ocupada.

– Sim, eu chamo isso de escola. De lição de casa. Sabe, o tipo de coisa que pessoas de vida normal fazem. Doido, eu sei. – Balanço a cabeça e deslizo em direção à beirada do assento.

– Então é disso que se trata... de você querer ser normal? Porque podemos ser normais, Daire. Você devia ver o quão normal minha vida se tornou. – Ela se vira em seu assento, olhando para mim com um rosto tão cheio de esperança que não posso evitar de afastar os olhos.

Encaro fixamente a Toca do Coelho, o próprio símbolo do porquê eu nunca serei normal de novo. Enquanto existirem Richter, não tenho outra escolha senão viver o tipo de vida que estou só começando a entender.

Ser uma Buscadora *é* meu novo normal. É a vida que vou ter que aprender a abraçar. Essas sessões de brigas despreocupadas com Jennika serão quase tão normais quanto minha vida permitir.

– Então, amigo secreto, hein? – Jennika mexe em meu cabelo, determinada a chamar minha atenção. – Quem você tirou?

– Lita – me viro na direção de Jennika. – Mas Lita tirou Dace, então ela trocou comigo. – Minha voz soa trivial quando digo isso. O que me faz deixar isso para lá, lembrar a mim mesma o quanto as coisas mudaram... o quanto que eu mudei... em apenas alguns dias.

– Então Lita tirou... *ela mesma*? – Quando nossos olhos se encontram, nós duas caímos na gargalhada, até que ela olha a sacola que seguro no colo. – Vai me dizer o que comprou para ele?

– Não. – Olho para a sacola, segurando-a com força, como se estivesse impedindo-a de fuçar. O que, provavelmente, ela não faria. Mesmo assim, com Jennika nunca se sabe. – Eu realmente preferia não contar.

Ela me observa por um longo tempo, dando um suspiro de resignação quando diz:

– Precisa que eu venha buscá-la também?

– Arranjarei uma carona. Vá fazer o que quer que decida fazer. – Abro a porta, começo a me espremer para fora do carro. Mas quando dou um passo na rua, sou tomada por uma daquelas *impressões*: fico espantada com a quantidade de tristeza e solidão que Jennika leva no coração. É o suficiente para me fazer voltar atrás. – Se quiser dar uma passada lá amanhã, posso selar Kachina, emprestar um cavalo de Chay, e podemos dar uma cavalgada.

Jennika sorri.

– É claro. Por que não? Já faz um tempo que não banco a vaqueira. Mas, agora... – ela remexe a bolsa, me puxa em sua direção e pincela um ponto brilhante de gloss bem no centro do meu lábio inferior e então esfrega um polegar sobre cada bochecha. – Ok. Agora está completamente irresistível. Vá arrasar.

Me dirijo para a entrada, mas só porque posso senti-la me observando do carro. No mesmo segundo que ela vai embora, disparo para os fundos, onde me ocupo com os preparativos. Uso cada item guardado na sacola, antes de passar uma mão desconfortável sobre a juba de cachos que não estou acostumada a usar e me dirigir ao clube.

Mal tenho tempo de me acostumar com a luz fraca e o barulho antes que Lita agarre minha manga.

– Finalmente! – ela diz. – Eu tinha certeza de que você ia arruinar minha festa! – ela funga, revira os olhos e balança a cabeça ao mesmo tempo. É uma exibição impressionante e dramática. – Mas... você está aqui agora! – Ela me engole em um de seus "abraços de Lita" que, entre a surpresa pelo tanto de sinceridade e a nuvem de perfume enjoativo, sempre me deixa cambaleante.

– Então, por onde você andou? Por que está atrasada? Você veio com Dace? Porque ele não está aqui. Ou melhor, a velha caminhonete surrada que ele dirige está aqui, mas ainda não o vi em lugar algum. – Ela se afasta e incide um olhar avaliador sobre mim. – E quem fez seu cabelo e maquiagem? Jennika está na cidade? Acha que ela pode me maquiar e fazer meu penteado também?

Sem que eu consiga responder, ela continua:

– Tanto faz. Discutiremos isso mais tarde. Agora venha!

Ela puxa minha manga com força e me faz passar por uma imensa árvore de Natal com galhos tão cheios de enfeites que envergam com o peso. Então me arrasta por baixo de uma fileira de visco, fazendo cara feia para qualquer garoto tolo o bastante para olhar para ela com um brilho nos olhos, parando somente quando chegamos ao grupo de mesas mais próximo do bar, onde quase toda a nossa classe está sentada. Incluindo pessoas que, algumas semanas antes, ela considerava completamente indignas de serem notadas.

– Sim, eu sei o que você está pensando – ela capta meu olhar de surpresa. – Primeiro fiquei sua amiga. Depois de Xotichl e Auden. Então Dace. E agora parece que tenho vontade de ser amiga de todo mundo – ela ergue os ombros, olhando ao redor. – O que posso dizer? Me transformei em uma completa e total vadia amigável. Além disso, é Natal, e isso me coloca em um estado de espírito de doação. Então decidi expandir meus horizontes e permitir que todos esses perdedores viessem à minha festa.

Lita sorri e acena para um pequeno grupo deles, e o jeito como reagem ao serem notados por ela – excitados e cheios de risadinhas –, bem, é uma boa indicação do tanto de poder que ela tem.

Posso ter o poder dos elementos e o poder dos meus ancestrais ao meu lado, mas Lita tem o poder do carisma – atraindo pessoas até ela como abelhas até uma flor.

– Tenho algo para você – digo, assim que nos encontramos com Xotichl. – Para vocês duas. E para Auden também. – Vasculho o conteúdo da minha bolsa, em busca de pequenos pacotes mal embrulhados que entrego. – Desculpem pela embalagem malfeita... não tive muito tempo.

– Quem se importa com papel? – Lita diz, sem perder um segundo antes de abrir seu presente. – É o interior que conta, certo?

Olho para elas, notando o desapontamento de Lita e a alegria de Xotichl quando descobrem pequenos animais esculpidos – um gambá e um morcego, respectivamente.

– É um talismã – mordo meu lábio inferior.

– Sei o que é – Lita olha para mim. – Não dá para crescer em Encantamento sem estar cercada por um monte de superstições.

– Não é só superstição – Xotichl diz, fechando a mão em torno do seu. – Esses animais nos protegem, olham por nós, de maneiras que você nem imagina.

– Diz a pessoa mais supersticiosa que conheço – Lita ri, batendo o ombro brincalhona contra o de Xotichl.

– Talvez eu seja. Mas apenas saiba que esses não são como aqueles que costumam vender em lojas de turistas... quando tínhamos lojas de turistas. Esses são...

– Fortificados – interrompo. – Eles contêm o poder de proteção. Mas somente se você o usa, se o mantém por perto, e tenta não compartilhá-lo com ninguém mais. Com exceção da gente, é claro.

Xotichl guarda o presente de Auden no bolso e seu morcego na suave algibeira de camurça que recentemente começou a usar, enquanto Lita olha com expressão cética.

– Não tenho que começar a usar uma dessas, tenho? – ela aponta com o polegar para a algibeira de Xotichl. – Quero dizer, não me entenda mal, eu gostei do presente, e essas bolsinhas ficam legais em vocês, meninas, mas uso muitos decotes cavados. Ela iria se destacar... e não de um jeito bom.

– Você pode colocar no bolso – Xotichl diz. – Ou...

Lita olha para sua roupa, em busca de um bom lugar para guardá-lo. Mas seu vestido de veludo vermelho com acabamento de pele branca falsa nas mangas e na bainha é tão apertado, curto e sem bolsos que não dá lugar para mais nada.

– Ah, já sei! Vou colocá-lo em minha bota! – Ela se apoia em meu ombro para manter o equilíbrio, inclinando-se enquanto guarda o gambá no fundo do cano de suas brilhantes botas negras de bico fino que vão até os joelhos e me envolvendo em outros de seus infames abraços perfumados. – Adorei. De verdade. Estava só enchendo o saco. Acho que estou um pouco chocada em ver como você está se adaptando facilmente ao jeito que as coisas são por aqui. – Ela se afasta, passa as mãos pela frente do vestido. – E agora deixarei você com Xotichl. Ela é a única em quem realmente confio para cuidar de você e se assegurar de que não saia daqui. E se alguma de vocês encontrar Dace, assegurem-se de segurá-lo e mantê-lo aí também. Amigo secreto é uma ciência exata, sabem? Todo mundo precisa estar presente e contabilizado ou então não funciona. – Ela nos deixa, seguindo na direção do palco onde a banda de Auden, a Epitáfio, toca. Espera impacientemente que acabem a apresentação para que possa tomar o lugar deles.

– Dace não está aqui? – encaro Xotichl, tentando manter a preocupação afastada de minha voz, mas sem sucesso. Ela vê bem através disso.

– Está por aí. Senti a presença dele mais cedo. Mas é melhor não sair procurando por ele. Lita fica meio assustadora quando entra no modo ditadora de festa. E agora que ela fez de você minha responsabilidade, você precisa ficar aqui – Xotichl ri. – Aposto que você não sabia que tinha o destino de toda a troca de presentes em suas mãos – ela inclina a cabeça de lado. – Ou... sabia?

Sorrio quando ela diz isso, embora – verdade seja dita – o riso não seja inteiramente sincero, e Xotichl, fiel à forma, é rápida em captar até o menor sinal de falsidade.

– Há algo diferente em você – ela estende o braço em minha direção, colocando a mão sobre a minha.

– Estou usando maquiagem... montes e montes de maquiagem. Cortesia de Jennika – conto a ela. – Ah, e também deixei que ela enrolasse meu cabelo. E ainda que eu meio que tenha gostado, também é um pouco esquisito me ver desse jeito. – Jogo o cabelo sobre o ombro, esperando logo conseguir esquecê-lo e parar de mexer nele. Tenho coisas mais importantes nas quais me concentrar do que o reluzente e novo visual de festa natalina que minha mãe impingiu em mim.

– Tenho certeza de que está incrível – Xotichl diz. – Mas não é disso que estou falando.

Ah. Olho para ela, me perguntando o que seu sexto sentido está lhe dizendo.

– Parte de você está mais forte. – Ela afasta a mão da minha, permitindo que paire enquanto avalia minha energia. – E, ainda assim, parte de você *não está.*

– Você não diria isso se tivesse me visto mais cedo. Paloma me ensinou a manipular os elementos. Se dependesse de mim, você teria seu Natal branco e então alguma... – Minha voz segue meu olhar, atraído pela garota a algumas mesas de distância.

A garota nova.

Aquela com o cabelo rebelde e o belo visual exótico.

Ela está conversando com Jacy e Crickett e um punhado de garotos cujos nomes sempre esqueço.

– Daire... – Xotichl aperta meus dedos. Tenta me fazer parar de encarar, me impedir de fazer a pergunta que ambas sabemos que está surgindo.

Mas não posso evitar nenhuma das duas coisas.

– Quem é ela? – pergunto, sabendo que não preciso explicar sobre quem estou falando.

Noto o jeito que a voz de Xotichl fica suave e resignada quando diz:

– O nome dela é Phyre. Phyre Sanguejovem. Pronuncia-se como *fire*, mas se soletra com *P H Y.*

Phyre.

Pronuncia-se como fire, *fogo.*

O mesmo elemento com o qual me liguei – que aprendi a controlar. E, mesmo assim, Phyre, a pessoa, faz com que eu me sinta completamente ofuscada.

– Como a conhece? Por que todos vocês parecem conhecê-la?

Ainda a estou observando, incapaz de olhar para qualquer outro lugar. Noto como ela ri de um jeito que faz a cascata de cachos balançar sobre seus ombros, expondo uma longa e graciosa curva no pescoço. Seus movimentos são tão fluidos, tão elegantes, tão infinitamente observáveis – os garotos não podem evitar de encará-la com desejo desenfreado, enquanto Jacy e Crickett olham com inveja descarada.

Ela pressiona a mão contra a boca, calando a si mesma, enquanto o garoto fica parado diante dela. Brendan? Bryce? Tanto faz. Tudo o que sei com certeza é que a pura visão dela faz com que ele se aproxime um pouco mais, como se estivesse se aquecendo em seu brilho.

Mas, no segundo em que se vira em minha direção, ela me pega encarando-a, e eu desvio o olhar. Me sinto desconfortável, estúpida e desajeitada. Me pergunto se talvez devesse adicionar a palavra *ciumenta* à lista crescente dos meus defeitos.

– Ela vivia aqui – Xotichl diz, trazendo-me de volta à minha pergunta original. – Então a mãe dela desapareceu e suas irmãs Ashe e Ember foram viver com uma tia, enquanto Phyre se mudou com o pai. Mas agora, aparentemente, estão de volta. Bom, esta é versão resumida.

– Ah, é? E qual é a outra versão? A que está escondendo de mim?

Observo-a com atenção, sabendo que está só tentando ser uma boa amiga e me proteger de coisas como "ideias erradas" ou "sentimentos feridos", mas é tarde demais para isso. Minha mente já está rodopiando com ideias – tanto erradas quando feridas – e só a verdade pode me trazer de volta ao eixo.

O fato é que vi como Phyre olhou para Dace.

E também vi como ele mal teve coragem de devolver o olhar.

Há uma história aqui.

Uma que, provavelmente, não tem nada a ver comigo – uma que sem dúvida não é da minha conta. E, mesmo assim, preciso ouvir para que possa entender o jeito estranho que estou me sentindo.

Para que possa determinar se realmente há algo estranho com Phyre – ou se estou só agindo de forma mesquinha e me sentindo ameaçada pela chegada de uma garota que, por acaso, é incrivelmente bonita. Uma que pode ou não ter um passado em comum com meu namorado.

Estou eu só bancando uma Lita?

Ou há algo importante com o que eu deva me preocupar?

Como nunca estive nesse tipo de situação antes, é difícil dizer. Mesmo assim, realmente espero que a culpa caia sobre Phyre – não sobre mim.

– Você não tem com o que se preocupar. Dace ama você e só você, e você já sabe disso.

Olho para Xotichl, vendo o véu de pesar que cruza seu rosto, revelando o bastante. Sei que o que quer que ela me conte só servirá para atiçar meus ciúmes – e agora dá no mesmo.

– Apenas me conte – eu peço. – Qual a ligação entre eles? Quero dizer, obviamente já estiveram juntos, mas *quão* juntos? – Observo fixamente Xotichl, lembrando o que Dace me contou naquele dia na Fonte não tão Encantada. Como ele estivera apenas com uma outra garota. E sabendo no fundo do coração que era Phyre.

Xotichl suspira, brinca com a garrafa de água.

– Os dois cresceram na reserva.

– *E*... – Observo enquanto ela se contorce, mexendo-se desconfortavelmente em seu assento. E ainda que ver aquilo faça eu me sentir mal, não me impede de forçar mais a barra. – Olhe, eu sei, ok? Todo mundo tem um passado. Que inferno, praticamente toda a escola sabe sobre meu caso com Vane Wick.

– Não, não *praticamente. Todo mundo* sabe. Até os professores estavam conversando sobre isso.

Ela ri. Eu dou uma gargalhada. Mas então volto ao ataque outra vez.

– Há algo diferente aqui. Tenho a sensação de que ela meio que não acabou com ele... meio que não... *desencanou*. Ou estou sendo paranoica? Estou agindo como uma namorada pateticamente ciumenta que enlouquece cada vez que uma garota bonita olha para seu namorado? Porque, se esse é o caso, você precisa me dizer agora para que possamos encenar uma intervenção e encontrar um jeito rápido de erradicar isso.

– Olha – Xotichl diz. – Não estou a par de toda a história, mas, sim, ouvi rumores, e Lita praticamente confirmou que eles tiveram algo. E quando ela confrontou Dace sobre isso no almoço, ele não negou. Ela infernizou ele com isso também. Disse para ele que é melhor não brincar com você, ou terá que se ver com ela.

Nos viramos na direção do palco onde Lita está parada, pronta para agarrar o microfone no segundo que o solo de guitarra de Auden acabar.

– Ela é muito estranha, mas é uma amiga surpreendentemente leal. Acho que nunca vou entendê-la. De qualquer modo, foi algo impressionante. Uma pena que você tenha perdido.

– Então, pelo que você está dizendo, é verdade. Estou sendo uma louca ciumenta. – Me viro na direção de Xotichl e relaxo o corpo em meu banco. Me pergunto se há uma solução rápida para a inveja. Talvez um feitiço ou uma erva que eu possa tomar?

– Não – Xotichl diz, a voz diminuindo de volume até um sussurro. – Não estou dizendo nada disso. Há algo estranho em ela ter aparecido assim, do nada. E até agora não consegui entender sua energia. Mas farei isso, só preciso de mais tempo. Mas, no que diz respeito a Dace, você não tem nada com o que se preocupar. Ou melhor, nada além de Cade, em todo caso.

Ah, sim. Ele. Por mais horrível que seja me sentir atolada em minha patética poça de ciúmes, isso providenciou um belo respiro da obsessão com uma ameaça muito maior que se assoma diante de mim.

– Acha que ele vai aparecer para a troca de presentes?

A pergunta não era para ser séria. É só algo que digo para aliviar o clima. Mas, antes que Xotichl possa responder, somos interrompidas por Lita disputando o controle do microfone.

Ela fica parada diante de nós, a ponta de seu gorro natalino caindo sobre um olho, dando uma vantagem extra para seu visual de Mamãe Noel sexy. Ela percorre todo o comprimento do palco, permitindo que todos tenham uma panorama igual.

– Só quero agradecer a todos vocês por virem à minha Festa de Natal Anual da Toca do Coelho! – Ela pausa de um jeito que faz a audiência assobiar e aplaudir, calando-os quando julga que já foram longe demais. – Há muitos rostos novos aqui, e sei como vocês devem estar animados por finalmente terem sido incluídos. Apenas pensem nisso como meu presentinho para vocês! – Ela faz outra pausa e, quando os aplausos são um pouco mais suaves do que da última vez, ela coloca a mão no quadril e franze o cenho até que eles os intensifiquem o suficiente para fazê-la prosseguir. – E, falando em presentes, para todos os amigos secretos que estão aqui, é hora de começar a troca de presentes... Então, sem mais delongas, vocês sabem o que fazer! Façam os papéis de presente voarem!

Ela passa o microfone de volta para Auden e sai do palco, enquanto o Epitáfio começa um coro de "We Wish You a Merry Christmas" que parece com a versão de Weezer que Jennika tem em seu iPod.

– Então, como me saí? – Lita para diante de nós, toda sem fôlego e arrumada enquanto ajusta seu gorro.

– Foi ótima! – digo.

– Excelente! – Xotichl confirma.

Mas Lita simplesmente morde o lábio, não convencida.

– Sabe, eu realmente pensei que ele fosse aparecer – ela cruza os braços sobre o peito, enquanto faz uma varredura rápida no clube. – Cade. Estou falando de Cade – ela responde ao meu olhar questionador. – Ele evaporou completamente.

– Lita, você não... você não está interessada nele ainda, está? – exploro seus olhos, procurando sinais de perda de alma, o que só parece irritá-la.

– Pare com essa sondagem. Está me assustando. Mas, respondendo à sua pergunta, *não*, não estou interessada em Cade. Nem um pouco. Nem o mais mínimo, insignificante interesse. Mas, ao mesmo tempo, não posso deixar de pensar que ele sabe como trabalhei duro nesta festa. Ele sabe o quanto significa para mim. Que diabos, eu organizo essa coisa desde a sexta série. E, com o coração partido ou não, é inteiramente rude da parte dele simplesmente ignorar a mim e à minha festa como se não existíssemos.

– Talvez seja muito doloroso para ele ficar perto de você – Xotichl diz, me dando um chute de leve por baixo da mesa que me adverte a entrar no jogo.

– Sim, talvez ele não queria que você veja o que realmente acontece quando ele fica chateado de verdade – digo e só consigo angariar um olhar estranho tanto de Xotichl quanto de Lita.

– O que isso quer dizer? – Lita franze o cenho. – Juro que você é um enigma para mim. De qualquer modo, se Cade vai continuar a chorar por minha causa, então o mínimo que podia fazer é ter a decência de aparecer e chorar em pessoa. Ele podia ao menos me dar a satisfação de ver isso em primeira mão.

Xotichl e eu concordamos com a cabeça, como se entendêssemos completamente.

– Bem, pelo menos o irmão gêmeo dele está aqui. Isso deve fazer *você* feliz, certo?

Sigo seu olhar até onde Dace está parado, alto, esbelto, forte, lindo. Seu olhar instantaneamente encontra o meu ao mesmo tempo que um sorriso inseguro ilumina seu rosto.

– Escutem... – me obrigo a afastar o olhar enquanto tiro um pequeno envelope da minha bolsa e o coloco nas mãos de Lita. – Não tenho muita certeza de como esse negócio de amigo secreto funciona, mas vocês podem entregar isso para Dace?

Xotichl se inclina na direção do envelope, tentando ler sua energia, enquanto Lita o segura entre o indicador e o polegar, sua voz tão desdenhosa quanto sua expressão.

– O que você fez, Santos? Fez um cheque de vinte dólares para ele?

– Apenas... – me viro na direção de Dace. Ele está vindo até mim, só a alguns metros de distância. Então me volto para Lita, minha voz apressada. – Você pode, por favor, fazer isso?

– Como queira. Seu desejo é uma ordem. – Lita coloca o envelope embaixo do braço enquanto disparo até a porta dos fundos e ela me chama pelas costas. – Ah, e só no caso de você estar se perguntando, coloquei todo meu dinheiro nessas botas. São legais, não são?

Mas eu simplesmente continuo correndo, abrindo caminho até a saída antes que Dace consiga me alcançar.

vinte e nove

Dace

Quando estou pronto para olhá-la de frente, empurro a porta. Convoco todos os meus sentidos, exatamente como Pé Esquerdo me ensinou, para localizar Daire na multidão. E, no segundo em que a vejo, tudo para.

O barulho diminui.

A luz se enfraquece.

O salão fica em silêncio e nebuloso, exceto pelo halo da suave luz dourada que a cerca.

Ela é linda.

Eu já sabia disso, é claro. Mesmo assim, vendo-a agora, com o cabelo caindo pelos ombros e o olhar ardendo de encontro ao meu, sou instantaneamente transportado para aquele dia na Fonte Encantada. Me lembro de seu rosto quando ela estava deitada debaixo de mim, logo depois que...

Balanço a cabeça, checo meu bolso novamente para me assegurar de que seu presente ainda está lá e caminho em sua direção. Percorro mais da metade do salão com apenas um punhado de passos quando ela gira nos calcanhares e dispara em direção à porta dos fundos, enquanto Lita vem até mim e diz:

– Isto é para você – ela deposita um pequeno envelope retangular em minhas mãos. – Por favor, tenha em mente que não é meu. E, se for tão mixuruca quanto imagino, não mate o mensageiro. E não diga que não o avisei.

Ela acena para alguém do outro lado do salão e me deixa virando o envelope de um lado para o outro na mão. É de Daire, disso eu sei. Mas como não consigo sentir seu conteúdo, reluto em abri-lo.

Será algum tipo de carta de rompimento?

Algum memorando de mudança de opinião que diz: *sei que acha que terminou comigo, mas na verdade sou eu quem está terminando com você...*?

É por isso que ela saiu correndo pela porta no instante em que me viu?

Ou estou sendo apenas paranoico?

– Talvez você devesse abrir e olhar – Xotichl diz, lendo minha energia quando se junta a mim.

É claro, ela está certa. Não adianta nada ficar parado aqui imaginando. Passo um dedo pela aba e retiro um pedaço pesado de papel cor de creme, com um mapa desenhado à mão, o que, ainda que não faça nenhum sentido de imediato, pelo menos não é tão ruim quanto imaginei.

– Posso adivinhar? – Xotichl pergunta, sorrindo quando Auden chega por trás e lhe dá um beijo na bochecha.

Passo o mapa para ela e olho para baixo. Não posso vê-los juntos. A felicidade deles me faz sentir tanta falta de Daire que dói.

Xotichl torce a boca para o lado e passa a ponta dos dedos em toda a página.

– Ah, é um mapa! Como uma caça ao tesouro. Que divertido! – ela me devolve o papel.

– Como você faz isso? – Não é a primeira vez que pergunto isso.

Mas, como sempre, Xotichl apenas ri enquanto Auden aponta o polegar sobre o ombro e diz:

– Acho que ela foi por ali.

Me dirijo até a porta. Abro passagem entre todo mundo que está na minha frente, ansioso para estar com Daire mais uma vez, saber o que ela planejou. É quando Phyre se insere propositalmente em meu caminho e, sussurrando, diz:

– Oi, Dace.

Seus lábios começam uma lenta curva, enquanto seu olhar passeia por mim. Mas não tenho tempo para isso e sou rápido em lhe dizer.

– Ei, oi! Ouça, estou com um pouco de pressa, então... – começo a passar por ela, mas assim como Leandro fez no beco, Phyre me segue, insistindo em puxar assunto.

– Não pode perder alguns segundos com uma velha amiga? – ela inclina a cabeça de lado, os olhos brilhando animadamente, mas eu não dou importância. Daire é meu presente. Meu futuro. Phyre é passado. – Já faz muito tempo. – Ela adota o tipo de comportamento tímido que não combina com ela. Ela não é tímida. Nunca foi. É assim que ela age.

Murmuro algo incoerente e confiro meu bolso outra vez.

– Então por que tenho a impressão de que você está me evitando? – Ela coloca uma mão em cada quadril, determinada a me manter afastado do lugar em que mais preciso estar.

Esfrego os lábios e olho ao meu redor. Vejo Lita me observando do outro lado da pista de dança, Xotichl virada na minha direção com a cabeça inclinada, curiosa, enquanto Phyre fica parada na minha frente, exigindo uma resposta.

– Olha... – recomeço, as palavras se dissolvendo em minha língua no instante em que ela se aproxima mais. Me olhando através de uma densa fileira de cílios, seus olhos de gato pendendo para os lados. – Muita coisa mudou – eu finalmente consigo falar. – Na verdade, não, deixe-me corrigir: *tudo* mudou, e acho que você sabe disso. – Encontro o olhar dela de frente, esperando que isso seja suficiente. Que eu a decepcione e possa usar meu cartão "Passe livre da prisão" para que possa dar continuidade à minha noite.

– Você está certo – ela sorri, sem se incomodar com minhas palavras, ignorando a expressão determinada em meu rosto. – Muita coisa mudou. Inclusive eu. – Ela meio que rodopia diante de mim, fazendo seu vestido ondular em volta das pernas de um jeito que devia ser atraente. Me implorando para notá-la, apreciá-la do jeito que eu costumava fazer.

Eu me viro. Rejeito-a com firmeza. Desejo jogar fora essa lembrança antiga e cansada que ela insiste em ressuscitar.

– E não mudei só por fora – ela diz, sua determinação provando ser páreo para a minha. – O interior também está diferente. E tenho a impressão de que você está diferente também.

Bufo de cabeça baixa. Passo uma mão pelo queixo. Isso é ridículo. Daire está em algum lugar lá fora esperando por mim sob a noite congelante, enquanto estou preso neste clube estúpido num pesadelo com o Fantasma do Natal Passado.

Levanto meu olhar para encontrar o dela. Determinado a acabar com essa conversa de forma rápida e fácil, digo:

– Phyre, é bom ver você. De verdade. Mas não sei o que está procurando. Éramos crianças quando... quando você partiu. Não somos mais crianças.

Ela se aproxima ainda mais, percorre uma unha pintada de roxo do meu ombro até meu cotovelo. O calafrio de seu toque penetra por todo o caminho através da minha grossa jaqueta e do suéter de lã por baixo, deixando minha pele arrepiada de frio. Com a voz suave e melodiosa, ela diz:

– Engraçado, não me sentia criança quando estava com você.

Afasto-me de seu toque, ciente de sua respiração cortante enquanto sua mão cai ao lado de seu corpo. Mas não me sinto mal. Começo a relembrar de tudo agora. Seu jeito manipulador. Calculista. A onda de arrependimento que me atingiu no instante em que tudo tinha terminado.

– Você está bem? – imagino que devo a cortesia de perguntar.

Ela faz que sim com a cabeça.

– E seu pai? Está bem também?

– Está indo... – ela dá de ombros, pendendo a cabeça de um lado para o outro.

– Ok, então. Fico feliz. Mas eu realmente tenho que...

– Você realmente tem que ir. Eu sei. – Ela me encara por um longo tempo. Longo demais. Suas feições ficam sombrias, e ela dá um passo para o lado – Não permita que eu lhe detenha.

Eu abro caminho, empurrado noite adentro. Feliz pelo golpe de ar gelado que sopra em minhas mãos, em meu rosto. Dominado pelo alívio de finalmente ter me livrado dela.

Depois de uma rápida consulta ao mapa, percorro o caminho que Daire desenhou. Paro diante de duas fileiras de luminárias brilhantes que clareiam os dois lados de uma trilha que finalmente me leva ao lugar em que ela está parada, encolhida contra o amargo ar da noite.

Quando ela me vê – quando seus olhos encontram os meus –, tudo o que posso fazer é evitar sair correndo pela trilha e tomá-la em meus braços. Então me obrigo a caminhar. Me obrigo a tomar um tempo para apreciar o cenário no qual ela se encontra.

– Feliz Natal – ela diz, assim que paro diante dela. Suas bochechas coradas e iluminadas, seus olhos cintilando de alegria. – Sou seu amigo não tão secreto.

Sorrio. Feliz em simplesmente ficar parado e encher meus olhos com a visão gloriosa dela.

Que se dane Cade.

Que se danem todos os Richter.

Isto é tudo o que importa.

Essa bela garota parada diante de mim.

Sou vazio sem ela. Mal existo. Agora sei disso.

E, embora saiba que o que estamos fazendo é correto – que esse é o jeito que deve ser até que Cade seja detido –, também sei que quando isso acabar, ela não sairá mais da minha vida. Os últimos dias sem ela foram o inferno, com pensamentos me assombrando a todo momento.

Se essa for a última coisa que eu fizer, acharei um jeito de fazer funcionar.

Ou morrerei tentando, de qualquer jeito.

Encontro os olhos dela mais uma vez. Percebo que está esperando que eu reaja à novidade.

– Ah, e eu sou o seu.

– Sério? – Ela inclina a cabeça de um jeito que encoraja uma mecha de cachos a cair sobre seu rosto. E preciso de toda minha força para não apertá-la em meus braços e me afundar em sua maciez. – Na verdade, Lita tirou você, não eu. Mas ela pediu para trocar, então troquei.

– Lita fez a mesma coisa comigo. – Meus olhos se fixam em sua boca. Aqueles lábios suaves e convidativos que desejo provar muitas e muitas vezes. – Ouvi dizer que ela coloca o nome dela duas vezes para que possa gastar dinheiro consigo mesma.

– Então a coisa toda foi fraudada? – Daire ri de um jeito que é contagiante. – E eu aqui achando que tivesse sido o destino. – Os olhos dela se movem sobre mim, deixando uma trilha de calor que começa na minha cabeça e vagueia até meus pés.

– Isso é muito bonito – minha voz soa rouca, insólita. – Não conseguiria imaginar presente melhor do que encontrar você no fim de um caminho à luz de velas.

– Não sou seu presente – ela sorri. – Não sou tão poética.

– Não? – olho ao redor outra vez. – Poderia ter me enganado.

– *Esse* é seu presente – ela aponta com o polegar na direção da grade de alambrado atrás dela.

Estreito os olhos, tentando pensar em uma resposta, mas não entendo o significado daquilo. Então sigo pelo caminho da brincadeira e digo:

– Tenho quase certeza de que você ultrapassou o limite de vinte dólares. Só a autorização para... – minhas palavras são interrompidas pelo dedo que ela pressiona contra meus lábios.

– Não é a grade, bobo... *isso* – ela indica o pequeno cadeado de ouro que está preso em um dos elos.

Mesmo assim, olho para ela. Sem dúvida ainda sem entender, mas tampouco sem me importar. Meus lábios queimam com seu toque. É só no que consigo pensar.

– Você provavelmente não se lembra, mas hoje faz seis semanas desde que ficamos pela primeira vez. E, bem, eu queria marcar isso de algum jeito. É a primeira vez para mim.

– É a primeira vez para mim também. – Quero tanto beijá-la, bem aqui e agora. Mas algo me diz para esperar. Ainda há mais para ser dito.

– E isso é porque você em geral já foi embora há muito tempo quando chega a esse ponto? – Ela acompanha as palavras com um sorriso, mas não é preciso muito para perceber a veia de preocupação que pulsa logo abaixo.

– Esse é o jogo de Cade, não o meu – digo, esperando convencê-la de que farei o que for preciso para ficar com ela. Agora e para sempre. Fui um idiota naquela noite na minha cozinha. E não serei novamente.

Ela concorda com a cabeça, respira profundamente e diz:

– De qualquer modo, eu queria fazer algo especial, então me lembrei *disso*.

Ela aponta para o cadeado de novo, mas ainda não compreendo seu significado.

– Há um lugar em Paris com uma velha grade de alambrado muito parecida com essa. – Ela engancha o dedo ao redor de um dos elos e o chacoalha para enfatizar. O movimento, juntamente com suas palavras, me deixam ainda mais perplexo do que antes. – Só que aquela grade, a de Paris, está completamente coberta com cadeados. A coisa inteira está lotada de cadeados de todos os tipos. E, bem, foi uma das coisas mais bonitas que já vi. Pelo menos depois que você percebe o que os cadeados simbolizam.

Olho para ela, sem ideia de onde quer chegar.

– É uma grade para amantes – a voz dela se suaviza. – É um lugar onde os casais se encontram para declarar o amor que sentem um pelo outro. Como prova de devoção, eles prendem o cadeado na grade, e então cada pessoa fica com uma chave. Se em algum momento eles decidem que seus sentimentos mudaram, são livres para usar a chave e remover o cadeado. Mas do jeito que aquela grade está, acho que isso raramente acontece. – Ela fita seus pés, levando um momento para reunir seus pensamentos. – Então, o que acho que estou tentando dizer é... Estou declarando meu amor por você. E esse cadeado, nessa grade, é o símbolo desse amor. Eu amo você, Dace Penabranca, e quer estejamos juntos ou separados, isso não muda a verdade essencial.

Se tem uma coisa que descobri nos últimos dias é que sufocar meu amor por você não o faz desaparecer ou enfraquecer o mínimo que seja. – Seus lábios se erguem, mas seus olhos sugerem um matiz de tristeza que habita apenas sob a superfície. – Sei o que temos que enfrentar e sei que você sabe também. Mas... – Ela respira profundamente, e tudo o que posso fazer é ficar parado pacientemente diante dela e não esmagar meus lábios contra sua boca. – Mas acontece que estou disposta a fazer o que for preciso para ficarmos juntos. E, bem, eu esperava que você quisesse o mesmo. Mas caso seja contra...

Ela enfia a mão por dentro da blusa, tirando uma de duas longas tiras pretas com uma pequena chave dourada presa na ponta, e é rápida em pendurá-la em meu pescoço. Deixa a chave pousada contra meu peito, como aquela que usa.

Seguro a chave entre os dedos.

– Eu não a usarei. – meu olhar arde de encontro ao dela. – Isto permanecerá em meu pescoço por toda a eternidade. Vão me enterrar usando esta chave.

Ela morde o lábio inferior, enquanto seus olhos ficam tão brilhantes e reluzentes, suas bochechas tão coradas e rosadas, que fico prestes a beijá-la. Prestes a puxá-la para meus braços e prová-la de um jeito com o qual só podia sonhar ontem. Mas logo lembro que tenho algo para ela também.

Coloco o pequeno pacote em suas mãos, observando enquanto ela liberta a pedra do papel de presente vermelho e verde.

– É um...

– Sei o que é. – Ela passa o dedo por cima, então vira a pedra e examina a parte de trás. – É a sua versão do cadeado e da chave. – ela sorri para mim.

– Também é feito para proteger você, para evitar que se machuque. É um amuleto. Posso?

Engancho meu dedo ao redor da suave algibeira de camurça que pende de seu pescoço. Espero até que ela concorde com a cabeça antes de soltar a tira e abrir o suficiente para acrescentar a pedra à sua coleção de talismãs. Meus dedos pousam no lugar em que a algibeira descansa. Parece impossível tirá-los dali agora que a toquei.

Fico hipnotizado pelo calor de sua pele encostando a minha. O ritmo de seu coração batendo com força contra minha mão. Sua respiração ficando suave e rápida enquanto ela permanece parada diante de mim. Tão bonita, tão radiante – eu a puxo para meus braços e cubro sua boca com a minha.

Ciente de nada mais além do jeito com que seu corpo se mistura e se molda ao meu – o jeito com que ela devolve meu beijo com a mesma intensidade de desejo e necessidade. Permito que tudo mais saia de foco – Cade, Leandro, a Toca do Coelho. Danem-se todos. *Isto* é tudo com o que me importo.

Daire.

Em meus braços.

Me amando e precisando de mim tanto quanto eu a amo e preciso dela.

Ela interrompe o beijo, recuperando o fôlego enquanto diz:

– Eu o amei desde a primeira vez que você apareceu em meus sonhos... muito antes de eu ouvir falar em Encantamento.

Meus olhos se estreitam, surpreso com suas palavras. Nunca havia suspeitado de que ela tivesse tido os sonhos também.

– Então você sabe como isso termina?

Ela balança a cabeça, permitindo que o cabelo se espalhe em seu rosto, tornando-a ainda mais irresistível.

– Não. Eu sei como o sonho termina. Mas não é assim que vamos terminar. Dace, eu estava pensando, não podemos ficar juntos esta noite? Sei que não podemos ficar juntos o tempo todo, ou pelo menos não até Cade ser derrotado. Mesmo assim, estava pensando que talvez pudéssemos nos dar esse presente... essa única noite... só você e eu. Amanhã nos separaremos e faremos o que temos de fazer. Mas esta noite... bem, acho que preciso de algo para continuar. Algo para me levar adiante. Algo para diminuir a dor da solidão e o sofrimento que me toma ao sentir a sua falta.

Eu a beijo de novo. Inteiramente. Profundamente. É a única coisa que faz sentido.

O amor deve ser partilhado – não acumulado. Esse é o ponto central de tudo isso.

Não é de admirar que haja tantas músicas de amor no rádio. É uma tentativa sem fim dos artistas descreverem o indescritível.

Em algum lugar dentro da Toca do Coelho uma festa corre solta.

Em algum lugar dentro daquele clube o Epitáfio agita o palco, enquanto Xotichl espera que eu retorne para que ela possa me levar até o vórtice.

Em algum lugar entre a multidão, Leandro torce pelo meu lado negro, enquanto Phyre cutuca as cinzas de uma paixão que morreu há muito tempo.

Mas nada daquilo importa agora.

Porque Daire e eu estamos juntos.

Como deve ser.

Como estamos destinados a ser.

E quando a aninho na dobra do meu braço e a levo para a caminhonete, observo como ela apaga as velas que iluminam o caminho fazendo um simples aceno com a cabeça.

Não deixa dúvidas de que está certa.

Atravessaremos isso. A profecia não nos define.

Esta noite nos daremos um ao outro de presente.

O amanhã chegará em breve.

Desperto com a visão de Daire dormindo ao meu lado. Sua respiração suave e estável, sua pele clara e brilhante sob o feixe de luz que penetra pela janela. E, por mais que deseje tocá-la, encher meus dedos com a promessa dela, saio da cama e a deixo dormir.

Visto o jeans que deixei no chão, escolho uma camiseta limpa na cesta de roupas e a passo pela cabeça. Completo com um suéter cinza jogado nas costas de uma cadeira e olho meu apartamento pela primeira vez em dias, horrorizado pela bagunça colossal.

A última semana foi, na melhor das hipóteses, caótica. E por causa disso meu apartamento está um lixo. Ainda que Daire e eu estivéssemos um pouco preocupados demais para que ela de fato notasse, não há dúvidas de que notará agora. Não há como esconder sob a luz severa do dia.

Ataco primeiro a cozinha, determinado a enfrentar a pilha de pratos sujos que lota a pia. Não muito depois escuto uma batida na porta e a abro para encontrar atrás dela Xotichl e Auden carregados com caixas cor-de-rosa e sacolas brancas com o logotipo da padaria da Nana, um dos poucos lugares de Encantamento que não é de propriedade nem operado pelos Richter, o que significa que o pão é gostoso como o paraíso.

– Trouxemos comida. – Xotichl abre caminho por mim enquanto Auden a segue e coloca as sacolas na pequena mesa da cozinha. – Mas contamos com você para fazer o café, então não nos decepcione. Vocês não foram os únicos que ficaram acordados até tarde. Preciso desesperadamente reparar o estrago.

– Essa é a única coisa que tenho. – Volto para a pia, usando o lado áspero da esponja sobre uma camada teimosa de sujeira no fundo da cafeteira. – Só, argh... me dê um segundo e já poderemos comer.

Xotichl fica parada no meio da minha sala, a cabeça girando de um lado para o outro, como se não soubesse onde sentar, ainda que essa dificilmente fosse a primeira visita dela e de Auden.

– Algo errado? – Observo enquanto Auden rasga um pedaço de pão, enfia na boca e me lança um olhar culpado, enquanto Xotichl permanece enraizada no lugar, o nariz arrebitado, o rosto enrugado de desaprovação.

– Dace... parece que este lugar está uma bagunça. Uma completa e caótica bagunça.

– É porque está – Auden diz e depois olha para mim de novo. – Desculpe, *bro*, mas você não pode continuar assim. A desordem atrai más energias. Você devia saber isso.

– Engraçado... antes de você mencionar agora, eu nem tinha notado a desordem. Como conseguiu esconder isso de mim? – Daire fica parada na porta, linda em uma das minhas velhas camisas de flanela vermelha que vai até seus joelhos.

– Muitas coisas passam despercebidas à noite, mas tem certeza de que agora você notou? – Xotichl diz, incapaz de achar um lugar para sentar até que Auden abre um espaço no sofá e a guia até ele.

– Não. Estou focada apenas no café da manhã – Daire passa por mim, brincando com um dedo ao longo da minha espinha enquanto se dirige para a mesa onde Auden arrumou uma pilha de pãezinhos frescos e bolinhos recém-saídos do forno. – Estou faminta – ela morde um dos pães, fechando os olhos para saboreá-lo, reabrindo-os com hesitação. – Então, como sabiam que eu estava aqui? – ela caminha pela sala e se empoleira no braço do sofá, perto de Xotichl.

– Dace me deu o cano – Xotichl acena com a cabeça na minha direção enquanto Auden dá uma gargalhada. – Eu ia mostrar o vórtice para ele, mas quando ele não apareceu e você não voltou... Bem, vamos dizer que, por mais longo que o mistério parecesse, esse era fácil de resolver.

– Desculpe – murmuro, checando a cafeteira. – Eu devia ter ligado.

– Não se preocupe. – Xotichl dá de ombros. – Não faz diferença.

– Embora vocês tenham perdido a animação – Auden vai para a mesa, furtando um bolinho desta vez. – Cade apareceu.

Daire e eu trocamos um olhar.

Um olhar que Auden capta quando diz:

– Sim, eu sei sobre tudo isso. Demônios, vórtices, múltiplos mundos... que os Richter são bestas malignas prestes a dominar Encantamento... –

suas bochechas se enchem quando ele dá outra mordida no bolinho. – Estou a par de tudo – ele diz, cobrindo a boca.

– Então, o que aconteceu? – Vou até o armário e procuro canecas que não estejam quebradas. Mas, sem encontrar nenhuma, sou forçado a arranjar as quatro que têm a menor quantidade de danos e desgaste.

– E Lita está bem? – Daire cruza as pernas, me distraindo com um rápido vislumbre de sua coxa, que tento arduamente não encarar.

– Lita está bem – Xotichl diz. – Na verdade está mais do que bem. Acho que passou mais de uma hora na fila do visgo, distribuindo beijos natalinos em todos só para irritar Cade.

– E ele se irritou? – o rosto de Daire se ilumina ao imaginar.

– Não do jeito que ela esperava – Xotichl diz. – Cade não tem ciúmes. Embora eu acredite que ele se incomoda por não poder mais controlá-la do jeito que fazia. Ele é bastante controlador.

– Então... é isso? Cade apareceu, Lita beijou um monte de caras com quem ela conviveu a vida toda e a festa terminou normalmente? – Distribuo canecas cheias de café, me desculpando pelo açúcar empedrado e pela falta de leite.

– Basicamente – Auden diz, sentando ao lado de Xotichl e segurando sua mão. – Mas ele perguntou sobre você... sobre vocês dois.

– E? – Daire olha para ele por sobre a borda de sua caneca.

– E... nada – Xotichl diz. – Dei um fora nele. Disse que não tinha visto vocês.

– Mas foi estranho – Auden diz. – Na verdade ele pareceu bem feliz com isso.

– Sim, ele ficaria feliz – troco outro olhar com Daire.

– E depois? – Daire se encosta contra meu peito quando paro atrás dela. – Ele ficou, foi embora, o que aconteceu?

– Na verdade, foi estranho. Ele praticamente passou o resto da noite conversando com Phyre. – Xotichl toma um longo e agradável gole de café.

– E sobre o que eles conversaram? – Esfrego os ombros de Daire, notando o jeito como eles se enrijecem à menção do nome de Phyre. Fico me perguntando o quanto ela sabe, em oposição ao que adivinhou por conta própria.

– Não sei – Xotichl diz. – Não estava perto o suficiente para ouvir. Mas a energia que havia entre eles era certamente estranha.

– Estranha como? – Daire se inclina para a frente, a voz preocupada.

– Frenética. Fora do comum. Um tipo de cor escura e marrom acinzentado.

– Você pôde *ver*? – Daire pergunta. – Pensei que isso só funcionasse com música.

Xotichl balança a cabeça e toma outro gole de café.

– Paloma está me ensinando a ver cor em todas as formas de energia. A música foi só a porta de entrada.

– Falando nisso... – Daire segura meu pulso e consulta meu relógio. – Preciso me vestir e voltar. Devo me encontrar com Jennika para aproveitarmos algum tempo entre mãe e filha.

– Levarei você, se quiser – Auden diz. – Vou para aqueles lados.

– E pensei que posso ficar por aqui e finalmente mostrar a Dace onde o vórtice da Toca do Coelho está localizado.

– Não quero que entre lá. – Daire para a caminho do banheiro, suas palavras dirigidas a Xotichl.

– Imaginei isso – Xotichl diz. – Mas não tenho certeza de que isso me deterá.

– É sério – Daire diz, recusando-se a desistir tão facilmente. – Está totalmente corrompido. É perigoso demais. Dace... prometa-me que não deixará ela ir com você. Na verdade, prometa que nenhum de vocês dois entrará.

Passo a mão pelo queixo, propositalmente ignorando a última parte.

– Já tentou impedir Xotichl de fazer algo que ela está determinada a fazer?

– Eu já – Auden levanta uma mão. – Não é nada bonito. Minha flor é muito teimosa.

Daire me lança um olhar de advertência, mas tudo o que posso fazer é encolher os ombros em resposta.

Vou entrar.

Sem Xotichl.

Sem Daire.

Sem ninguém.

A noite passada garantiu isso. Agora que estive com ela novamente, não quero ficar sem ela jamais.

Confrontarei a profecia e garantirei que isso acabe.

E, quando eu tiver terminado, Cade estará morto.

trinta

Daire

Quando chego à casa de Paloma, não tenho certeza do que esperar depois de passar toda a noite fora sem avisar ninguém.

Na melhor das hipóteses, espero que estejam preocupadas.

Na pior, estarão muito, muito zangadas.

Embora Paloma talvez não. Por ser também uma Buscadora, suas expectativas sobre mim e sobre minhas idas e vindas diferem da média das avós.

Mas e Jennika? Estará enlouquecida, certamente. Minha ausência vai disparar todos os seus gatilhos. Ela somará dois e dois e resultará em três: eu + Dace = uma gravidez não planejada. Nunca vai parar para pensar que tenho minha própria história para viver – uma que não tem nada a ver com a dela. Além disso, Dace e eu fomos cuidadosos, não era um bebê que estávamos fazendo.

Mas a cena com a qual sou confrontada quando empurro a porta não é a que espero.

Jennika está deitada no sofá, encarando o fogo enrolada em um cobertor, enquanto Paloma está sentada na cadeira adjacente, bebendo uma caneca de chá de ervas perfumadas. As duas estão ali tranquilamente, como se não tivessem nem pensado em mim, muito menos se preocupado.

Murmuro uma saudação discreta. Lanço um olhar hesitante e questionador para Paloma, que apenas sorri e acena com a cabeça em resposta.

– Você se divertiu ontem à noite? – Jennika pergunta, os olhos escuros e manchados pela maquiagem com a qual deve ter dormido. Quebrando seu primeiro mandamento: irás para a cama de rosto limpo. Isso me faz acreditar que ela passou a noite aqui.

Preencho o espaço ao seu lado e dobro as pernas embaixo do corpo.

– A festa foi boa.

– E o pós-festa?

Trocamos um olhar. Essa não é uma pergunta que eu pretenda responder.

– Pelo menos me diga se foram cuidadosos – ela incita.

Respiro profundamente, incapaz de acreditar que estou tendo essa conversa na frente de minha avó.

– É claro. – Mordo meu lábio inferior, segurando a brilhante chave dourada em meu peito enquanto a encaro. Ela parece diferente. Vulnerável e branda, de um jeito quase maleável. Como se um espaço há muito ocupado tivesse sido esvaziado dentro dela. – Só para constar, eu realmente estava ouvindo todas aquelas embaraçosas conversas sobre sexo que você teve comigo – acrescento, com a voz suavizada.

Um fantasma de sorriso cruza seu rosto enquanto ela passa um braço ao redor de mim e me puxa para perto dela. Enterrando o nariz no meu cabelo e inalando profundamente, ela diz:

– Isso quer dizer que vocês voltaram?

Ela me afasta e olha para mim, e eu concordo com a cabeça em resposta.

– Você está toda crescida agora – ela passa a ponta do polegar em meu rosto. – Não tenho mais nada para ensinar a você.

– Isso não é verdade – digo, surpresa ao perceber que falo sério.

Mas ela apenas balança a cabeça.

– Em vez disso, parece que agora eu estou aprendendo com você.

Aperto os olhos, insegura do que ela quer dizer.

– Peguei a caixa para olhar.

Viro para Paloma, vendo-a dar um sorriso fraco enquanto acena com a cabeça na direção de minha mãe.

– E depois Paloma e eu tivemos uma longa conversa.

Mantenho os lábios fechados, sem ter certeza do que isso significa.

Que tanto de conversa?

Sobre Django?

Sobre mim?

Sobre eu ter escolhido aceitar a herança biológica que ele lutou para negar?

Isso quer dizer que ela sabe que sou uma Buscadora?

Ela afasta uma mecha de cabelo do rosto e me olha nos olhos.

– Acho que estou começando a perceber o quanto não sei sobre o mundo. Sem mencionar o quanto neguei o que não podia suportar. E ainda que não afirme gostar disso... ainda que não goste nem um pouco... ainda que eu mal possa colocar na cabeça o tipo de futuro que você enfrenta... também não tenho outra escolha senão aceitar. Se eu pudesse fazer alguma coisa, qualquer coisa, para mudar isso, eu faria. Se eu pudesse me oferecer em seu nome e tomar seu lugar, faria isso também. Mas Paloma me disse que não posso. Disse que fiz tudo o que podia nos últimos dezesseis anos, e que agora preciso deixar você sob os cuidados de uma força que é muito maior do que eu. – Ela engole em seco, dá um beijo em cada lado da minha cabeça. – Sabe, acho que Django estaria orgulhoso de você... em saber que você está tentando completar a mesma coisa da qual ele se esforçou tanto para fugir... Acho que ele estaria surpreso pela sua coragem e força. Sei que eu estou – ela acrescenta, sussurrando.

– Eu me encontrei com ele – digo, vendo o jeito como seus olhos se arregalam com minhas palavras. – Foi durante minha busca da visão. Ele veio até mim. Me ajudou. Eu não teria sobrevivido sem ele. Ele era muito bonito também. Entendi por que você se apaixonou tanto por ele.

O olhar de Jennika viaja até um lugar distante, sorrindo abertamente com a lembrança.

– Sabe, ele está em todos os lugares. Paloma me ensinou isso. Você pode falar com ele em qualquer lugar e sempre que quiser. Mas, honestamente, acho que ele preferiria que você seguisse com sua vida.

Ela concorda com a cabeça, me puxando de volta para seus braços.

– Não deixe que aquele garoto a machuque de novo – suas palavras tornam-se um sussurro feroz.

– Ainda o chamando de *aquele garoto*?

Seus ombros se erguem, enquanto ela levanta e estende o cobertor para mim.

– Ele não quis me machucar da primeira vez. Foi uma tentativa equivocada de me proteger, só isso. – Eu chego mais perto, permitindo que ela me enrole em uma aconchegante camada de lã.

– Não se esqueça de que você não é apenas uma Santos, uma Buscadora. É uma Lyons também. Sou parte dessa equação, sabe?

– Como eu poderia esquecer? – me aninho contra ela. – Além disso, eu não queria que isso fosse diferente, e você?

Ela balança a cabeça levemente, apertando o cobertor ao nosso redor, enquanto observamos como as chamas crepitam e cospem, devorando as toras empilhadas na lareira de Paloma.

Nosso devaneio é interrompido quando Paloma diz:

– Olhem! Está chovendo!

Me volto para a janela e vejo os vidros molhados.

– Não é bem a neve que tentei fazer aparecer, mas é um começo, certo? – olho para minha mãe e para minha avó.

Sorrio contente quando elas dizem:

– Claro que é.

Permanecemos assim a maior parte da manhã. Três gerações de mulheres olhando a chuva – contemplando o futuro que se abre diante de nós.

– Não acredito que esteja partindo. – Olho ao redor do pequeno quarto de hotel enquanto Jennika ajeita na mala as poucas coisas que trouxe. – Quero dizer, entendo por que não quer ficar... este lugar é bastante desanimador. Mesmo assim, vou sentir sua falta. É bom tê-la por perto. Especialmente agora.

– Por que *especialmente agora*? – Ela começa a dobrar uma camiseta em três partes, então desiste e a enfia na mala.

– Porque eu odiava mentir para você. É muito melhor ter tudo em aberto. É bom saber que você está a bordo.

– E eu tive escolha?

Trocamos um olhar.

– Pelo menos você tem certeza de que não sou louca. As visões... os corvos... as pessoas brilhantes... é tudo real.

Ela suspira de um jeito que diz que não é porque ela aceita que significa que goste disso – não quer dizer que queira se inteirar dos detalhes. Então ela acena para eu sentar em cima de sua mala para que possa fechá-la.

– Então, depois daqui, para onde você vai? – ela range os dentes e puxa o zíper com força.

– Para a Toca do Coelho. E você? – Empurro a tampa da mala com as duas mãos, em um esforço para ajudá-la.

– Primeiro para casa e depois vou ver Harlan. – Ela fecha o cadeado negro lustroso com um clique satisfatório.

– Verdade? – Olho para ela, meu sorriso ficando maior quando ela me agarra e me empurra para que eu fique de pé.

Fazendo o possível para não nutrir minhas esperanças, ela diz:

– Combinei de encontrá-lo para um drinque. E, se der tudo certo, deixarei que me pague o jantar. Veremos aonde isso leva. Um passo por vez, certo? – Ela tira a mala da cama e puxa a alça com força, deixando-a em pé. – Precisa de uma carona?

Balanço a cabeça e a sigo até a porta.

– Não é longe. Além disso, posso aproveitar a caminhada.

– Ainda está chovendo – ela avisa.

– Sim, e ainda estou tentando fazer nevar.

Ela me abraça. Me aperta com tanta força que me faz arquejar e gargalhar enquanto resmungo:

– Não posso respirar!

– Tome cuidado lá fora. – Ela se afasta lentamente, mexendo no meu cabelo e rearranjando os cachos que sobreviveram surpreendentemente bem à noite.

– Tome cuidado você também. – Eu a sigo até o carro. Espero até que ela parta antes de cruzar a rua, pronta para deixar meu destino acontecer.

trinta e um

dace

– Sabe que não posso deixá-la ir mais longe – digo, olhando Xotichl parada ao meu lado tão pequena e frágil que parece prestes a ser engolida pela pesada jaqueta azul que usa.

Tivemos sorte de chegar tão longe sem sermos vistos. Conseguimos passar por uma horda de Richter mortos-vivos absortos demais na tarefa de montar algum tipo de feira de empregos para que prestassem atenção em nós. Mas isso não significa que nossa sorte continuará. E eu jamais me perdoaria se Xotichl se machucasse por minha culpa.

– Honestamente, não posso dizer que queira – ela diz. – Está acontecendo algo estranho por aqui – ela levanta o queixo, fareja o ar. – Mais estranho que o normal, quero dizer. Aquelas pessoas pelas quais passamos antes, as que estavam arrumando as mesas e pendurando as placas...

– Sim? – enrugo a testa e me inclino em sua direção.

– São mortos-vivos.

Solto a respiração, contente e aliviado por suas palavras. Isso mostra o quanto minha vida mudou em apenas algumas semanas.

– Sei disso – digo a ela. – São os bichinhos de estimação de Cade. No Dia dos Mortos ele reanimou um punhado de Richter mortos há muito tempo, alimentando-os com pedaços de almas... tanto de animais quanto de humanos. Apenas mais uma razão pela qual precisa ser detido. A última coisa de que precisamos são mais Richter se amontoando por aí.

Xotichl aperta a bengala, encolhendo os ombros para dentro enquanto diz:

– Acho que a feira de empregos é uma farsa. Acho que é uma fachada para algo mais sinistro – ela faz uma pausa, dando-me tempo para responder, embora não tenha nada a acrescentar. Não discordo dela. – Talvez eu devesse ir com você – ela oferece. – Sabe, como um guarda-costas – ela ri com a brincadeira, mas o efeito tem curta duração quando o peso da situação cai sobre nós.

– Odeio deixá-la aqui. Tem certeza de que consegue encontrar o caminho de volta? – Olho para ela e para a parede que não é realmente uma parede. Penso no tempo que permaneci alheio à presença do vórtice, apesar de ter passado ali uma centena de vezes. Como precisei de uma garota cega para me apontar a verdade que sempre esteve diante de mim.

Vemos o que queremos ver. E quando não podemos mais nos dar esse luxo, vemos o que devemos ver.

Agora que encarei a verdade, estou dividido entre meu desejo de seguir em frente e a preocupação de deixá-la para trás. Temo que se perca neste espaço escuro e cavernoso que praticamente fede a maldade e malevolência.

– Nunca cometa o erro de me subestimar. Ficarei bem. – Ela ergue uma sobrancelha de um jeito que não deixa espaço para dúvidas. – Se alguém me pegar, direi que estou tão animada com a abertura da feira que cheguei cedo para estar entre as primeiras a preencher a inscrição. E se me negarem esse direito, ameaçarei processá-los por motivos de discriminação. – Ela bate a bengala com força contra o chão acarpetado para enfatizar. – Está com os cigarros?

Bato em meu bolso e informo que sim.

– Sempre pensei que isso fosse um mito. Sabe, a coisa toda de oferecer tabaco para os demônios.

– E de onde acha que os mitos se originam? – ela pergunta. – Eles nascem como verdades. Só se transformam em mitos quando decidimos que é mais fácil viver negando as coisas que não entendemos.

– Ok, senhora sabe-tudo. – Coloco uma mão em cada ombro dela e a viro até que esteja de frente para o outro lado. – É hora de nos separarmos. Encontre a saída enquanto vou explorar.

Mas nem bem comecei a andar quando ela se vira e diz:

– Dace... – sua face marcada de preocupação. – O que digo a Daire? Sabe, se eu cruzar com ela...

Observo o rosto de Xotichl. Ela parece tão pequena e vulnerável neste espaço vazio que tenho que me lembrar de que ela está certa – subestimá-la seria um erro. Então pego os cigarros, apertando os dedos ao redor deles, enquanto me dirijo para o gorduroso e pulsante véu, dizendo:

– Não se preocupe. Graças a você, tenho uma sólida vantagem. Enquanto Daire provavelmente passou pela porta de casa e se deparou com um interrogatório completo sobre como e onde passou a noite. Quando ela conseguir escapar, Cade estará morto. Eu me assegurarei disso.

trinta e dois

Daire

Quando chego à Toca do Coelho, a escada está lotada com um grande grupo de pessoas formando uma fila pouco ordenada sob um banner que anuncia uma feira de empregos.

Uma feira de empregos?

Aqui em Encantamento, onde não há empregos?

Não era por isso que eu esperava.

Eu tinha a esperança de chegar cedo. De me misturar com a equipe de limpeza para fazer uma pequena investigação e passar despercebida. Tinha planejado entrar no Mundo Inferior diretamente pelo vórtice da Toca do Coelho. Pensando que esse ponto de acesso pudesse me levar diretamente a Cade.

E, então, assim que o encontrasse, eu o mataria.

Um plano que fazia muito sentido – até agora, em todo caso.

Apesar do meu início tardio, não considerei uma vez sequer um cenário em que seria saudada por um porteiro distribuindo formulários para eu me candidatar a um emprego.

Mesmo assim, vou continuar com meu plano e ver até onde ele me leva. Carrego meu formulário para uma das altas mesas redondas que cercam a pista de dança e integro a multidão de candidatos a emprego, a maior parte deles de meia-idade, todos com o mesmo olhar cansado, vidrado. Além de terem se arrastado até aqui, ninguém parece motivado a fazer nada mais do que vagar por aí em torpor.

– Números um ao vinte: venham por aqui!

Me viro na direção da voz que grita atrás de mim. Meu olhar pousa em um homem que nunca vi, mas que definitivamente tem a aparência moreno-escura de um Richter, examinando o grupo que acaba de reunir, enquanto as pessoas desfilam lentamente.

Olho para minha ficha, o 27 escrito à mão no canto superior direito me coloca no próximo grupo a ser chamado.

Devo ir?

Devo preencher esta coisa e ver aonde me leva?

Viverei para me arrepender disso?

Viverei?

Enterro o rosto nas mãos, incerta do que fazer. Me conforto com o pensamento de que pelo menos não preciso me preocupar com Dace e Xotichl. Ainda que provavelmente tenham ignorado meus protestos e vindo para cá no segundo em que parti, tenho certeza de que deram meia-volta no instante em que viram isso.

Meus pensamentos são interrompidos por uma mulher pedindo uma caneta emprestada. Seus olhos estão tão cansados e com rugas tão profundas que parecem penetrar seu crânio.

Reviro o conteúdo da minha bolsa. Encontro um lápis, entrego para ela e digo:

– Não é exatamente uma caneta, mas duvido que se importarão.

Sem dizer uma palavra, ela pega o lápis. A mão trêmula, a mandíbula travada, enquanto se concentra na simples tarefa de escrever seu nome.

– Então, que tipo de empregos estão oferecendo? – pergunto, desesperada para ter uma dica sobre no que estou prestes a me meter.

– Não sei – sua voz é tão inexpressiva quanto seu olhar. Ela devolve o lápis, ainda que, além de haver preenchido o nome, todos os outros espaços estejam em branco. – Ouvi dizer que oferecem quarto e comida. É tudo o que me interessa.

Ela cambaleia na direção do palco, onde espera que o próximo grupo seja chamado. E, embora eu não esteja nem perto de saber o que é isso tudo, é seguro presumir que essa feira de empregos não é o que parece. Os Richter não são exatamente conhecidos por seu altruísmo – sempre há algo do interesse deles por trás. Mesmo assim, só há um jeito de descobrir.

Preencho meu formulário com nome e endereços falsos. Me divirto um pouco com minha artimanha até chegar à parte em que as questões começam a ficar estranhas, perguntando coisas como: *Alguma doença? Relacione-as aqui.*

E logo abaixo: *Qual o máximo de peso que consegue levantar com facilidade?*

Mas a que realmente me perturba é: *Este emprego exige que você fique fora por um período indefinido de tempo. Liste os nomes de todos aqueles que sentirão sua falta. Se necessário, sinta-se à vontade para continuar na parte de trás da folha.*

Que diabos de emprego é esse?

Depois de algum tempo, quando meu grupo é chamado, solto o capuz do compartimento escondido na gola e cubro minha cabeça. Então deixo cair os ombros, amasso minha inscrição na mão e me junto a eles. Faço minha melhor interpretação de uma pessoa solitária, derrotada e oprimida, com talento para levantar peso e nenhuma doença séria. O que não é nem de perto tão fácil quanto parece.

Me misturo ao grupo. Me afundo no capuz quando passo pelo palco onde o Richter com microfone nos observa com olhar afiado antes de acenar para que entremos no corredor que, afinal, leva ao vórtice guardado pelo demônio.

Andando entre meus companheiros em busca de emprego, consigo um pouco de cobertura. Todos têm o mesmo olhar vidrado, me lembrando os clientes sentados no bar na primeira vez que vim aqui. Como pareciam estar cambaleando em seus bancos na maior parte do dia – senão na maior parte de suas vidas. Entorpecidos pelo fluxo sem fim de álcool embotando seus cérebros.

Um novo grupo de candidatos se junta a nós, e não demora muito até que vários mais sejam chamados para nos acompanhar. Anos demais passados sob o controle dos Richter deixaram aquelas pessoas sem esperanças, desesperadas e ansiosas demais para trocar o inferno que conhecem por um que sequer imaginam.

Um som abafado se adianta e, ainda que não possa reconhecê-lo, seu tom é familiar de um jeito que me deixa nervosa.

Me ergo na ponta dos pés, tentando ver sobre o topo de muitas cabeças. Obtenho um vislumbre de outro Richter morto-vivo, antes que os corpos sigam adiante e sou forçada a seguir com o resto deles. Usando o tipo de postura desleixada que Jennika tentou tirar de mim quando eu era criança, deslizo o pacote de cigarros para a palma da minha mão e posiciono o athame dentro da minha manga direita. Preparo-me para numerosas possibilidades, já que não tenho ideia de onde isso vai nos levar.

Marchamos pelo corredor, seguindo direto para a parede que disfarça o vórtice, onde somos detidos pelo mesmo Richter morto-vivo que vi momentos atrás. Pelo que posso dizer ao espiar por sobre várias fileiras de ombros, ele está a cargo de inspecionar os formulários e decidir quem será admitido.

Mas, depois de observar um pouco, percebo que isso é apenas uma manobra que pretende elevar a tensão. Faz as pessoas ansiarem pela admissão e depois suspirarem de alívio quando são escolhidas. Pelo que posso perceber, ninguém é rejeitado. Não importa como tenham preenchido o formulário, os Richter encontrarão um jeito de se aproveitar deles antes de descartá-los.

Quando chega a minha vez, entrego minha inscrição e fixo um olhar inexpressivo para a frente, tentando não me encolher sob seu exame minucioso. Estou ciente demais dos sinos de alerta soando em minha cabeça, insistindo para que eu fuja – para que eu abandone este lugar e nunca olhe para trás. Imagino todas as coisas horríveis com as quais posso me deparar.

Meu coração dispara. O peso do meu corpo instintivamente muda para meus dedos dos pés. Guiada por meu instinto mais primitivo de salvar minha própria pele não importa o custo, estou prestes a sair correndo quando aquele Richter morto-vivo assustador segura meu queixo e levanta meu rosto. Seu olhar sonda o meu, enquanto seus dedos secos, finos como papel e mortos-vivos me seguram com tanta força que machuca.

Não consigo respirar. Não consigo falar. Não consigo correr. Não consigo fazer qualquer outra coisa que não seja seguir seu olhar. Cheia de pesar pela situação na qual me encontro.

Eu não devia ter vindo aqui.

Eu os subestimei completamente.

E agora, por causa disso, estou a poucos segundos de ser derrotada e esmagada.

Seus lábios horríveis se repuxam para o lado, mas fora isso sua expressão permanece tão ilegível que não há como adivinhar o que ele está pensando. Tudo o que sei com certeza é que preciso que cair fora enquanto tenho a mínima chance de sobreviver.

Viro a cabeça bruscamente, desesperada para me livrar de seu controle, quando ele bate a outra mão com força contra minhas costas e me empurra através do vórtice.

trinta e três

Dace

Rastejo pela caverna, aliviado em encontrá-la livre de Richter mortos--vivos e demônios – acho que foram requisitados para arrumar a feira do emprego –, ainda que desapontado em descobrir que ainda estou no Mundo Mediano.

Outra dimensão do Mundo Mediano, mas, mesmo assim, muito mais longe do Mundo Inferior do que eu esperava. Embora tenha certeza de que vou acabar chegando lá.

O lugar é luxuoso. Exuberante. Com móveis antigos raros e obras de arte de valor inestimável cobrindo as paredes, é claro que passaram um bom tempo aqui. Tramando. Planejando. Esperando que a entrada se abrisse novamente.

Ao longo da história, sempre que conseguiram invadir o Mundo Inferior, este é o lugar que serviu como principal ponto de entrada. Uma vez aqui dentro, imediatamente começavam a corromper os espíritos animais, contaminando sua terra e privando-os de seu poder e luz, tornando-os incapazes de guiar os humanos aos quais se ligavam. A perda resultando em episódios horríveis de loucura, caos e guerras por todo o Mundo Mediano – e riquezas incalculáveis para os Richter.

Ou, pelo menos, essa é a história segundo Pé Esquerdo.

E é só uma razão a mais pela qual preciso matar Cade.

Então, assim que estiver feito, Leandro será o próximo.

Como seus planos em geral se resumem a governar Encantamento e ele não está muito interessado nos objetivos mais amplos de Cade de dominar o mundo, Leandro pode não ser tão perigoso, mas também tem que partir. Ou então porque não posso suportar olhar para ele depois de saber o que fez com minha mãe. Apesar do que os anciãos dizem, mantê-lo equilibrado e contido não é suficiente.

Não para mim.

Nunca será.

É tempo de redefinir algumas coisas.

Tempo de abalar a profecia.

Tempo de garantir que todos eles morram.

Isso é muito maior do que eu estar com Daire.

E, mesmo assim, ainda que eu saiba que é verdade, enquanto faço meu caminho por esse comprido espaço vazio, finalmente atravessando a parede do outro lado da sala e me encontrando rodeado de areia, Daire é tudo no que consigo pensar.

Detenho-me. Olho ao redor. Lembro do que Pé Esquerdo me ensinou – a buscar a verdade que se esconde embaixo das coisas que vejo. A questionar minha visão assim como devia questionar todos os pensamentos nos quais fui condicionado a acreditar.

Há muito mais neste mundo do que o olho vê. Uma verdade completamente diferente que as pessoas lutam em negar. Não seja cego como elas. Olhe mais profundamente. Pense mais profundamente. Permita-se ficar em silêncio e imóvel, e permita que a verdade se revele para você.

Fecho meus olhos e faço como ele disse, e quando os abro novamente é como se um caminho tivesse se aberto diante de mim. Parecendo terminar na beira de uma grande duna de areia que, uma vez alcançada, despenca direto no Mundo Inferior.

Deslizo pela terra, até aterrissar bruscamente de lado. Fico em pé de um salto e examino o lugar. Não estive aqui desde minha última caçada com Daire – estou estupefato em ver o quanto mais se deteriorou em apenas alguns dias. Os espíritos animais, antes felizes e ativos, estão agora lentos e apáticos – mal são capazes de atender às suas necessidades mais básicas. E quanto mais exploro o lugar, pior ele parece. Cada passo revela mais corrupção, deterioração e ruínas – tudo isso se desdobrando sob um silêncio assustador que logo é quebrado pelo som perturbador de galhos quebrando, árvores sendo derrubadas e o sussurro amplificado de grunhidos e gemidos animalescos que reverberam por todos os lados.

Saio correndo para trás de uma grande pedra bem quando um clarão de pelo bege e brilhantes olhos vermelhos irrompe no lugar em que eu estava.

Coiote.

O coiote de Cade, sem dúvida.

Ele derrapa até parar com o focinho levantado, captando meu odor. Segundos depois outro coiote aparece – suas garras e pelos cobertos de sangue e restos viscosos de alguma matança infeliz.

No segundo em que os vejo percebo que Pé Esquerdo estava certo. Ainda que Cade possa não ser um *skinwalker* no sentido tradicional, é capaz de assumir outras formas.

Meus dedos serpenteiam dentro do bolso, em busca da zarabatana que Pé Esquerdo me deu certa vez e que foi dada a ele por Alejandro, um xamã jaguar brasileiro, que por acaso é o avô que Daire nunca conheceu. Segundo Pé Esquerdo, a arma foi cuidadosamente esculpida em uma madeira rara encontrada apenas na Floresta Amazônica. Mas, antes de concordar em entregá-la a mim, ele me obrigou a prometer que eu a usaria apenas para autodefesa.

Os coiotes se agacham lado a lado – narinas se contraindo, olhos atentos –, a apenas alguns segundos de descobrir o lugar em que me escondo.

Então, por que deixá-los chegar até aquele ponto?

Por que esperar que me ataquem – só para que eu possa reivindicar autodefesa –, quando posso facilmente matá-los agora?

Pego um dardo, segurando-o pela parte de penas de corvo, enquanto carrego minha arma.

Então fecho um olho, aperto o outro para focar, levo o pequeno tubo à boca e aponto.

Observo o Coiote rosnar e depois saltar em um clarão de olhos brilhantes, dentes rangendo e hálito quente e rançoso acertando com força minha bochecha. Sua mandíbula se abre, pronto para arrancar outro pedaço de mim...

Quando ele vacila.

Tropeça.

E cai no chão e uiva de dor.

Sorrio triunfante, embora o sorriso logo desapareça quando levanto o olhar e encontro Cade nu e ensanguentado diante de mim, pedaços de carcaça de animais pendendo de sua pele.

Acertei o alvo errado.

– Que diabos você está fazendo? – Ele se joga ao lado de Coiote, xingando amargamente enquanto arranca o dardo do pescoço do animal. E é esperto o suficiente para saber que não é tudo. Ele abaixa a cabeça até o local machucado, coloca os lábios ao redor e chupa o veneno que coloquei na ponta do dardo, antes de cuspi-lo no chão. – Você é um verdadeiro idiota, sabia? – Balança a cabeça e olha, observando enquanto eu recarrego a zarabatana e miro novamente. – Acredite em mim – ele diz. – Você não quer fazer isso.

– Você não tem ideia do que eu quero. – Coloco os lábios ao redor do tubo, inspiro profundamente e assopro outra vez.

Assopro com tudo o que tenho.

Solto meu próprio jato de xingamentos quando Cade desvia do caminho do dardo e se transforma em coiote novamente.

O outro está agora totalmente recuperado, e os dois ficam parados em solidariedade diante de mim – ombro a ombro, ameaçadores.

Com os olhos brilhando de vingança, não deixam dúvida que é do meu sangue que estão atrás. E antes que eu possa correr, antes que eu possa recarregar e mirar – eles caem sobre mim em um frenesi de garras irregulares e dentes afiados.

trinta e quatro

Daire

A primeira coisa que noto quando atravesso a parede é o demônio.

Ou melhor, *demônios*. Afinal, há um exército inteiro deles.

A segunda coisa que noto é como ninguém parece nem um pouco assustado pelas criaturas gigantes e malévolas que nos cercam. Mal dispensando um olhar para a variedade de caudas, cascos, chifres e cabeças disformes. Sem mencionar as faces que parecem ser uma mistura grotesca de animal, humano e alguma outra besta não identificada originária de um lugar muito sombrio.

A multidão apenas continua caminhando, em seu estado anestesiado e vidrado. E, quando é minha vez de passar, apesar dos meus melhores esforços para me misturar com o resto, não demora muito até que uma dessas longas garras afiadas venha na minha direção, enquanto o demônio impele sua cara de encontro à minha. Seus olhos sombrios semicerrados me espreitam tão de perto que começo a suar.

Isso não pode acontecer.

Não posso ser expulsa.

Não agora.

Não depois de chegar tão longe.

Seguro minha respiração e olho para a frente, balançando discretamente o pacote de cigarros diante dele enquanto faço uma prece silenciosa para meus ancestrais, para os elementos, para meus talismãs e para qualquer um que esteja disposto a ouvir. Rezo para que a oferta de tabaco funcione tão bem quanto da última vez que estive aqui, e solto um suspiro de alívio quando ele aceita o suborno e o enfia na boca, com a embalagem de plástico e tudo o mais.

Passamos pelo túnel que leva à caverna, então deslizamos pela entrada e percorremos o covil. Fazemos nosso caminho pelo longo salão onde nos reunimos em semicírculo, ouvindo, pelo que pude entender, algum tipo de discurso de iniciação.

As palavras ficam um pouco abafadas de onde estou, ainda que eu seja capaz de discernir coisas como: *Grande oportunidade... rara turmalina azul... uma fortuna a ser feita... quarto e comida...* Nada que me deixe menos desinformada do que eu já estava.

Embora uma coisa seja certa – a única fortuna a ser feita será para os Richter. Aquelas pessoas não verão um centavo disso.

Um pouco depois, estamos nos movendo de novo. Empurrados através da segunda parede que leva ao vale de areia, onde começamos nossa viagem pelo terreno deserto. Meus companheiros de viagem tão vidrados, tão obedientes, que me pergunto se percebem o que estão fazendo, para onde estamos indo. É como se estivessem em transe, programados para fazer o que lhes foi dito e não reagir a nada incomum.

Quando chegamos ao ponto em que a montanha alcança o cume e o chão cede, tomo cuidado de me proteger da massa de membros se debatendo enquanto despencamos rumo ao Mundo Inferior, onde fico em pé rapidamente e esbarro em um cara duas vezes o meu tamanho. Arrumo meu capuz para esconder a maior parte de meu rosto, esperando permanecer irreconhecível até que esteja pronta para ser vista.

– Bem-vindos! – Cade diz, sua voz profunda e firme. – Estou feliz que todos estejam aqui... que tenham decidido ir um pouco mais além... fazer algo mais significativo com suas vidas do que passar os dias debruçados no bar, afogando suas mentes. Nossa causa é grande, e devem ter orgulho de fazer parte dela... – ele tagarela, recitando um discurso que é completamente desnecessário. Aquelas pessoas foram aprisionadas. Por ordem dele. Não há razão para prosseguir como ele faz, além do fato de que adora ouvir a si mesmo falando. – Então, é hora de começarmos. Não vejo razão para esperar. Mas primeiro... seus uniformes – ele finalmente chega ao fim de seu discurso.

Ele estende a mão até uma grande caixa de papelão que um Richter morto-vivo colocou ao seu lado e começa a jogar montes de camisetas pretas de manga curta com uma foto dele para a multidão, da mesma forma como certa vez atirou almas para o exército de Richter mortos-vivos.

– Peguem uma e passem o resto – ele exclama. – Isso é para que nunca esqueçam para quem juraram lealdade. – Seu olhar se torna sombrio enquanto vê seus súditos reunidos diante dele.

Quando o cara na minha frente me oferece uma camiseta, levo um momento examinando-a. Noto como o sorriso de Cade na foto é exatamente igual ao que agora ele tem na cara.

Falso.

Vazio.

Um vácuo sem sentido.

É o sorriso de um psicopata.

Um monstro egomaníaco sem acesso às emoções humanas, então o melhor que consegue fazer é imitá-las.

Enrolo a camiseta e a jogo sobre meus pés. Não tenho intenção de vesti-la. Nenhuma intenção de trabalhar para ele. Meu objetivo imediato é saber o que ele está aprontando. E então...

E então não tenho mais certeza.

Isso não fazia parte do plano.

– Vocês vão extrair turmalinas. Turmalinas azuis puras. Que são, como vocês sabem, uma das mais preciosas, raras e, portanto, mais caras pedras da Terra. Mas não se enganem... vocês vão desfrutar de todo o trabalho e nenhum lucro. E se algum de vocês pensar em esconder uma pedra, achando que ninguém sentirá falta... pense duas vezes. Estaremos observando vocês o tempo todo. O preço para esse tipo de traição é a morte imediata, sem questionamentos. E se alguém quiser ir embora, é tarde demais. Não há como escapar.

Alguns poucos grunhidos de protesto irrompem na multidão, mas Cade não se importa. Ele não espera nada além de submissão absoluta, e não há dúvidas de que conseguirá isso.

Ele gira nos calcanhares, confiante de que o seguiremos – o que fazemos –, enquanto nos leva por uma terra enegrecida e queimada até uma elaborada operação de mineração guardada por um exército de mais Richter mortos-vivos. A visão daquilo me deixa boquiaberta de espanto.

Estou fora do meu elemento.

Fora do meu alcance.

A faca de dois gumes que escondi em minha manga é uma piada, não importa o que Paloma afirme.

Há Richter demais – muitas cabeças para remover – contra mim apenas.

Ainda que o athame possua o poder para assassinar Cade, não conseguirei chegar tão longe antes de ser dominada pelo resto deles.

Calculei completamente mal.

Ignorei o senso comum em favor da raiva e de pensamentos de vingança.

Apesar da afirmação de Valentina – *Sua intenção alimenta sua determinação, e sua determinação é seu caminho* –, não vejo como uma dessas coisas me levará à vitória quando estou em tanta desvantagem.

Me encolho atrás do cara diante de mim, levantando meu capuz o suficiente para ver a bagunça que este lugar está.

A mina é a causa desta desgraça ambiental. A principal razão pela qual o oceano está poluído e os peixes estão todos morrendo. Mas Cade não se importa. Violar o Mundo Inferior não só resultará em lucro para ele, mas também garantirá que o Mundo Mediano logo caia em ruínas – exatamente como ele planejou.

Quando meus companheiros viajantes lotam o veio, deslizo para fora de suas fileiras e me escondo entre um bosque de carcaças de árvores queimadas. Roubo um momento para observar os acontecimentos enquanto decido meu próximo passo.

Não há razão para me arriscar. Se tenho qualquer esperança de ajudar essas pessoas – de tirá-las daqui –, tenho que voltar para o Mundo Mediano, onde posso consultar os anciãos e chegar a uma maneira muito melhor de lidar com isso.

Quando todo o grupo desaparece dentro da mina, Cade olha ao redor com um sorriso de satisfação assustador.

Um sorriso de satisfação assustador que desaparece no momento em que ergue o nariz no ar e captura meu odor. Rodopiando em minha direção, com os olhos profundos, opacos e insondáveis, ele diz:

– Sabe o que acho mais fascinante nos corvos?

Engulo em seco. Deslizo o athame até minha mão. Observo enquanto ele estala os dedos e levanta o braço, sorrindo em triunfo no momento seguinte, quando o Corvo, meu Corvo, obedientemente pousa em seu dedo.

– Eles não só podem ser treinados para obedecerem a este comando, mas também são extremamente talentosos em mimetismo. Podem repetir todos os tipos de sons e frases com um absoluto e perfeito tom. Por exemplo – ele espia o Corvo, que arrulha suavemente. – Vá em frente, diga a Santos o que você sabe.

Ao comando, os olhos púrpura do Corvo brilham e ele grasna:

– A Buscadora ama o Eco – sua voz imitando perfeitamente a de Cade.

Removo a bainha da lâmina, mantendo-a próxima ao meu corpo.

– Bonitinho, não é? – Cade dá um tapinha carinhoso na cabeça do Corvo. – É claro, estamos apenas começando, temos um caminho a percorrer ainda. – Ele solta o Corvo, observando-o levantar voo apenas para pousar em um galho a alguns metros dali. A visão daquilo traz uma expressão de desgosto em Cade. – Ele é tão intrometido. – Cade balança a cabeça e volta sua atenção para mim. – Como você aguenta?

Ele caminha em minha direção, enquanto seguro o cabo do athame com força. Meus dedos pressionam a suave madeira negra, prontos para usá-la na primeira oportunidade. Permito a mim mesma respirar só quando ele para a alguns metros.

– Mas você não está aqui para ver truques estúpidos, está? E certamente não está procurando trabalho, ou pelo menos espero que não. É um trabalho entorpecente, de esmagar a alma, que não faria uso de seus muitos talentos e habilidades. – Ele inclina a cabeça e passa a língua pelos dentes da frente. Um movimento tão escabroso, tão obsceno, que me forço a não reagir. – Não é exatamente o que tinha em mente quando propus que trabalhássemos juntos. Então, por que você simplesmente não admite, Santos, que está aqui para me ver?

Ele me lança um de seus sorrisos presunçosos e, antes que eu consiga me impedir de falar, digo:

– Você está completamente louco! – saio de trás da árvore, sem ver motivo para continuar me escondendo se já fui descoberta.

– Estou? – ele me olha cuidadosamente. – E, mesmo assim, você não consegue parar de pensar em mim... Qual é a explicação?

Reviro os olhos em resposta.

– Você não pode fazer isso. Apesar do que pensa, o Mundo Inferior não é seu para que possa controlá-lo.

Ele sorri. Olha ao redor. Aponta para uma paisagem que parece implorar o contrário.

– Talvez deva dar outra olhada – ele diz, observando todo o dano e destruição que causou. Claramente satisfeito com o estado desolador de miséria que forjou sozinho.

Preparo a lâmina em minha mão. Um olho fixo no exército de Richter mantendo estreita vigilância sobre mim, o outro em Cade.

– Acho que você veio aqui para me matar – ele sorri pacientemente, como se faz com uma criança muito lenta.

Mantenho os lábios fechados. Me recuso a confirmar ou negar.

– É a segunda tentativa de assassinato em um dia. – Ele passa a mão pelo cabelo, seus lábios se curvando como se divertidos com a ideia, enquanto minha própria reação não é em nada parecida.

Se eu sou a segunda tentativa, então Dace foi a primeira.

E isso também significa que ele fracassou.

Fracassou da maneira que dizia a profecia?

Meu corpo enrijece. Meu coração deixa de bater. Embora consciente de que o jogo acaba de mudar, há uma parte em mim que se recusa a acreditar.

Se algo de fato aconteceu com Dace, com certeza eu teria sentido. Com certeza eu teria percebido de alguma maneira.

Não teria?

– Sempre me esqueço de como você é novata. – Cade desliza para trás de uma máscara de desgosto. – Então permita-me que eu lhe dê uma pequena advertência que pode nos poupar de muito constrangimento no futuro. Você não vai me matar, Santos. Dace também não vai me matar. Acredite em mim quando digo que qualquer atentado contra minha vida não vai trazer nada de bom para nenhum de vocês. Sem mencionar que sua patética faca de poda Wicca dificilmente está preparada para a tarefa.

Deslizo a faca para trás da minha perna, mantendo-a fora de visão.

Mas ele apenas ri.

– Como é? Você acha que não posso vê-la? – ele me observa atentamente, suspirando. – Talvez eu tenha superestimado você. Você é uma aprendiz muito mais lenta do que imaginei. – Seus olhos passeiam por mim, detendo-se em todos os lugares errados. – Faça um favor para nós dois e vá embora, para que ambos possamos tentar esquecer que isso aconteceu. Sou um cara paciente, Daire. E estou realmente tentando cooperar com você. Mas você precisa cooperar também. Precisa aceitar o fato de que não adianta estar contra mim. Você é incapaz de lidar com a situação. Este é meu mundo, Buscadora... Você tem sorte de eu permitir que viva nele.

Apesar do que ele diz, permaneço onde estou. Imagino a emoção de correr em sua direção – a satisfação de enfiar essa lâmina direto em seu coração. Se é que ele tem um.

– Caso não tenha entendido, este sou eu sendo altruísta. Temos muito trabalho pela frente. E, apesar dessas pequenas transgressões nas quais você parece insistir, estou muito feliz em vê-la se transformar em uma parceira de negócios muito melhor do que eu esperava. Em outras palavras, ainda não estou pronto para matar você. Acredite em mim, você saberá quando eu estiver.

– Mas talvez eu esteja pronta para matar você. – Minha voz soa surpreendentemente firme, enquanto faço um movimento em sua direção, notando como ele nem sequer recua.

– Bem, então eu diria que você está prestes a se deparar com um grande dilema. – Ele sorri, propositalmente passando a mão no queixo, do jeito que Dace costuma fazer. A visão é tão estarrecedora que tenho de me forçar a dar o próximo passo. – O que você prefere fazer, Daire? Me matar... ou salvar a vida do meu irmão gêmeo?

Com apenas alguns passos de distância entre nós, posso facilmente atingi-lo com um único salto.

– Você decide. – Sua voz parece entediada, enquanto ele foca em um espaço logo atrás do meu ombro, desafiando-me a seguir seu olhar.

De início me recuso, convencida de que é um truque.

Mas quando ouço um gemido baixo e áspero – o som de alguém com dor –, seguido por um fio da habitual corrente quente de energia amorosa de Dace, levanto a faca sobre minha cabeça, determinada a fazê-lo – a matar Cade enquanto posso.

Então abandono a ideia com a mesma rapidez.

Instintivamente sei que a razão pela qual a energia de Dace está tão fraca é porque sua força de vida está desaparecendo tão rapidamente que, no tempo que levarei para matar Cade, correrei um sério risco de perder Dace também.

Corro em sua direção. Fico consternada ao encontrá-lo descartado, deixado ali para morrer, a alguns metros de distância. Seu torso retalhado e encharcado de sangue, suas mãos cobertas por marcas de mordidas, seu braço estranhamente torcido e inclinado ao lado do corpo.

Me ajoelho e o puxo até mim. Minha necessidade de salvá-lo é a única coisa que me guia. É tudo no que posso me concentrar. Tudo o que consigo ver.

Meu amor por ele me consome por completo.

Infelizmente, consome Cade também.

Permite que ele se metamorfoseie. Que cresça. Suas roupas rasgam nas costuras, enquanto seu corpo ganha protuberâncias e se alonga – passando por uma transformação que é tão espetacular quanto horrível. Ele se transmuta em uma besta de pele escamosa e língua de serpente que é três vezes seu tamanho normal.

E quando se vira – quando ele ergue a mão de lado e concentra sua atenção na direção da mina –, um estrondo horrível ruge através do chão. Fazendo com que o Corvo grite e levante voo, enquanto a terra começa a se soltar e a se erguer até se tornar um tremor duro e agitado que me faz soltar Dace.

O chão se abre entre a gente e isola cada um de nós em nossa própria ilha infernal. Meu pânico é marcado pela explosão da gargalhada malévola de Cade, enquanto ele joga a cabeça para trás, arreganha a boca e permite que aquelas serpentes ladras de almas corram livres, voltando-se para mim em sua completa glória demoníaca.

Sua boca é uma fenda obscena e entalhada de serpentes e gengivas.

– Pensei em agitar um pouco. Soltar as turmalinas e tornar mais fácil a extração das pedras. Podemos perder alguns mineiros no processo, mas, ei, esse é o preço dos negócios, certo, *parceira*?

Olho para a mina, desejando ajudar de alguma forma. Não posso deixá-lo fazer isso. Não posso deixar essas pessoas sofrem mais do que já sofreram. Mas o chão continua a se dividir, me separando ainda mais de Dace.

– Você não será útil para eles se morrer. E para mim também não. Salve-se, Santos. Enquanto ainda pode. E, já que está aí, salve meu irmão também. E, da próxima vez que vier tentar me matar, lembre-se de que é por sua causa que sou mais forte do que você. – Um sorriso rude distorce seu rosto demoníaco. – Falando nisso, eu provavelmente deveria agradecer pela última infusão de poder. Graças a vocês, estou mais forte do que nunca. Só posso imaginar o tipo de atos sujos que vocês dois andaram fazendo.

Os tremores se intensificam. A terra sacode tão violentamente que as árvores nas quais me escondi antes quebram e caem ao meu redor. E quando uma delas quase esmaga Dace, não tenho outra escolha senão arriscar saltar até ele.

Meu foco se estreita enquanto voo pelo ar. Minhas pernas se agitam violentamente quando a ponta da minha bota encontra apoio, mas só brevemente, antes que o solo desmorone e se solte embaixo de mim. Me mandando em queda livre – caindo em um abismo escuro que não oferece nada em que me segurar.

A força da gravidade me arrasta para baixo até que a terra muda seu curso novamente, movendo-se desta vez em minha direção. Oferecendo um pedaço endurecido de terra batida, no qual sou rápida em me agarrar, seguido por uma sucessão de pedras. E a próxima coisa que percebo é que estou buscando apoios para as mãos e para os pés, enquanto cuidadosamente faço o caminho para cima.

Quando chego à superfície, corro até o lugar onde Dace está caído. Detenho-me um momento para me assegurar de que ele ainda está respirando, jogo seu braço bom sobre meu ombro, levanto-o e arrasto-o enquanto procuro um jeito de sair dali.

Perseguida por uma fenda crescente que se fragmenta atrás de nós e pelo som da gargalhada zombeteira de Cade, cantarolando:

– Corra, Buscadora, corra!

trinta e cinco

Dace

Quando acordo, não sei por quanto tempo estive fora.

Tudo o que sei é que deve ter sido ruim, se o manto inebriante de incenso e velas foi colocado por minha causa.

Chepi chega até mim primeiro. E então tenho quase certeza de que ela esteve ali o tempo todo. Não saiu do meu lado. Seu rosto exausto e marcado pelas lágrimas se inclina sobre o meu enquanto uma mão acaricia meu cabelo e alisa minha testa, e a outra agarra um lenço surrado que ela pressiona com força contra o peito. Murmurando palavras suaves de gratidão e alívio – querendo que eu saiba o quanto me ama, o quanto rezou por mim, que o espírito de Jolon cuidou de mim – até que Pé Esquerdo a coloca de lado e toma seu lugar.

Seus cuidados não são nem de perto tão amorosos, enquanto diz:

– Tinha quase certeza de que estava morto quando chegou.

Começo a falar, mas minha boca está tão seca que tenho de forçar a língua a se separar dos dentes.

– Então essas são velas funerárias? – resmungo, minha voz rouca.

– Você não pode se dar ao luxo de fazer piadas – ele franze o cenho. – Você não tem ideia de como estava. Mas logo o efeito das ervas medicinais que lhe dei para anestesiar a dor vai passar, e você estará novamente consciente.

Fecho os olhos, tentando lembrar exatamente como cheguei aqui. Minha mente precisa de vários segundos para se aquecer, despertar e juntar os pedaços nebulosos de uma lembrança distante. Mas, outros segundos mais tarde, quando a cena se arrasta até mim com todos os seus detalhes horríveis, fico desejando ter sido esperto o suficiente para deixar para lá.

O encontro infernal alegremente se desenrola em minha cabeça, permanecendo na cena em que Daire teve que me arrastar para fora do Mundo Inferior. Ela se repete insistentemente, várias vezes, como se quisesse me punir.

A palavra humilhado não é suficiente para descrevê-la.

Mortificado não serve tampouco.

Não há uma única palavra na qual possa pensar que represente de forma precisa como me sinto.

Embora a questão permaneça: *ela está aqui?*

Tento sentar, desesperado para vê-la. Sou detido pela pontada de dor na lateral do corpo, junto com a mão de Pé Esquerdo me empurrando de volta para o colchão.

– Onde ela está? – forço a pergunta entre os dentes cerrados. Pé Esquerdo estava certo: o efeito das ervas está começando a desaparecer.

Em um instante, Daire está ao meu lado. Seu cabelo desgrenhado e emaranhado pelo vento. Suas roupas imundas e sujas de sangue. E, mesmo assim, sob as camadas de sujeira, suas bochechas estão coradas, seus olhos brilhantes e esperançosos. Ela nunca esteve tão bonita. Nunca estive mais feliz em vê-la.

– Estou aqui... estou sempre aqui – ela sussurra, as palavras dirigidas apenas para meus ouvidos.

Mas quando ela morde o lábio inferior e passa uma mão cuidadosa em minha bochecha, sou rápido em fechar os olhos e virar o rosto. Imagino o quão repugnante devo parecer para ela.

Espancado.

Quebrado.

Derrotado e fraco.

Alguém que ela foi obrigada a salvar.

Longe do herói que eu estava lutando para ser.

E não é como se Pé Esquerdo tivesse qualquer interesse em poupar meu ego. Ele já deixou bem claro o que pensa do meu orgulho.

– Quantas vezes terei que remendar você antes que não sobre mais nada para ser remendado? – Ele continua a resmungar em voz baixa, enquanto faz sinal para Chay ajudar a me fazer sentar.

Luto contra a dor, mas principalmente estou constrangido por Daire me ver desse jeito.

– Precisamos tirar sua camisa – Pé Esquerdo ordena. – Ou o que sobrou dela, de qualquer maneira. Você estava tão mal quando o trouxeram aqui, que tudo o que pude fazer foi um curativo rápido. Tive medo que qualquer outra coisa pudesse ser demais para você. Mas, agora que está em recuperação, chegou o momento de ajeitá-lo outra vez. – Ela esteve aqui o tempo todo. Não é nada que ela não tenha visto antes – ele diz, respondendo à minha hesitação e ao olhar furtivo que disparo para Daire.

Daire enrubesce e olha para o outro lado, enquanto Pé Esquerdo amassa um lenço vermelho que tira de uma gaveta, empurra na minha direção e diz:

– Aqui... morda isto. Você vai precisar.

Viro o rosto em recusa. Meu olhar passa de Chay para Chepi e vai até a nuca de Daire, antes de viajar de volta para Pé Esquerdo novamente. Não há nada menos másculo do que um quarto cheio de anciãos me julgando diante de minha namorada. A única coisa que posso fazer é aguentar firme e rejeitar a chupeta.

– Você quem sabe – Pé Esquerdo diz, sem nunca me forçar, apesar do quão tolo julga meu comportamento. – Você tem sorte de ter sido só uma luxação e não uma fratura. Fraturas demoram mais para sarar. – Ele coloca uma mão em meu ombro, enquanto a outra agarra meu braço. Murmurando uma de suas canções de cura em voz baixa, ele empurra com toda a força, colocando a articulação de volta no lugar.

O choque repentino de osso com osso resulta em uma dor tão devastadora que me obrigo a focar no nicho repleto de santos do outro lado do quarto. Engolindo o grito que enche minha garganta, luto com todas as forças para não desmaiar.

Não assim.

Não na frente de Daire.

Embora não há nada que eu possa fazer a respeito da constelação de estrelas que rodopia brilhante e cintilante diante de mim.

– Engraçado, não me sinto tão sortudo. – Esmago as palavras entre os dentes travados, enquanto luto para manter a respiração e me recompor.

– E agora... os cortes. – Pé Esquerdo ergue a chave coberta de sangue seco de meu peito. Se detém para fazer uma inspeção completa, lançando um olhar de reprovação para Daire, e então se ocupa em remover a gaze e os cataplasmas que me mantinham duro como uma múmia para que possa inspecionar melhor minha carne rasgada e destruída.

A visão de meus ferimentos faz Chepi soluçar em seu lenço já encharcado, enquanto Daire olha com um rosto repleto de culpa e compaixão.

É um olhar que não posso suportar.

Um olhar que prova o quanto fracassei.

– Teve sorte de Chay ter encontrado vocês – Pé Esquerdo diz.

– Como você nos encontrou? Como sabia aonde ir? – pergunto, incapaz de lembrar deste detalhe específico.

– Intuição. – As palavras de Chay são dirigidas para mim, embora seus olhos permaneçam fixos em Pé Esquerdo. – Estava cavalgando quando tivemos um pequeno terremoto, e eu instintivamente me dirigi para o vórtice, sentindo que não era um deslocamento comum de terra. Eu só estava lá há alguns minutos quando vocês dois apareceram.

– O que vocês estavam fazendo lá embaixo? – Chepi pergunta.

Daire e eu trocamos um olhar. Não tenho ideia do que ela contou para eles, então ignoro a pergunta e, em vez de respondê-la, conto sobre a mina. Explico a conexão com todos aqueles desaparecimentos sobre os quais Pé Esquerdo me contou.

Feliz pela chance de me concentrar em algo além da dor aguda das poções que Pé Esquerdo usa para esterilizar meus ferimentos, antes de costurá-los e me mumificar novamente com várias camadas de gaze e ervas.

Quando termina, me joga uma camisa limpa, diz para eu me vestir, e adivinha se não preciso da ajuda dele? Como se eu não tivesse sido humilhado o suficiente por um dia.

As palavras dele são dirigidas diretamente para Chepi:

– Leve-o para casa. Para se recuperar, ele precisa de repouso sério, na cama. – E então ele vira a atenção para Daire. – Chay pode levar você até a casa de Paloma. É hora de ficarem afastados um do outro. De verdade, desta vez. Garanto a vocês que da próxima vez não terão tanta sorte.

o céu sangrando

trinta e seis

Daire

Quando perco a conta do número de vezes que liguei para Dace só para que Chepi atendesse e se recusasse a colocá-lo no telefone, sei que chegou o momento de tentar outra abordagem.

Ainda que ela possa ter tido sucesso em confiscar o celular dele, ainda que os anciãos possam estar trabalhando juntos, fazendo o que for preciso para nos manter separados, não há como levarem a melhor.

Preciso vê-lo.

Preciso conferir e ter certeza de que ele está bem.

Na última vez que o vi, seu corpo estava tão maltratado quanto seu orgulho. E preciso contar a ele que não vejo desmérito por ter sido espancado pelo Coiote.

Por duas vezes, Dace propositalmente atacou aquela besta psicopata, demoníaca, sedenta de sangue – disposto a se sacrificar na tentativa de me salvar.

É comovente acima de qualquer palavra.

É a própria definição do heroico.

Mas o olhar em seu rosto quando deixei a casa de adobe de Pé Esquerdo tornou claro que ele se sentia muito mais envergonhado do que valente.

É um olhar que continua a me assombrar – um que estou desesperada para mudar.

A questão é: como?

Como conseguirei chegar até Dace se ele está sob a vigilância de Chepi durante vinte e quatro horas?

Me levanto da cama e vou até a janela. Batendo o dedo levemente contra o acabamento de pena do apanhador de sonhos pendurado sobre o parapeito, olho para o jardim da frente. A grossa camada de sal protetor recém-derramado, a cerca feita com altos galhos de junípero, e o grosso muro de adobe que cercam a propriedade inteira. Recordo um tempo logo depois que cheguei aqui, quando usei a estranha arrumação como motivo para fugir – sem ter ideia do quanto isso viria a me servir e proteger.

Considero sair de fininho, jogar uma sela em Kachina e seguir até a janela de Dace, mas ele não é o único que está sob vigilância. Tendo decidido dar ouvidos aos avisos de Pé Esquerdo para manter Dace e eu afastados um do outro, Paloma passou os últimos dias mantendo os olhos sobre mim. Não há como escapar sem ser encontrada.

Observo enquanto o sol começa a se pôr, pintando o céu de um tom alaranjado brilhante.

Observo enquanto meu gato se arrasta pela cerca, parando um momento para olhar para mim, antes de se agachar e saltar para a rua.

Observo um corvo pousando em um galho, tomando um momento para se ajeitar enquanto o vento gentil remexe e agita suas penas.

Corvo.

Vento.

É tão óbvio que não acredito que não tenha pensado nisso antes!

O corvo é meu espírito animal. O vento é meu elemento guia. Não é por acaso que essa cena aparentemente inofensiva se desenrola diante de mim.

Não existem acidentes. Nem essa coisa de coincidência. Isso é uma oferta, pura e simples.

Se tem uma coisa que aprendi é que a vida é cheia de sincronicidades – repleta de todo tipo de presságios e sinais que escolhemos ignorar. Até que nos tornamos tão acostumados a negar a enxurrada de milagres que ocorrem ao nosso redor que não podemos mais reconhecê-los quando aparecem diante de nós.

Mas não desta vez. Esta é exatamente a oportunidade que tenho procurado desde o começo.

Confiro a porta para me assegurar que está completamente trancada, já que a última coisa que preciso é que Paloma entre e encontre meu corpo inerte no chão enquanto minha alma viaja juntamente com a do corvo. Então me volto na direção da ave agitada pelo vento e me concentro nela com toda a força. Do mesmo jeito que fiz quando me mesclei com uma barata na primeira vez que segui Cade pelo vórtice, fundo minha energia com a dele até que nossas almas se sincronizam como uma e nossos corações batem em conjunto.

Assim que me estabeleço, saímos. Subindo do arbusto e voando alto até o céu. Carregada por asas tão leves e fluidas como teias de aranhas, deslizamos pela paisagem que se desenrola como uma fita sob nós. A experiência é tão gloriosa que mal posso acreditar que permiti que tanto tempo se passasse desde a última vez que fiz isso.

Quando chegamos à propriedade de Chepi, o corvo circula em arcos amplos e cuidadosos antes de pousar bem ao lado da janela de Dace. O farfalhar de suas asas encosta no vidro, e é o suficiente para que Chepi erga os olhos de seu livro com ar desconfiado. A intensidade de seu olhar é tão surpreendente, tão inesperada, que minha energia se desequilibra e quase perco a conexão.

Ela não sabe que sou eu, digo para mim mesma em uma tentativa de controlar o pânico. *Sou apenas um corvo. E não é como se estivessem em extinção.*

Embora claramente seja um mantra ouvido apenas por mim. O exame minucioso de Chepi continua a se aprofundar, convencida de que não sou uma ave qualquer. Que a cena não é nem de perto tão benigna quanto parece.

O corvo fica ansioso, começa a lutar contra mim. Cansado de bancar o anfitrião, ele faz um grande esforço para me expulsar, saltando de pé em pé, emitindo grasnidos baixos e guturais, e acertando as penas da cauda com força contra o vidro. A comoção faz Chepi franzir o cenho e Dace despertar com um olhar lançado diretamente para mim. Sentindo intuitivamente minha presença, ele acena sutilmente com a cabeça em minha direção, então diz algo para Chepi que não consigo entender. Mas é o suficiente para que ela abandone seu livro e saia, e Dace se levante da cama.

Cruzando o quarto em alguns poucos passos, ele abre a janela e oferece sua mão. Ainda que os instintos mais primitivos do corvo o levem a fugir, sou capaz de convencê-lo a chegar mais perto, até que ele está cutucando a cabeça contra os dedos acolhedores de Dace. E tudo o que posso fazer é me conter quando Dace responde abaixando os lábios até o topo da cabeça do corvo. Seu beijo é tão intoxicante que reverbera por mim.

– Eu sabia que viria – ele sussurra. – Sabia que encontraria um jeito. Mesmo assim, tenho que dizer, isso é genial. Eu queria ter pensado nisso. Teria visitado você.

Apesar do fato de os corvos serem conhecidos por suas incríveis habilidades vocais, este corvo em particular se recusa a cooperar, se recusa a dizer as palavras que o exorto a compartilhar. Depois de várias tentativas frustradas, resolvo transmitir com um olhar. Esperando que minha gratidão, admiração e amor de algum modo se irradiem pelos olhinhos redondos do corvo.

Dace passa um dedo pelo comprimento das costas da ave, sussurrando:

– Não há motivo para se preocupar. Estou ficando melhor e mais forte a cada dia. – Ele continua a acariciar as penas brilhantes, fazendo-me derreter sob seu toque. – Não vai demorar muito até que você e eu estejamos juntos novamente. – Sua voz soa com determinação. E embora ele pretenda me tranquilizar, de algum modo as palavras causam o efeito oposto.

Ele está planejando alguma coisa. Isso é claro. Mas o que quer que seja, não posso deixá-lo seguir com isso. Não posso deixá-lo ir atrás de Cade. Não posso deixá-lo alcançá-lo primeiro.

Fazer isso seria aceitar o que diz profecia. E isso só poderia terminar em tragédia.

– Logo, Daire. Logo... – Sua voz vagueia com seu olhar, viajando para algum acontecimento futuro desconhecido que está em sua mente.

Em uma tentativa desesperada de chegar até ele, convenço o corvo a seguir até o ombro de Dace. Estou prestes a fazer outra tentativa de sussurrar em seu ouvido quando Chepi coloca a cabeça para dentro do quarto e diz:

– Dace? Por que está em pé e com quem está falando?

E é o que basta para que o corvo voe de volta para o peitoral.

– Não é nada. – Dace se afasta da janela. – Só precisava de um pouco de ar. E um pouco de recordação do mundo que está fora deste quarto.

Chepi se aproxima com um caminhar cheio de propósito e um olhar onisciente.

– Agora que já se recordou, é hora de voltar para a cama. – Ela vai até o caixilho da janela e o fecha com tanta força que o laço entre o corvo e mim é desfeito instantaneamente.

Permitindo que o corvo dispare livre do peitoral, enquanto minha alma se reúne ao meu corpo.

trinta e sete

Dace

A visita de Daire era exatamente o que eu precisava.

Seu aparecimento em minha janela através do corvo não foi só um golpe de gênio inspirado. Ele também me deu o empurrão necessário para eu sair desta casa e colocar meu plano em ação.

Mas primeiro tenho que conseguir passar por Chepi. Ela é um obstáculo incrível – uma sentinela de olhos de águia. E como eu já a enviei para me buscar toda a comida e água que podia, sem levantar suspeitas, o único truque que me resta é outro sono fingido. Precisando que ela pense que ficarei assim até a noite, que não me mexerei novamente até a manhã, puxo o lençol sobre minha cabeça e forço minha respiração a ficar lenta e constante. Fico assim até que ela finalmente relaxa o suficiente para partir.

No segundo em que ela se vai, jogo as cobertas, espio pelo corredor para me assegurar de que está liberado e corro para a porta. Estou quase livre, quando ela aparece correndo por trás, agarra meu braço e exige saber:

– Aonde você está indo?

Fecho meus olhos brevemente. Tomado de pesar pelo que estou prestes a fazer. Desejando que não tivesse que ser assim. Mas desejar é fútil. É de ação que preciso. E não importa o quanto ela resista, não há como me impedir de fazer o que mais preciso fazer.

Ainda assim, faço questão de suavizar meu tom de voz quando digo:

– Preciso sair. Você me manteve preso em casa por tempo demais e estou me sentindo encurralado. Preciso ir para meu apartamento e cuidar de umas coisas.

O rosto dela fica sombrio de desaprovação. Fazendo com que as linhas que cruzam sua testa e se espalham pelos dois lados de sua boca se aprofundem, como se tivesse envelhecido dez anos em questão de segundos.

– Vamos lá, mãe! Sabe que não pode me manter enfiado aqui para sempre. – Passo o peso de meu corpo de um pé para o outro, sem nunca ter querido tanto sair de um lugar quanto agora.

– Você vai vê-la. – A voz dela é acusatória, seus olhos afiados e sábios.

– Eu nem sei onde ela está. – Passo a mão pelo queixo, escondendo a mentira que estou prestes a contar. – Não nos falamos há dias. Mas você já sabe disso. Você se assegurou disso. – Engulo em seco, obrigando-me a retribuir seu olhar.

Uma expressão fugaz cruza o rosto dela – uma mistura de tristeza e desculpa que se vai em um piscar de olhos.

– Você ainda não está curado. – Ela segura meu braço, em uma tentativa de inspecionar um ferimento que já desapareceu. – Não posso deixá-lo partir até que esteja bem. Prometi a Pé Esquerdo que me asseguraria de que você tivesse bastante repouso.

– Pode dizer a Pé Esquerdo que estou bem, completamente curado.

Seguro a barra da camisa, puxo-a sobre meu torso para que ela possa ver não só que os curativos se foram, mas também que, graças à grossa camada dos cataplasmas de Pé Esquerdo, juntamente com um pouco de magia que fiz por conta própria – mágica que é melhor deixar de mencionar –, fiquei apenas com traços muito leves de cicatrizes, que prometem ficar mais suaves, senão desaparecerem.

Solto a barra, permitindo que a camisa caia até meus quadris. Me pergunto que argumento ela tentará usar a seguir. Tenho certeza de que haverá algum.

Sua preocupação pela minha saúde é substituída pela súplica:

– Mas é Natal! – Ela fica parada diante de mim, recusando-se a soltar minha manga.

Ela está fazendo chantagem materna – apelando para minha compaixão. Mas esta noite não vai funcionar. Não pode funcionar. Preciso sair daqui. Preciso dar conta dos meus próprios assuntos, à minha maneira.

– *Amanhã* é Natal – digo. – E estarei de volta para passá-lo com você. Prometo. – Me inclino em sua direção, deposito um beijo suave no alto de sua cabeça enquanto prendo gentilmente os dedos dela entre os meus. Aperto-os de maneira expressiva, esperando transmitir o que não consegui dizer com palavras. Então solto sua mão de minha manga e vou para a varanda quando ela me chama.

Me viro. Tento conter minha irritação, lembrando a mim mesmo que as intenções dela são boas.

– Tome cuidado. – Ela caminha na minha direção. Me observa com olhar crítico, enquanto sua mão vai até meu rosto. – Não deixe que sua preocupação pelos demais comprometa sua segurança. Preciso de você aqui.

Fecho meus olhos brevemente e envio para ela um pedido de desculpas silencioso pela dor que posso causar a ela. Mas quando nossos olhares se encontram, apenas digo:

– Boa noite, mãe.

Não há necessidade de preocupá-la ainda mais.

Não há necessidade de informá-la que, durante os vários dias que passei escondido em meu quarto, não era só na cura que estava me concentrando.

Ela fica parada na varanda, uma mão pendendo ao lado do corpo, a outra apertada, perto do coração. O brilho da luz do teto cai languidamente sobre ela, envolvendo-a em um véu incandescente de luz branca que a faz parecer luminosa – radiante –, angelical e cheia de virtude.

A imagem tortuosa dela é a última coisa que vejo antes de ir para minha caminhonete e ganhar a estrada. Pronto para colocar minhas habilidades recém-afiadas em teste.

trinta e oito

Daire

Paloma enfia a cabeça para dentro do meu quarto, franzindo o cenho quando me encontra sentada de pernas cruzadas no chão, em meio a um monte de penas, cristais, velas, o pêndulo, meu chocalho, o tambor e o athame, cuja lâmina está polida e brilhante. Os aparatos do ofício do Buscador – juntamente com o códice aberto ao meu lado.

– Teve sorte? – Ela se inclina contra o batente, supervisionando a bagunça.

Levanto os ombros. Permito que meus olhos encontrem os dela.

– Claro. Estou repleta de sorte... pelo menos no que diz respeito à mágica. Graças a você e a tudo o que me ensinou, estou surpresa ao quão longe cheguei, e quão rapidamente. Mesmo assim, não tenho certeza de como isso vai me ajudar a derrotar Cade.

– Cada pedaço ajuda, *nieta*. Cada pedaço se encaixa perfeitamente no outro.

Suspiro. Não tenho dúvida de que seja verdade, embora os pedaços que busco parecem estar fora do meu alcance, e não hesito em lhe dizer isso.

– O que diz o livro? – Ela cruza os braços diante de si, inclinando a cabeça de um jeito que encoraja sua trança a deslizar pelo ombro e cair até a cintura.

– O livro diz muita coisa, a maioria das quais não entendo. Você o leu, então me diga: onde estou falhando?

Ela olha pelo corredor, como se estivesse preocupada que alguém pudesse estar ouvindo. Então, em voz baixa, diz:

– Não tenho certeza de que esteja falhando. Não tenho certeza se Valentina foi capaz de prever tudo o que você está enfrentando. Algumas coisas você precisa descobrir por conta própria. Esse sempre foi o caminho.

Suspiro. Desejando que não fosse sempre tão difícil – desejando que só desta vez as respostas viessem facilmente. Então descarto o pensamento com a mesma rapidez. Fácil nunca foi parte da equação, e pelo que vivenciei até agora é tolice esperar uma coisa dessas. Cabe a mim descobrir isso e provar que sou digna. Ninguém mais pode fazer isso por mim.

– A questão é que... Cade está monstruosamente forte. – Estremeço quando digo isso, lembrando quando ele segurou Dace com uma mão naquele dia horrível na Fonte não tão Encantada. – E, quando não está protegido por aquele coiote assustador, está cercado por seu exército de ancestrais mortos-vivos, mas ainda assim muito leais. E apesar de me sentir muito mais forte, muito mais poderosa do que há uma semana, me preocupa que não seja o suficiente. É mais provável que eu tenha de passar por eles para chegar até Cade, e não tenho certeza se conseguirei fazer isso. Além do mais, sei que não havia mencionado, em parte porque não sei realmente o que fazer com isso, e em parte porque não quis dar mais poder do que ele já tem, mas... – paro para respirar, meus olhos encontrando os dela. – O sonho voltou. – Observo sua expressão, mas Paloma luta para manter o rosto indecifrável como sempre. – Tem me assombrado desde que deixamos Dace na casa de adobe de Pé Esquerdo, e é sempre o mesmo. Dace e eu nos divertindo na Fonte Encantada, até que Cade chega, se transforma na besta que é, e rouba a alma de Dace, deixando-o morto em meus braços. – Me encolho, a lembrança tão vívida como se estivesse ocorrendo diante de mim. – Ainda que Cade tenha deixado claro que sabe sobre o sonho, não consigo descobrir se ele encontrou um jeito de me manipular enquanto durmo, ou se é uma profecia que todos partilhamos. E, falando na profecia, eu estava esperando encontrar um jeito diferente de interpretá-la, mas ela é bastante clara, não é?

O olhar sério no rosto de Paloma me dá toda a confirmação de que necessito.

– Então, de qualquer modo, como estão se saindo? – pergunto, ansiosa para mudar o assunto de mim para ela, esperando que tenham tido mais sucesso do que eu. Sei do ritual constante e da vigília nos quais os anciãos se envolveram desde o dia em que souberam do nível de destruição e devastação forjados por Cade. – Você e Chay fizeram algum progresso? E quanto a Chepi e Pé Esquerdo?

Ela olha para mim, nós duas cientes do nome que deixei de mencionar.

Dace.

Não posso arriscar falar o nome dele. Não posso arriscar que ela adivinhe o que fiz. Que fui atrás dele, usei as habilidades que ela me ensinou e o visitei através do corvo.

Mesmo assim, é impossível mentir para Paloma, e um olhar em seu rosto me diz que ela sabe mais do que deixa transparecer.

Meus dedos tateiam a pequena chave dourada em meu peito – lembrando da sensação da pele de Dace, de seus lábios pressionados contra as penas, o peso de seu toque...

Balanço a cabeça para me livrar do pensamento, jogo a chave para debaixo do meu suéter e volto minha atenção para minha avó.

– Chay acaba de retornar – ela diz. – Ele e Pé Esquerdo se aventuraram no Mundo Inferior para fazer um pequeno reconhecimento. Pelo que me diz, está feito por enquanto. E com isso quero dizer que a mina ainda está operando, os espíritos animais ainda estão apáticos e sem brilho, e o Mundo Inferior está extremamente poluído. Embora nossos esforços combinados parecem ter funcionado para estabilizá-lo e impedi-lo de ficar ainda pior. Ou pelo menos por enquanto. Não dá para dizer quanto tempo nossa mágica aguentará. Consertar isso requer algo mais drástico. – Ela escolhe as palavras, com um olhar significativo.

– Em outras palavras, o próximo passo é meu? – Apresento como uma pergunta, embora nós duas saibamos a resposta. Cabe só a mim consertar isso. É o que nasci para fazer.

– Logo você estará pronta, *nieta.*

Abaixo meu olhar para a confusão de ferramentas. *Logo* não é bom o suficiente. Preciso estar pronta agora. Tempo é um luxo ao qual não posso me dar.

Fecho o livro com o joelho, prometendo enfrentar Cade esta noite. Não há mais como adiar. Quanto mais isso demorar, mais as pessoas sofrerão. Além disso, ouvi o que Dace disse, vi a determinação em seu olhar.

Tenho que encontrar seu irmão bem antes que ele consiga. Enquanto ele estiver sob a observação de Chepi, está a salvo. A profecia não pode se cumprir se ela o mantém a sete chaves.

É por isso que tenho que agir agora.

Adiar mais é arriscar tudo.

Ergo meu olhar para encarar Paloma.

– É hora – digo, minha voz determinada e segura. – Meu treinamento está completo e minha mágica... bem, provavelmente poderia ser melhor, mas já está bastante boa. De qualquer forma, tenho que agir agora, antes que seja tarde.

Ela me fita sabiamente. Transmitindo tanta emoção em um único olhar: seu lamento que minha vida exija tanto sacrifício – seu orgulho por eu ter abraçado o desafio apesar de todos os perigos – seus temores por minha segurança, pela possibilidade muito real que eu não viva para ver meus vinte anos.

– Não é suficiente ter um objetivo, *nieta*. Você precisa de um plano para ver através dele.

Considero suas palavras por um momento, sabendo que não há estratégia, não há plano e não há tempo para fazer um. Então olho para ela e digo:

– Não tenho uma estratégia. Então acho que farei o que me ensinou e pensarei a partir do fim.

Seus dedos brincam com os botões de seu cardigã. Levando um momento para ponderar, ela concorda com a cabeça e diz:

– Bem, primeiro tem que fazer alguma coisa a respeito desse quarto. Suas amigas estão esperando na sala. Duvido que queira que elas a vejam assim. – Ela aponta para a bagunça, seu sorriso ficando maior quando coloco meu quarto em um frenesi de movimento. Estico a colcha da cama, empilho os travesseiros e guardo todos os objetos aleatórios e largados no baú em que estavam originalmente. Tudo guardado de maneira ordenada, apesar do fato de que não fiz nada mais do que levantar um dedo.

– Não subestime suas habilidades ou prontidão, *nieta*. Especialmente não depois de uma demonstração tão impressionante. Sua telecinesia avançou bastante – sua voz fica rouca de emoção. – É realmente notável. – Ela aperta o suéter de encontro ao corpo, me observando por um longo momento em silêncio, antes de passar a mão por sua bochecha e ir chamar minhas amigas.

Quando minhas amigas chegam ao quarto, estou descansando em minha cama, com as costas contra a cabeceira e as pernas esticadas diante de mim. Passo a mão rapidamente pelo cabelo, enquanto Lita entra primeiro, dizendo:

– Então este é seu quarto? – Ela joga o cabelo sobre o ombro e dá uma boa olhada ao redor. Supervisiona o espaço através de olhos apertados e cílios cobertos com uso generoso de rímel. – Tenho que ser honesta, Daire... não é nada do que eu esperava.

– O que você esperava? – Xotichl faz seu caminho até minha cama e se senta na ponta.

Lita tira a jaqueta, pendura-a nas costas da cadeira e bate os dedos com força contra o quadril. Inspeciona minha escrivaninha, o apanhador de sonhos pendurado sobre a janela, a cômoda alta com a foto de Django no alto.

– Quero dizer, eu já vim aqui antes, embora jamais tenha passado da sala. Acho que não esperava que fosse tão parecido com o restante da casa. Achei que seria mais estiloso. Mais *fashion*. Talvez até, ouso dizer, glamoroso. Pensei que haveria pelo menos alguma pitada de alguma coisa, de qualquer coisa que pudesse lembrar seu passado em Hollywood. Mas não. A única palavra para descrever essa caixa de quatro paredes é *eficiente*. Seu quarto é *limpo, arrumado* e *eficiente*. Faz o que um quarto deve fazer e nada mais.

– Desculpe desapontá-la. Acho que meu pôster de Vane Wick se perdeu na mudança. – Me enfio na pilha de travesseiros que tenho nas costas, lembrando a mim mesma que esta é apenas Lita sendo Lita, não adianta se ofender. E quando ela se vira para mim com olhos brilhantes e lábios curvados, me preparo para o que quer que venha na sequência.

– Falando nisso... – ela faz uma pausa dramática. – Você nunca quis falar sobre isso. Mas já que é Natal e tudo o mais, e eu estava esperando que pudesse ceder e colocar um pouco de Hollywood em meu caminho.

Ela coloca as mãos sobre o queixo, forçando uma expressão esperançosa e angelical que só me faz rir.

– Eu sabia! – Balanço a cabeça, fingindo estar muito mais chateada do que estou.

– Sabia o quê? – Seus olhos se arregalam, alarmados, embora ela mantenha as mãos firmemente no lugar.

– Sabia que era por isso que você virou minha amiga. Só estou surpresa que tenha se contido por tanto tempo.

Suas mãos pousam em seus quadris, enquanto o olhar de inocência fingida desaparece.

– Isso não só é injusto, como também não é verdade, e você sabe. Quero dizer, que tal mostrar um pouco de misericórdia pelos menos privilegiados entre nós? Este é o único lugar em que já vivi. Eu cresci em Encantamento e, provavelmente, morrerei aqui. O máximo que posso esperar é uma viagem ocasional para fazer compras em Albuquerque. Nunca terei as oportunidades que você teve, então o mínimo que pode fazer é me jogar um osso.

– Você tem que admitir que é um argumento muito bom – Xotichl diz. – Além disso, somos amigas, e é isso o que amigas fazem. Fofocam sobre o passado, lamentam pelo presente e fantasiam sobre o futuro.

– Vocês realmente sabem como fazer alguém se sentir culpada – resmungo. Embora a verdade é que já resolvi contar. Que mal poderia fazer? – O que vocês querem saber? – pergunto, dirigindo as palavras principalmente para Lita, observando-a mordiscar o lábio inferior em consideração fingida, embora a resposta venha tão rapidamente que é claro que ela a vinha ensaiando.

– Duas coisas.

Estreito minhas pálpebras, tentando adivinhar quais seriam.

– Primeiro... Vane Wick beijava bem? Em uma escala de um a dez. Um sendo o pior do mundo... e dez sendo...

– Dez sendo Dace! – Xotichl interrompe.

– Eca! – Lita faz uma cara de nojo. – Desculpe, não quis ser rude, mas ainda não superei o fato de ele ser irmão gêmeo de Cade.

Junte-se ao clube.

– É sério... Parecia um sonho? Quero dizer, deve ter sido muito exótico, já que estavam no Marrocos e tudo o mais... detalhes são desesperadamente necessários. Nada além da divulgação completa servirá.

Olho para Xotichl, surpresa ao descobrir que ela se abaixa em minha direção, tão faminta por detalhes quanto Lita. Então fecho os olhos e me permito relembrar. Me permito viajar para um tempo anterior a Dace. Embora pareça que nunca houve realmente um tempo anterior a Dace. Sinto como se ele sempre tivesse estado comigo.

– Sabem, no início eu estava tão zangada com aquela história do tabloide e com o jeito como ele me traiu, que prometi a mim mesma que se alguém perguntasse eu afirmaria que ele era totalmente superestimado.

Mas a verdade é que ele beijava muito bem. – Deslizo meus pés pelo edredom, trazendo os joelhos até o peito e enrolando frouxamente os braços ao redor deles. – Mas ele tinha que beijar bem. Tinha muita prática, tanto na vida real quanto nos filmes.

Lita pressiona uma mão sobre o coração, enquanto se abana com a outra. Se desfalece em minha cadeira de modo tão dramático que não posso deixar de rir de um jeito que não me permito fazer há muito tempo. E parece tão bom ter esse momento com minhas amigas que prossigo:

– Mas sabem quem beija *muito mal*?

Xotichl se apruma, animada, enquanto Lita desliza para a beira da cadeira, os lábios entreabertos em antecipação.

– Will Harner.

– Não! – Lita grita, o rosto se iluminando com o tipo de prazer que só o escândalo mais suculento pode trazer. – Mas ele não ganhou o prêmio da MTV de Melhor Beijo?

– Acredite em mim, é o pior de todos... é todo baba, dentes e uma língua louca e mole. É como sentar na zona do respingo no Sea World ou passar por um lava-rápido com a capota do carro abaixada. Você termina encharcada. A atriz que contracenou com ele é realmente talentosa. – Me assusto com a lembrança cheia de saliva.

– Que decepcionante. – Lita suspira. – Mesmo assim, invejo você completamente. Mesmo que fosse um beijo chupado e desleixado, o fato é que você ainda conseguiu beijá-lo, enquanto estive presa com o mesmo grupo de garotos minha vida toda. Como consegue ficar aqui? Quero dizer, sim, é verdade, eu costumava pensar que esse lugar era o melhor. Que diabos, eu costumava pensar que *eu* era a melhor... como se Cade e eu fôssemos o rei e a rainha no colégio Milagro.

– Humm, é porque vocês eram a realeza do Milagro – Xotichl diz, fazendo Lita revirar os olhos e gemer com a lembrança não tão distante.

– Acho que sim – ela admite. – Mesmo assim, é tão estranho agora que não me importo mais com aquilo. É como se tivesse passado minha vida inteira trabalhando para manter minha posição como cão alfa... ou cadela alfa, como a maioria diria... Mas agora tudo no que consigo pensar é em enterrar este lugar assim que o ensino médio terminar. Não vejo a hora de sair daqui.

Seu olhar vagueia, como se procurasse o momento exato em que sua opinião sobre Encantamento mudou. Sem ter ideia de que aconteceu no

Dia dos Mortos. A noite em que um pedaço de sua alma foi restaurado, libertada daqueles Richter mortos-vivos e devolvida para ela.

Ela não está mais sob o feitiço deles. Não vê mais este lugar do jeito que eles a manipulavam para ver. Por enquanto, são incapazes de tocá-la, incapazes de manipular sua percepção. E, se depender de mim, nunca mais serão capazes de alcançá-la novamente.

– Esta cidade é a personificação do tedioso – ela diz. – De verdade. Não sei como aguentam.

– Não é tão chata assim. – Um sorriso brinca com o canto dos lábios de Xotichl enquanto ela inclina a cabeça na direção da minha. – Só parece ser assim à primeira vista.

Lita ergue a sobrancelha, sem concordar com nada. Mas ela não sabe sobre o viveiro de atividade sobrenatural que fermenta bem sob a superfície. E, com um pouco de sorte, continuará sem saber.

– Até agora, nunca tive um lugar para chamar de lar. E, mesmo que não seja o tipo de lugar com o qual sonhei, não é tão ruim – digo, meu humor ficando sério novamente, enquanto a verdade completa das minhas palavras cai sobre mim. Por mais sombria que esta cidade seja, não há como negar o fato de que alguns dos meus momentos mais preciosos ocorreram aqui. Farei qualquer coisa para defendê-la. Só espero ter êxito. Puxo um travesseiro para meu colo e o abraço com força contra o peito.

– Você diz isso porque está apaixonada. – Lita olha para mim e para Xotichl. – Tudo parece melhor quando você se apaixona perdidamente por alguém. É só quando a mágica acaba e, acredite em mim, ela *sempre* acaba, quando você finalmente olha para trás e diz: *que raios eu estava pensando?* – Ela pega uma costura solta da barra de seu suéter justo com gola V. – Ou talvez isso só aconteça comigo. – Ela suspira, permitindo que suas mãos caiam em seu colo. – Talvez eu esteja só aborrecida depois de desperdiçar minha juventude inteira com Cade Richter.

– Tenho certeza de que ainda resta muita juventude em você – Xotichl ri. – Você não é oficialmente velha até os vinte e cinco, certo? – Ela se encosta em mim, buscando confirmação.

– Na verdade, ouvi dizer que os quarenta são os novos vinte e cinto. Então, se esse é o caso, Lita tem montes de anos de juventude pela frente.

– Que bom – Lita geme. – Décadas de encontros ruins se desdobrando diante de mim... que alegria. – Ela enche a palma da mão com um punhado do seu cabelo e procura pontas duplas. – É fácil para vocês rirem já que obviamente nunca terão que se preocupar com isso. Vocês já *viram* o jeito como Auden olha para Xotichl? – Ela solta os fios e se afunda em seu assento. – É praticamente a epítome do que toda garota sonha. E claramente deve haver muito mais em Dace do que o olho pode ver. – Ela me lança um olhar culpado e logo se corrige. – Bem, é claro que há. Falando de forma objetiva, se nunca tivesse conhecido seu bizarro irmão gêmeo, eu poderia estar disposta a admitir que ele é bonito. Talvez até gostoso. Puxa, todo mundo parece pensar dessa maneira, então deve haver algo. Mesmo assim, o espectro malvado de Cade atrapalha tudo. Então, no fim, terei que acreditar em sua palavra sobre isso.

– De qualquer modo – Xotichl incita, sabiamente afastando o assunto de todas as coisas relacionadas a Cade. – Qual era a segunda questão?

– Ah, não sei. – Lita dá de ombros, ainda mergulhada na profunda decepção por causa da falta de garotos bonitos na cidade. – Ia perguntar que outras pessoas famosas Daire tinha beijado, mas depois de ouvir sobre Will Harner, acho que isso pode esperar... – Seu olhar vai até minha cômoda e, no momento seguinte, ela está em pé de um salto, pegando a foto de Django na moldura de prata. – Quem é esse bonitão? – pergunta.

– É meu pai – digo, caindo na gargalhada quando vejo o olhar chocado em seu rosto.

– Claramente preciso de um namorado – ela repõe a foto, estremecendo de vergonha pelo engano. – Ou, no mínimo, de um encontro. Cobiçar o pai dos outros é realmente um mau sinal, não é?

– Ele tinha dezesseis anos na foto. Então a idade é totalmente apropriada – digo para ela. – Além disso, acho que ele ficaria lisonjeado.

Ela faz uma cara de ânsia, relutante até mesmo em contemplar uma coisa dessas. Então agarra meu braço e me tira da cama.

– Vamos – diz. – Vá se vestir, vamos sair.

– Para onde?

– Para a Toca do Coelho – Xotichl sorri. – Para onde mais?

– É por isso que estamos aqui. – Lita me arrasta até a frente do meu guarda-roupa. – É uma tradição em Encantamento ir para lá na véspera de Natal e ficar até depois da meia-noite.

– Será que toda data comemorativa gira ao redor da Toca do Coelho? – Meu olhar se desloca entre elas, sem partilhar o que realmente penso: isso tudo vai funcionar perfeitamente, como se estivesse destinado a ser. Primeiro irei à Toca do Coelho, depois encontrarei um jeito de me livrar dos meus amigos e alcançar o vórtice e finalmente confrontarei Cade de uma vez por todas.

– Basicamente. – Xotichl dá de ombros, enquanto Lita começa a remexer minhas roupas. Escolhe uma das blusas novas que Jennika me deu e que ainda não usei.

– Vista isso. – Ela a joga para mim. – E enrole seu cabelo como fez na minha festa. Você estava realmente muito bonita naquela noite.

– Nunca vou conseguir reproduzir aquele visual. Minha mãe é quem tem habilidades para transformações loucas, não eu.

– Talvez – Lita diz. – Mas não se esqueça que sua mãe me ensinou alguns truques. E depois de muita prática, estou ficando muito boa. Então vamos, se troque e depois me encontre em seu banheiro. Você tem um horário marcado com o *babyliss* e com um tanto de delineador

trinta e nove

Dace

Depois de dar uma passada em meu apartamento e vestir um jeans e um suéter, vou para a Toca do Coelho. Pretendo pegar o pagamento que me devem antes de ir para o Mundo Inferior para um *round* final com Cade.

Ou, pelo menos, é a mentira que conto a mim mesmo.

A verdade é que também espero ver Daire.

Espero que Lita e Xotichl a tenham convidado para participar da tradição da véspera de Natal em Encantamento.

O breve tempo que passamos juntos através do corvo me deixou ansioso por mais. E ainda que diga a mim mesmo que estarei satisfeito com um vislumbre, apenas com um rápido olhar antes que siga meu caminho – no segundo que a vejo se dirigir para a entrada, com o cabelo reluzente e enrolado, os olhos brilhantes e felizes enquanto anda ao lado de Lita e Xotichl, fica claro que um mero olhar nunca será o suficiente.

Quero dividir o espaço em que ela está – respirar o mesmo ar.

Quero senti-la em meus braços – me render à doçura dela.

Ela entra no clube com as amigas enquanto me obrigo a ficar parado – garantindo minha entrada com algum intervalo depois da dela.

Por mais doce que tenha sido, sua visita através do corvo foi perigosa. Até que eu execute meu plano, não há sentido em persegui-la. Nenhum sentido em fortalecer Cade mais do que já fizemos.

Mesmo assim, isso não impede meus olhos de devorarem avidamente cada centímetro quadrado, o mantra sussurrado de *logo* brincando entre meus lábios.

Logo estaremos juntos.

Logo ela estará ao meu lado.

Quando tempo suficiente passa, me aproximo do segurança, recusando aquele ridículo carimbo de coiote vermelho que ele tenta marcar em minha pele, e me dirijo para o clube. Ignoro o bar onde todos se reúnem e vou para os escritórios no fundo, onde fico parado diante da porta fechada de Leandro. Quando ergo o punho e estou prestes a bater, escuto um par de vozes zangadas escoando através da madeira.

Pressiono meu ouvido contra o batente, a fim de escutar Leandro repreendendo Cade de um jeito que nunca tinha ouvido.

– Volto para a cidade para encontrar *isso*? – Uma mão bate com força na escrivaninha.

A mão de Leandro.

A escrivaninha de Leandro.

– Que raios você está fazendo? Perdeu completamente o juízo?

– Se me deixar explicar... – a voz de Cade é alta, mas Leandro fica impassível com seu tom de voz.

– Explicar o quê? Que está destruindo nossa riqueza sozinho? Arriscando tudo o que trabalhei minha vida inteira para acumular?

– Mas esse é o negócio... essa turmalina... – Cade começa, sem conseguir ir muito longe antes que Leandro o interrompa.

– Acha que não sei sobre a turmalina? O que há de errado com você? Estivemos acumulando-a por anos. Como acha que aquelas minas apareceram lá? Cada vez que invadimos o Mundo Inferior, pegamos o que podemos e guardamos para vendas futuras. Sua raridade é o que garante o preço. É a filosofia por trás de qualquer item de luxo não essencial. Você sobe o preço bem além de seu valor... solta um suprimento bem limitado... e, antes que perceba, todo mundo está clamando por um pedaço. Acreditando que podem exaltar a si mesmos meramente por possuir aquela coisa que todo mundo quer mas poucos conseguem. Mas agora você chega e, de modo ignorante, inunda o mercado de turmalina... efetivamente derrubando o preço e quase estripando nossa riqueza! Tem alguma ideia do dano que causou?

– Você está errado – a voz de Cade é presunçosa e segura. – O dinheiro está jorrando. E não há nenhuma despesa. A mão de obra é grátis! Estou surpreso que não possa ver o quanto meu plano é brilhante. Está dando tudo certo, pai. O Mundo Inferior está corrompido, e logo os mundos Mediano e o Superior o seguirão. E com o dinheiro entrando, e as pessoas deixadas sem orientação, não demorará até que governemos tudo. Apenas dê tempo... você verá.

– A mão de obra é *grátis*? É isso que você pensa? – Leandro solta um som de extrema exasperação. – A Toca do Coelho é um bar, Cade! E o sucesso desse bar depende do número de bêbados que aparecem a cada dia. Bêbados que, como vim a descobrir, você sequestrou para seus propósitos ridículos. Ou seja, você não só está afundando o comércio de turmalina, como também está levando o bar junto.

– Mas, pai...

– Me escute... você vai parar com esse disparate imediatamente. Você não só destruiu o valor da pedra de um jeito que levará anos para recuperar, mas, se não colocar um fim nisso agora mesmo, vai destruir o próprio valor desta cidade. Tem alguma ideia do quão duro trabalho para nos manter fora do radar? Tem alguma ideia de por que faço isso? Não se iluda achando que está muito na minha frente porque suas ambições são maiores... quando, na verdade, está trilhando um caminho de destruição que nunca serei capaz de consertar. A última coisa de que precisamos é que os olhos do mundo se voltem para Encantamento. Mas com a população diminuindo, quanto tempo acha que poderemos manter esses desaparecimentos longe das notícias? Há fotos de desaparecidos coladas por todo o beco. E tudo isso por causa do seu plano ridículo, imaturo e mal concebido!

– Mas, pai, se eu pudesse...

– Vá!

– O quê? – A voz de Cade cai para algum lugar entre um gemido e um choramingo.

– Agora! Vá! Saia do meu escritório, da minha vista. E não volte até ter limpado toda essa bagunça.

Um rosnado baixo começa. O som assustador e familiar é interrompido pela voz de Leandro.

– Aliás, nem pense em se transformar diante de mim ou de qualquer outro. Você já causou desgosto demais por uma noite. Controle-se.

A porta se abre de supetão, mas não antes que eu me esconda na escuridão e pressione meu corpo contra a parede. Passo despercebido enquanto

Cade irrompe para fora do escritório, tão consumido pela ira que seu corpo todo treme de raiva.

Ele luta contra isso. Tenta impedir. Conter. Se não por outra razão, para aplacar Leandro.

Mas ele já foi longe demais. A mudança está tão arraigada que não está mais sob seu controle.

Mal percorreu metade do corredor antes que se torne a besta que conheço bem.

A besta que eu esperava ver.

Encaro fixamente suas costas, estreitando meu foco até me projetar para dentro da pele dele. Faço o pulo da alma do jeito que Pé Esquerdo me ensinou. Investigando suas profundezas e explorando cada faceta escura, cada canto coberto de sombra. Até que fico boquiaberto de espanto com o estado triste e miserável de sua alma.

É guiado por seu lado mais primitivo, o desejo desenfreado de matar e prejudicar, conquistar e consumir – ao primeiro olhar, ele parece animalesco – como qualquer besta. Embora um olhar mais profundo revele uma busca louca por exaltação pessoal e gratificação do ego que o torna perigosamente humano.

Prossigo com a visita – persistindo, esticando, me sentindo em casa em sua pele. Exploro a crueza de sua raiva, o âmago de sua malevolência, a brutalidade nua que dirige todas as suas ações. E, apesar da minha repulsa inicial, apesar da aversão completa por tudo o que vejo, não perco tempo em reivindicar um pedaço considerável daquela escuridão para mim. Preciso examiná-la – entendê-la –, a fim de conquistá-la.

Meu corpo se tenciona contra, luta para rejeitar, para cortar nossa conexão. Mas minha vontade de possuir o poder do meu irmão, de sentir sua maldade fluindo dentro de mim, prevalece. E quanto mais fico, mais sou capaz de reivindicar, até que o aumento de sua força revela uma verdade que eu podia ter adivinhado antes.

Assim como ele é capaz de tocar no amor por Daire que me guia, posso tocar no mal puro que o conduz. E é exatamente o que faço. Absorvo tudo o que posso, bem ciente de que o poder que eu roubar é o mesmo poder que meu irmão não poderá usar contra Daire.

Meu corpo convulsiona. Meu sangue ferve violentamente em minhas veias, ardendo, queimando e cozinhando minhas entranhas, deixando pústulas horríveis em minha pele. A dor é tão pungente que cambaleio para a frente, segurando a mim mesmo pela cintura. Ofegante e tremendo, incapaz de impedir minha respiração de ficar muito rápida e agitada, fecho os olhos e espero que passe. Estou comprometido a suportar isso o máximo de tempo possível. Não tenho planos de me render. Com o poder do meu irmão agora se agitando dentro de mim, meu plano original mudou. Em vez de roubar seu poder e enfraquecê-lo, usarei o que conseguir para destruí-lo.

O aviso de Pé Esquerdo é um eco fraco em minha cabeça: *Você nunca deve abusar desse dom. Jamais. Não posso enfatizar isso o bastante. Você só deve usar esse dom se, e somente se, achar que deve. Antes deve esgotar todas as outras opções. Deve ser o último recurso.*

Isso *é* um último recurso. A única opção real que restou.

A única maneira de dominar Cade é reivindicar um pedaço de Cade – tornar-se Cade –, ainda que temporariamente.

É como a lição que Pé Esquerdo não quis partilhar comigo: *Algumas vezes você deve se aventurar na escuridão para trazer à tona a luz.*

E isso é exatamente o que estou fazendo. É o toque final na escolha que fiz na tenda de meditação. Arriscando-me na escuridão para salvar Daire – a luz da minha vida.

É um risco.

Um que coloca minha própria alma em jogo.

Mesmo assim, não há preço alto demais para salvar Daire.

Além disso, não tenho intenção de perder.

Assim que estiver feito, expulsarei a sombra do meu irmão e retornarei para mim mesmo.

Só que melhor.

Mais puro.

Pois terei confrontado o pior dos homens e vivido para contar a história.

Levanto a cabeça, observando enquanto meu irmão caminha em direção ao vórtice. A visão faz meu sangue esfriar, meu pulso se regula, e quando ele atravessa a parede, nossa conexão é perdida.

Exceto pelo pedaço dele dentro de mim.

Fico parado diante da porta de Leandro, tomando alguns momentos para me centrar. E quando volto a ser o Dace que todo mundo conhece e espera, ou pelo menos na superfície de qualquer maneira, empurro a porta e tomo o lugar do meu irmão diante da escrivaninha de Leandro.

quarenta

Daire

– O que é isso? – Paro um pouco antes da entrada. Espio pelo beco para a multidão parada diante de uma parede recoberta com fotos, com velas cônicas tremeluzentes nas mãos.

– Uma vigília à luz de velas pelos desaparecidos – Lita termina as palavras com um gemido. – Como se essa cidade já não fosse deprimente o bastante.

Olho para as fotos, reconhecendo muitos dos rostos da falsa feira de empregos de Cade, enquanto Lita conduz Xotichl e a mim para dentro do clube e longe da multidão. Entrando em sua rotina normal de sorrisos, acenos e beijinhos no ar, ela se vira para nós com voz zombeteira e diz:

– Oi-oi! Beijo-beijo! Tchau-tchau! – ela franze o cenho e balança a cabeça. – O que eu sou? Um maldito trem da alegria? – Espiando Jacy e Crickett sentadas no lugar de sempre, ela propositalmente se vira para o lado oposto. – Não posso mais fazer isso. Não posso continuar. Estou tão enjoada dessa cena que, pela primeira vez, estou realmente considerando uma aposentadoria precoce. Se Phyre está tão ansiosa por tomar meu lugar, que tome. Ela pode ser a nova rainha, não estou nem aí.

– Tem certeza de que quer desistir da coroa? – Xotichl provoca. – Sem nenhum tipo de disputa?

– Ser popular suga todas as suas energias. – Lita suspira. – Você não tem ideia. Eu literalmente conheço essas pessoas toda a minha vida, mas ainda tenho que agir como se estivesse superfeliz cada vez que as vejo. Se pelo menos chegassem mais alguns estudantes novos em Milagro... alguns que *não* fossem garotas... eu poderia reconsiderar. Mas olhe para eles... – Ela acena na direção de um grupo de garotos partilhando a mesma mesa de Crickett e Jacy. – Já beijei cada um desses idiotas, e acreditem em mim quando digo que eles gostaram muito mais do que eu. – Ela faz uma careta, virando-se para mim. – Se você for a Los Angeles visitar Jennika, tem que prometer que vai me levar com você. É sério. Vou me agarrar à sua bagagem de mão... e não estou brincando. Pense nisso como uma missão de resgate. Só você poderá me salvar do risco muito real de morrer de tédio.

Tento imaginar Lita em Los Angeles, decidindo que ela provavelmente fosse gostar tanto que eu teria de voltar para Encantamento sem ela.

– Podemos passar nossos dias fazendo compras e indo para a praia, e à noite você pode me levar a todos os *points* das celebridades. Que tal?

– É melhor na sua cabeça do que na realidade – digo, meu olhar vagando, à procura de Cade, mas avistando rapidamente Dace. E ainda que esteja feliz em vê-lo bem, o fato de ele estar aqui não se encaixa bem em meus planos. Agora, mais do que nunca, preciso alcançar Cade antes que Dace possa levar adiante o esquema que insinuou.

Me obrigo a desviar o olhar e me concentrar em minhas amigas, sabendo que é melhor do que manter minha atenção em Dace. Embora, no momento seguinte, Lita bata em meu ombro e diga:

– Ah, talvez você queira acabar com aquela festa ali. Minha confiança naquela garota é tão grande quanto a distância que consigo arremessá-la.

Ela aponta o lugar em que Dace estava parado sozinho há alguns segundos, só que agora Phyre está com ele. Se aproximando dele. Preenchendo o espaço dele. Sem parecer notar ou se importar que ele se inclina para trás, propositalmente saindo de seu alcance. E ainda que parte de mim queria marchar diretamente para lá e exigir saber qual é a dela, a outra parte, a parte mais esperta, fica enraizada no lugar.

– É sério. – Lita me cutuca, um pouco mais forte desta vez. – Não vai fazer nada para impedi-la de roubar seu homem? – Ela me lança um olhar ultrajado. – Por que está agindo de modo tão passivo? Não entendo. Essa não parece você.

Estou prestes a responder, quando Xotichl fala por mim.

– Você não pode *roubar* outra pessoa, Lita. Eles podem ir por vontade própria ou não. E se forem por vontade própria, então boa viagem... você está melhor sem eles.

Os olhos de Lita se estreitam, pesando as palavras de Xotichl enquanto brinca com seu *piercing* no buço, e eu me obrigo a olhar para qualquer outro lugar exceto para Dace. O que quer que ele e Phyre estejam discutindo não é da minha conta.

– Ok – Lita diz. – Mesmo se Xotichl estivesse certa... e eu completa e relutantemente admito que está... não há dúvida de que Phyre está caçando furtivamente. E acho que ela precisa saber que você já sacou qual é a dela e que isso não é nem correto nem adequado. O mundo é duro lá fora, e nós, garotas, precisamos ficar juntas. Temos que parar com as traições, fofocas e competições pelos garotos, como se eles fossem algum tipo de maldito prêmio.

– Você progrediu muito – observo, sarcástica, lembrando o quão mal ela me tratou em meu primeiro dia na escola.

– Sim, progredi – ela me lança um sorriso com os lábios fechados. – E agora que você sabe, se não for até a senhora Phyre Sanguejovem e repetir tudo o que acabo de dizer, eu farei isso por você com prazer.

Balanço a cabeça e permito que meu olhar vá até Dace por um momento. Longo o suficiente para captar um pouco de seu calor, antes de desviar o olhar e dizer:

– As coisas estão complicadas com Dace...

– Eles estão dando um tempo – Xotichl interrompe, fornecendo a verdade que é muito dolorosa para eu admitir.

– O quê? Quando exatamente isso aconteceu? Quer dizer que nós duas estamos solteiras agora? Isso significa que estou competindo contra *você*?

– Competindo pelo *quê*? – Xotichl pergunta. – Você acabou de dizer que as garotas têm que parar de competir pelos meninos. Também disse que não há um único garoto interessante nesta cidade.

– É verdade. – Lita se vira para encarar Xotichl. – E fui sincera em cada palavra. O que posso falar? Às vezes eu atraso um pouco para colocar minhas palavras em prática. Além disso, a coisa toda é irrelevante. Você ficou com o único cara que vale a pena por essas partes. Por falar nisso, onde está Auden?

Xotichl inclina a cabeça para o lado.

– Acaba de chegar.

Lita e eu olhamos para a porta, onde, certamente, Auden está parado, vasculhando o salão à procura de Xotichl.

– Como você faz isso? Como ela faz isso? – Lita olha entre nós duas, mas apenas dou de ombros em resposta. Estou ocupada demais me forçando a não ficar obcecada com Dace.

– Estou aqui para receber a aposta. – Auden diz, fazendo seu caminho em direção a Xotichl. – A menos que algo drástico ocorra nas próximas horas, o máximo que podemos esperar é um Natal *molhado*, não um Natal *branco*.

– Ah, homem de pouca fé. – Xotichl sorri. – Você não sabe que não acaba até que a gorda senhora cante e a coisa branca caia do céu?

Olho para eles. Mal sou capaz de acreditar que estive tão ocupada tentando encontrar respostas no códice, tentando rearranjar a profecia em minha cabeça e conseguir fazer algum tipo de plano, que me esqueci da neve.

Me esqueci da única coisa que ainda – talvez – está sob meu controle.

– Já volto! – Me viro e começo a me afastar de meus amigos.

– Aonde você vai? – Lita pergunta, enquanto o rosto de Xotichl se enruga de preocupação.

– Vou dar a Xotichl seu Natal branco. – Corro em direção à saída, deixando Lita, Xotichl e Auden encarando minhas costas.

quarenta e um

Dace

Mal atravesso metade do salão antes que Phyre me encontre. Como se ela estivesse empunhando algum tipo de radar invisível programado para monitorar só a mim.

Ela brota das sombras, fica parada diante de mim e diz:

– Oi, Dace – sua voz é suave, o sorriso bonito.

Mas é o bonito errado.

Não é o bonito que busco.

Aceno com a cabeça em cumprimento. Começo a me afastar. Sou detido pelos dedos dela rodeando meu pulso enquanto ela me puxa de volta.

– Podemos conversar?

Fecho os olhos. Procuro uma maneira gentil de dizer a ela para parar de pensar em mim. Para parar de me perseguir. Para deixar o passado onde ele deve ficar – morto e enterrado.

Abro meus olhos novamente e me pego encarando Daire do outro lado do salão, determinado a não querer deter o olhar agora que a encontrei.

– Você está sempre com pressa. Nunca tem tempo para mim. – Phyre me puxa pelo braço. Ela usa a ponta da unha para traçar leves círculos sobre minha pele, em uma tentativa desesperada de chamar minha atenção.

Afasto meu olhar de Daire e foco em Phyre.

– Não há nada que conversar – eu me liberto de suas mãos.

– Você diz isso... mas como pode ter certeza? – Ela inclina a cabeça de lado, permitindo que alguns cachos caiam sobre seu rosto. É um movimento bem ensaiado, exagerado. – Para começar, não está curioso em saber por que voltei?

Lanço-lhe um olhar paciente, esperando que isso ajude a acelerar as coisas.

– Não é por acaso, você sabe.

– Se a memória não me falha... nada do que você faz é por acaso – digo, lembrando de todas as vezes aleatórias que parecia acontecer de ela estar no mesmo lugar que eu. Como levou um tempo para perceber que não havia nada de aleatório naquilo. Não que eu me importasse. Eu estava simplesmente feliz por ser notado por uma mulher que não fosse minha mãe. O fato de Phyre ser tão bonita era apenas um bônus.

– Você sempre foi tão quieto, tão introspectivo. Não foi fácil chamar sua atenção.

– Mas você conseguiu, não foi? – Meu olhar encontra o dela, e quando a vejo vacilar, fico surpreso em descobrir que gosto disso, o que não é nada do meu feitio. Deve ser aquele pedaço de Cade estabelecendo sua influência lembrando-me de que não sou mais o cara que costumava ser.

– É verdade – ela diz, os ombros se levantando. – O que posso dizer? Quando coloco a vista em algo ou alguém, eu geralmente... Geralmente não. Eu *sempre* consigo o que quero.

Seu olhar é franco. Direto. Um desafio que não pretendo negar ou aceitar. Em vez disso, encaro-o com um rosto tão impassível que não transmite nada.

– No final das contas, consegui você, não foi?

Meu olhar passa sobre o dela, permitindo-me embarcar em alguns clipes da roda da memória.

Fugimos para longe dos olhos curiosos de nossos pais, em busca de alguns momentos de glória sob um manto de estrelas... um primeiro beijo – os lábios dela determinados e seguros, os meus ávidos e inexperientes... um primeiro sentimento – minha falta de jeito superada pela proficiência surpreendente dela... outro primeiro – aquele que ela insistiu –, embora não possa dizer que não estava disposto... e, logo depois disso, eles se foram.

Interrompendo o filme que passa em minha cabeça, encontro seu olhar e digo:

– Temporariamente. Por um curto tempo, eu teria seguido você para qualquer lugar.

– Pode ter sido curto, mas valeu totalmente a pena. E eu estava disposta a aceitar qualquer migalha que você jogasse em meu caminho.

– Tem certeza disso? – Busco uma lembrança totalmente diferente. Uma na qual ela me manipulou para querê-la, para precisar dela, tê-la. E, então, *bum*! Logo depois fico sabendo que sua família fez as malas e partiu e nunca mais foi vista ou se teve notícias dela. A única coisa que me surpreendeu foi como me recuperei rápido. Pensei que fosse doer mais do que doeu. Foi por causa dela que aprendi a diferenciar desejo de amor. Um pouco depois, fiz um trato comigo mesmo para nunca me contentar com menos.

– Não foi por culpa minha que nos mudamos. – Ela faz uma defesa brincalhona. – Mas, só para você saber, agora que estou de volta, não estou disposta em me estabelecer novamente. Ainda que seja meio constrangedor admitir, a verdade é que nunca parei de sentir sua falta. Nunca parei de pensar em você. – Ela faz um pausa, permite que sua língua cruze os lábios, deixando-os brilhantes e molhados. – Nunca desisti de você.

Passo a mão pelo queixo, decidindo que a honestidade brutal é a única maneira de acabar com isso.

– Phyre, você era jovem e estava triste. Tinha acabado de perder sua mãe e estava procurando um jeito de se sentir melhor... um jeito de se sentir viva... e calhou de eu estar ali. Foi só isso que aconteceu. Não romantize, não tente transformar em algo que não aconteceu.

– Engraçado, não me lembro de ter sido assim.

Balanço a cabeça, tentando desviar o olhar, mas logo percebo que ela está agarrando meu pulso novamente. Seus lábios abertos de leve, pairando a poucos centímetros dos meus. Sua determinação é tão firme que ela mal reage quando digo:

– Não faça isso.

– Fazer o quê? – Seus dedos formam círculos, sua boca se inclina em direção à minha.

– Não me obrigue a dizer coisas que você não quer ouvir.

Ela solta meu braço, lança um olhar na direção do extremo oposto do salão, o lugar em que Daire está.

– Como o quê? Que está apaixonado pela Buscadora?

Franzo o cenho, sem gostar do som daquilo vindo dela.

– O quê? Acha que não sei quem ela é? Acha que não vejo todos os sinais? – Ela olha para mim, por detrás de uma grossa camada de cílios, falando com uma voz que se tornou gutural e baixa. – Você não é o único que cresceu cercado por misticismo. Ao contrário do resto dessas pessoas, meus olhos nunca estiveram fechados para a verdade desta cidade.

– O que você quer? – Meu tom de voz é impaciente, cansado desse joguinho. Definitivamente não é só atrás de mim que ela está. Sempre há um motivo a mais para Phyre estar metida em algo.

– Quero a mesma coisa que você. – Seus ombros sobem e descem, abandonando todas as tentativas de flerte e fingimento.

– Duvido – murmuro, dando-lhe as costas. Tolerei seus jogos manipuladores mais do que o suficiente.

– Isso quer dizer que você *não* quer ver Cade morto? – ela inclina a cabeça, enterra a ponta da língua no canto dos lábios, desafiando-me com o olhar.

Um olhar que retribuo por muito tempo.

Ainda que as palavras sejam certas – a energia é errada.

Considero um salto de alma. Prometendo a mim mesmo ser breve. Mas desisto com a mesma rapidez. Não posso me dar ao luxo de fazer nada que possa comprometer o trabalho que já fiz. Além disso, tenho quase certeza de que não haverá muito para se ver. É óbvio que ela andou escutando fofocas. Acha que afirmar partilhar meu ódio recente por Cade é um jeito certo de me conquistar.

– Não tenho ideia do que você está falando – falo para ela e desta vez consigo ir embora.

Meus olhos encontram brevemente os de Daire enquanto me encaminho para a porta. Um erro que não devia ter cometido. Saber que não posso cruzar o salão para ficar com ela faz com que me sinta mais isolado do que nunca.

Coloco as mãos no bolso e saio do clube. Avançando contra o véu de garoa constante enquanto me dirijo para o antigo alambrado, buscando garantia naquele pequeno cadeado dourado.

Preciso ver que o símbolo do nosso amor ainda está lá onde o deixamos – mais forte do que as forças empenhadas em destruí-lo.

Preciso de um último lembrete antes de encontrar Cade.

quarenta e dois

Daire

Escapo pelo beco, me esgueirando entre a multidão que participa da vigília, e sigo em direção a um lugar nos fundos onde ninguém possa me ver enquanto seguro minha algibeira com força e invoco os elementos. Convocando o Ar, o Fogo, a Água e a Terra, entoo suas canções individuais em voz baixa e imploro por sua ajuda. Suplico a cada um deles por esse pequeno pedido. Que concedam a bênção de um Natal com neve para uma cidade sitiada e para seu povo que, por causa dos meus fracassos – meu fracasso em sacrificar a alma de Paloma, meu fracasso em expulsar todos aqueles Richter do Mundo Inferior –, sofreu muito mais do que alguém por direito deveria.

Uma rajada de vento chicoteia meu cabelo. Uma onda de chamas perfaz um caminho perto dos meus pés, deixando uma trilha de terra recém-queimada.

Embora a promessa de neve seja logo frustrada quando a garoa leve e constante aumenta até se tornar uma chuva pesada.

Dou um suspiro de frustração. Enterro o rosto nas mãos enluvadas. Relutante em entrar novamente no clube e encarar meus amigos, me dirijo para o alambrado. Esperando levantar meu espírito confirmando que o cadeado ainda está ali, dou a volta na esquina só para, em vez disso, encontrar Dace. Uma mão agarrando o cadeado, a outra tateando a chave pendurada em seu pescoço.

Meus joelhos ficam débeis, dobrando-se sob mim.

Minha mão instintivamente vai até meu peito, como se para manter o coração enjaulado, para impedi-lo de saltar para fora da minha carne.

Enquanto meus olhos permanecem fixos naquilo que eu jamais esperaria ver.

Dace – segurando o cadeado – empunhando a chave.

Dace desistindo de nós – desistindo de mim.

Ele se vira, sentindo minha presença enquanto seus olhos se iluminam de encontro aos meus. Um olhar em meu rosto agoniado é o suficiente para fazê-lo derrubar a chave, largar o cadeado e chamar meu nome – mas já fui embora.

Já lhe dei as costas.

Vislumbro Phyre observando das sombras, os olhos estranhos e brilhantes enquanto encaram os meus.

Me viro em sua direção. Decido que Lita está certa, que é hora de confrontá-la, exigir saber qual é a dela – o que ela quer. Mas, assim que a alcanço, a chuva para e se torna algo diferente.

Algo mais leve.

Mais seco.

Algo que pousa como pequenos flocos brancos sobre meus pés.

Levanto o queixo, fecho os olhos e permito que caiam levemente sobre meu rosto.

Meu coração se ergue em triunfo – sabendo que fiz isso, que sou a responsável. É por minha causa que está nevando!

Gritos animados reverberam ao meu redor, enquanto o clube se esvazia e todos seguem para o beco, lotando a rua. Multidões se empurrando, ansiosas para chegarem primeiro – para tomarem parte do milagre, do meu milagre, aquele que eu fiz. Vozes sobrepostas dizem:

– Neve! Está nevando! Você *tem* que ver isso!

Me viro, procurando Dace, precisando ver a reação dele. Encontro-o ainda parado ao lado do alambrado com as mãos espalmadas diante de si, recepcionando os brilhantes flocos brancos que caem sobre seu corpo.

Seu queixo se levanta, o olhar fica mais sombrio, enquanto ele faz sinal para mim – induzindo-me a ver o que ele vê.

Não é o que pensamos.

Neve é fresca. Pura. Molhada.

Não borra.

Não deixa um rastro de carvão quando esfregada.

Só cinzas fazem isso.

Olhamos um para o outro, separados por um manto de cinza branca caindo de forma constante entre nós, e um monte de pessoas ansiosas em testemunhar um milagre que é, na verdade, uma maldição. Dançando e rodopiando sob o dilúvio, sem perceber que entenderam tudo errado.

Sem perceber que estão sob o domínio de algo muito mais sombrio, muito mais sinistro do que jamais poderiam conceber.

A terra começa a tremer enquanto aqueles mesmos flocos de cinzas se tornam uma torrente de chamas que cai do céu.

É a profecia ganhando vida, exatamente como o códice previu:

O outro lado da meia-noite faz um arauto tocar três vezes
Vidente, Sombra, Sol – juntos eles vêm
Dezesseis invernos portanto – a luz deve ser eclipsada
Deixando a escuridão ascender sob um céu que sangra fogo

Ao meu redor, os gritos de animação rapidamente se transformam em gritos de medo, enquanto a multidão luta para se proteger, para forçar o caminho para dentro. Eles me obrigam a abrir caminho entre eles, tendo esquecido minha necessidade de confrontar Phyre, enquanto saio em busca de meus amigos. Aviso Xotichl, Lita e Auden para fugir, para encontrar um jeito de saírem daqui – para irem o mais longe possível deste lugar.

– E quanto a você? – O rosto de Xotichl empalidece enquanto seus dedos seguram minha manga, entendendo muito bem o que isso quer dizer.

– Vou deter isso. Consertar isso. Nem que seja a última coisa que eu faça.

Me liberto de sua mão, ciente de sua voz me chamando, mas incapaz de distinguir as palavras enquanto corro em direção ao vórtice.

quarenta e três

DACE

– O que você fez com ela? – agarro Phyre pelos ombros, exigindo uma resposta. Da última vez que a vi, Daire estava parada diante dela, e agora ela desapareceu.

Phyre sorri, seu olhar pesado e vidrado.

– Não fui eu. Juro – ela diz, a voz adotando um tom tão estranho que não tenho ideia de como interpretar suas palavras.

– Para onde ela foi? – minha própria voz é frenética, determinada. Tenho certeza de que ela desempenha algum papel sinistro nisso, não importa o quão louco pareça. Mas ela permanece apoiada em minhas mãos, observando de maneira sonhadora a noite forjada em chamas.

– Está começando – ela sussurra. – Os Últimos Dias estão aqui. Este é um dos sinais.

Reviro os olhos. Aperto meus dedos contra sua carne, esperando despertá-la de seu transe.

– Isso não existe. Seu pai é louco. – Mas minhas palavras permanecem sem serem ouvidas, ela está fascinada por um céu que sangra fogo.

– Tentei avisar você. Tentei falar com você. Lembrar você do que partilhamos uma vez... se pudesse ver o que vejo... saber o que sei. – Seu olhar é inacessível, sua voz cansada, derrotada. – Mas você não quis ouvir, e agora isso... – Ela aponta para o caos ao nosso redor. – Agora é tarde demais para qualquer um de nós.

Aperto seus ombros com mais força, procurando por algum indício da garota que certa vez conheci. Uma garota triste, bonita e complicada, com um louco profeta apocalíptico como pai. Uma garota que perdeu a mãe muito jovem – uma mãe que desapareceu sem deixar rastros, sem o corpo nunca ter sido encontrado. Uma garota com quem certa vez me importei, ainda que por um breve período.

– Venha comigo, Dace – ela tenta focar em mim. – Meu pai nos ajudará. Nos salvará. Ele sabe exatamente como sobreviver a isso.

– Seu pai não pode ajudar ninguém – eu a recordo, mas só de olhar para seus olhos sei que minhas palavras falharam em penetrar seus ouvidos. Mesmo assim, não posso deixar de aconselhá-la. – Vá embora daqui. Vá até a casa de Pé Esquerdo... Ele cuidará de você.

Quando ela não se move, quando não reage de nenhum jeito, desisto e vou em busca de Daire. Imagino que há apenas um lugar onde ela pensaria em ir dadas as circunstâncias, e me xingo por não ter ido para lá antes. Foi por isso que vim até aqui.

Corro pelo clube. Ignoro os gritos de Leandro, pedindo ajuda, enquanto luta para se libertar de uma estante caída sobre ele. Muito consciente da terra sacudindo violentamente enquanto rajadas de fogo irrompem por todos os lados.

Consciente de que a profecia começou sem mim – forçando-me a alcançá-la.

Atravesso o vórtice – notando que não há demônios à vista –, faço meu caminho pela caverna – agora completamente destruída, certamente resultado da fúria de Cade –, e então pelo vale de areia, procurando Daire durante todo o percurso.

Ela está lá.

Em algum lugar.

À caça de Cade.

Eu rezo para encontrá-lo antes.

quarenta e quatro

Daire

Rolo até parar, salto sobre meus pés e dou uma rápida olhada ao redor. Fico satisfeita em descobrir que aterrissei não muito longe da mina.

É a primeira vez que consigo acertar assim.

A primeira vez que sou capaz de declarar um ponto de entrada e realmente me encontrar nele.

Um bom presságio, sem dúvida.

Espero que mais o sigam.

Fico abaixada, os joelhos levemente dobrados, as mãos flexionadas e prontas. Tomo alguns segundos para me ajustar ao ritmo do solo rugindo precariamente sob mim – uma longa sequência de tremores secundários vindo em rápida sucessão. Embora, felizmente, sua intensidade diminua cada vez mais.

Bom presságio número dois?

Aproveitarei tudo o que puder.

Um som crescente de gritos vem da mina. Os prisioneiros, aparentemente não mais enfeitiçados pelos Richter, lotam a boca do poço em uma tentativa de se libertar. Seus corpos enfrentando um exército de guardas mortos-vivos que os empurram com força e os jogam de volta.

Meu olhar dispara entre eles, procurando Cade, mas não o vejo em lugar algum. Deslizo o athame até minha mão e avanço.

Apesar das probabilidades estarem contra mim – apesar de eu ser só uma contra montes deles –, me encontro banhada por uma estranha sensação de calma, sem nenhum vestígio de medo.

Este é o momento em que a teoria e a prática finalmente consumam sua união depois de meses de namoro casto.

Esta é minha oportunidade de usar todas as habilidades que Paloma me ensinou.

É quando cumpro meu destino – fazendo o que nasci para fazer ou morrendo tentando.

Rastejo em direção aos Richter, mantendo meus movimentos tão silenciosos, tão furtivos, que eles permanecem sem reparar em minha presença. Lembro-me do que Paloma disse, que a única maneira de livrar o mundo deles, de mandá-los de volta às suas vidas após a morte, é removendo suas cabeças ou cortando-os ao meio.

Parece simples na teoria, mas a julgar pelo grande número deles, minha única esperança de ver isso acontecer é me focando menos no ato e mais no fim. Visualizo-os deitados sem cabeça ao meu redor. Como se já tivesse acontecido.

Com a imagem fixa em minha mente, esfrego os lábios, aperto a faca e avanço em direção ao primeiro. Fico surpresa com a facilidade que o pego.

Por outro lado, ele não me viu chegando. Falhou em sentir que eu estava me escondendo atrás dele com a lâmina a postos.

Ele nem percebe o que está acontecendo, até que a ponta afiada faz todo seu caminho, até o fim. E ainda que ele proteste um pouco, é tarde demais. Os nós dos meus dedos já estão passando por seu pescoço enquanto corto sua cabeça.

Ele cai aos meus pés, seu gorgolejo patético perdido entre o barulho e o caos, impedindo que alguém note o que acaba de acontecer.

À medida que o sangue coagulado jorra, vejo como há surpreendentemente pouco. Ele deve ser um dos mais velhos, a julgar pela pilha de ossos e pó que deixa em seu rastro. Mas o pequeno pedaço de alma que certa vez serviu para reanimá-lo paira brevemente, como se testando os limites de sua liberdade, antes de voar para o céu.

É um espetáculo para se apreciar. Embora eu não o veja por muito tempo. Sou rápida em seguir até o próximo. Novamente, imaginando o ato como feito, enterro minha lâmina profundamente em sua espinha e talho uma linha profunda e uniforme. Ainda que se prove um método eficiente de matar, o que Paloma deixou de mencionar é que também dá ao morto-vivo a chance de gritar e avisar os demais.

É um erro que não cometerei de novo.

Ficou claro que a decapitação é o melhor método.

Com os olhos nos incontáveis Richter mortos-vivos sobre mim, levo um instante para sorrir e acenar.

Ainda que eu tivesse preferido matar mais alguns deles antes de chegar a esse ponto, ainda consigo tê-los exatamente onde os quero: focados em *mim*, em vez de na mina. O que permite que alguns daqueles pobres trabalhadores presos comecem a se esgueirar para fora.

A primeira reação dos Richter é explodir em um coro de gritos ameaçadores e rosnados. Mas, apesar do espetáculo de fanfarrice, eles levam um tempo para se organizar e se ajustar à súbita mudança de planos. Estão tão acostumados a seguir as ordens de Cade que agir por conta própria parece um conceito estranho para eles.

Não importa. Só finco meus calcanhares no chão e espero onde estou. Disposta a aguardar o tempo que for necessário para que se reagrupem, ciente de que cada segundo de atraso permite que mais pessoas escapem. Além disso, não há necessidade de partir para cima deles porque, muito em breve, eles virão até mim.

Com uma mão segurando o athame, esfrego a lâmina na parte da frente do meu jeans, observando impassível a espessa camada de imundície que cai no chão, enquanto minha outra mão segura a algibeira. Convoco os elementos, meus ancestrais, e qualquer pedaço de bondade intrínseca que tenha restado em nossos espíritos animais, e homenageio o conhecimento ancestral que vive profundamente em mim, que corre direto por minhas veias.

O sangue de Valentina, Esperanto, Piann, Mayra, Diego, Gabriella, Paloma, Alejandro e Django – todos os Buscadores que fizeram grandes sacrifícios para que eu pudesse estar aqui. Tendo enfrentado a face do mal para que outros pudessem viver suas vidas em relativa paz.

Com tantos dependendo de mim, não posso decepcionar.

Quando o maior entre eles vem até mim, é claro que é guiado por nada mais do que raiva e fúria – me lembrando do jeito que eu costumava agir até que Chay chamou minha atenção para a completa tolice disso. Me advertiu que as emoções cruas, sem a força para suportá-las, são o caminho certo para se encontrar morto.

Para minha sorte, eu dei atenção ao que ele disse. Não sou mais aquela garota.

Para o azar do Richter morto-vivo, ele nunca teve a chance de conhecer Chay.

Ele se aproxima de mim com os olhos brilhantes e um brado de guerreiro – suas mãos fechadas em punho se agitam, descontroladas. E ainda que à primeira vista seja uma exibição impressionante, demora pouco até que eu agarre seu braço e o torça até que se desloque. Mal permito que se passe um segundo antes de atravessar meu athame por seu pescoço, observando seu corpo cair separado da cabeça.

Olho para meus pés, esperando que ele se deteriore. Mas quando ele sangra uma gosma grossa, negra e viscosa, que escoa pelo toco de seu pescoço, imagino que deva ter estado morto há muito menos tempo que o último.

Chuto-o de lado, esperando que a próxima onda chegue. Certamente haverá uma. Render-se é a última coisa em suas mentes.

Este grupo é mais esperto, pois leva um momento para reunir machados e picaretas para usar contra mim. Mas eles não vão muito longe antes que eu os liberte de suas armas. Usando meu talento para telecinesia com um pouco da ajuda do meu elemento Vento para desarmá-los, derrubo-os um a um. Cedo a um vislumbre ocasional da mina, aliviada em vê-la ainda sem guardas. Os prisioneiros continuam a escapar, enquanto continuo matando os Richter.

Assim que esse grupo é eliminado, os Richter restantes caem sobre mim como um enxame de fedor morto-vivo, hálitos fétidos, dentes rangendo e pés chutando. E, para surpresa deles, me recuso a lutar.

Me recuso a desviar.

Fico parada diante deles, cabeça erguida, braços pendendo um de cada lado, aceitando o que quer que me ofereçam.

Permito que me coloquem de joelhos. Que esfreguem meu rosto na terra, deixando meu nariz cheio de pedaços de terra queimada, enquanto me mordem, me batem, me atacam selvagemente – enquanto digo a mim mesma que mereço isso.

É o que mereço pela longa lista de fracassos que resultaram em tanta miséria e destruição.

Esse soco no meu estômago é por todos aqueles que morreram desnecessariamente na mina.

Aquelas garras puxando meus cabelos é por todos aqueles que sofreram pela minha incapacidade de sacrificar a alma de Paloma.

Enquanto o pé que acerta repetidamente minhas costas é por meu fracasso em deixar de amar Dace.

Minha pele se parte, permitindo que rios de sangue escoem por minhas feridas, enquanto meu interior é chocalhado e triturado e meus olhos se enchem de lágrimas – embora as lágrimas não sejam por mim. São para todos que desapontei ao permitir que o amor me governasse.

O problema é que a dor e a punição que procuro nunca chegam.

O alívio que espero sentir com cada golpe também me escapa.

Apesar da barreira de punhos caindo sobre mim, não sinto muita coisa.

Você nunca pode ser doente o bastante, pobre o bastante ou ser surrada o bastante para ajudar aqueles menos afortunados que você. O único jeito de dar poder aos outros é dando poder a si mesma. Nunca se desculpe pelos dons que foram derramados sobre você. Nunca se puna por sua habilidade de amar. O amor nunca é um erro – é a epítome da graça, o maior poder de todos. É a única coisa que nos leva para fora da escuridão e para dentro da luz...

A voz pertence a Valentina. E, embora eu tenha planejado deixá-los me espancar um pouco mais antes de voltar a cortar suas cabeças e fazê-los em pedaços, percebo que ela está certa.

A redenção nunca será conquistada dessa maneira.

A melhor maneira de reparar meus erros é livrando o mundo desses Richter malcheirosos, cheios de ódio e malevolentes.

Fico em pé como um tiro.

O athame balança na minha frente, como se conduzisse uma gloriosa sinfonia ouvida só por mim. Removo uma cabeça depois da outra, os nós dos dedos batendo repetidamente em carne morta podre, enquanto os corpos caem ao meu redor. Estou tão envolta com a melodia que quase não percebo quando a música para e não sobra nenhum parceiro de dança.

Continuo pisando em corpos, quebrando esqueletos em pequenos pedaços inúteis. Tornando-os incapazes de ressuscitar de novo – me assegurando de que os restos retornarão ao lugar de onde nunca deviam ter partido.

Quando tudo acaba, detenho meu athame, passo uma mão pela testa e levanto meu olhar para o céu e fico deslumbrada pela constelação de almas brilhantes que resplandecem intensamente sobre minha cabeça. Reluzindo, circulando, piscando e rodopiando em um turbilhão de movimento

– livres e desenfreadas. Elas voam brevemente, permitindo que eu as veja, as aprecie, antes de desaparecerem em um piscar de olhos.

Então abaixo meu olhar para o monte de restos aos meus pés, maravilhada como parece exatamente com o que imaginei. E enquanto continuo a caminhar por eles, fico surpresa em descobrir que gerei mais mudanças do que jamais havia imaginado.

Com cada Richter destruído, com cada alma libertada, o Mundo Inferior deu um salto gigante na direção de curar a si mesmo. Pedaços de grama antes morta agora se espalham em um gramado exuberante e aveludado. Enquanto as árvores ocas, antes encurvadas como velhas anciãs, começam a se endireitar e a se esticar, como se incentivassem seus galhos a se livrar de um longo inverno artrítico.

E não demora muito até que os animais comecem a se aventurar para fora de seus esconderijos. Guaxinim, Raposa-Vermelha, Lobo Branco, Gato-Selvagem, Macaco, Esquilo, Onça, Urso, Leão, Morcego, Gambá, Beija-Flor, Águia – até mesmo o Cavalo e o Corvo saem para me cumprimentar.

Seus olhos brilhantes e felizes fornecem todas as provas de que preciso para saber que, com os Richter finalmente expulsos, a maldição foi encerrada.

O Mundo Inferior prospera novamente.

Me encaminho para a mina, assegurando-me de que esteja liberada, então faço uma avaliação rápida dos feridos, e descubro que, ainda que a situação não esteja nem de perto tão ruim quanto eu temia, não quer dizer que seja animadora.

Sem ter como cuidar de todos eles, me volto para os animais em busca de ajuda. Coloco as pessoas que não podem andar com os maiores e mais fortes, como Cavalo, Urso e Onça, enquanto o restante segue o caminho indicado pela Águia e pelo Morcego, que voam sobre suas cabeças.

Acreditando que os anciãos estão fazendo sua parte, trabalhando com sua magia e permanecendo alerta aos sinais que os levarão à multidão que logo chegará ao vórtice dos juníperos retorcidos, me despeço. Guiada pelo Corvo que voa sobre minha cabeça e pelo sussurro do vento que roça minha pele, saio à procura de Cade.

quarenta e cinco

Dace

Confiro todos os meus bolsos. As mãos obsessivamente tapeando a jaqueta, as calças, asseguradas pelo sólido peso que encontro lá.

Desta vez estou pronto.

Desta vez estou armado.

Com minha zarabatana carregada com dardos mergulhados em um veneno ao qual nenhuma besta pode sobreviver, faço meu caminho pela terra seca e queimada, embora – por mais louco que possa ser – pareça estar se reavivando a cada passo.

As folhas estão se formando nas árvores. Botões estão brotando nas pontas dos caules antes estéreis das flores.

Até mesmo os espíritos animais, tendo passado o último mês se escondendo, estão agora por todos os lados. Embora, estranhamente, assim que dão uma espiada em mim batem em retirada, ansiosos por manterem distância e saírem do meu caminho.

Provavelmente ainda sofrendo sua versão de transtorno de estresse pós-traumático depois de todo o inferno pelo qual Cade os fez passar.

Ou, pelo menos, é o que digo a mim mesmo até passar pela superfície de um lago e ver a imagem de Cade me encarando.

Passo a mão pelo cabelo, me assegurando de que ainda está comprido, ao contrário do dele.

Então pressiono uma mão contra o rosto, aliviado em ver que a imagem reflete a mesma coisa.

Mesmo assim, não há dúvida que são os olhos de Cade me fitando. A verdadeira razão pela qual os animais fugiram – eles o confundiram comigo.

Eu estaria mentindo se dissesse que isso não me incomoda. Ainda assim, não há tempo para arrependimentos, então me foco novamente para encontrá-lo.

Preciso arrumar isso antes que Daire chegue.

Não poderei suportar que ela me veja assim.

quarenta e seis

Daire

Quando o Corvo e o Vento me levam até a Fonte Encantada – agora realmente encantada, sem peixes inchados ou trepadeiras infestadas de ratos –, não posso afirmar que estou surpresa. Permitir que os Richter me batessem me deixou em um estado bem dolorido. Um mergulho rápido naquelas águas curativas só vai me ajudar a reviver.

Mesmo assim, levo um momento para olhar ao redor, precisando me certificar de que estou sozinha, que Cade não está à espreita nas sombras, esperando a oportunidade perfeita para atacar. Encontro a garantia que procuro quando o Corvo pousa em meu ombro e me cutuca com o bico, e o Vento sopra em volta de mim, me empurrando na direção da fonte brilhante.

– É bom ter você de volta – digo, observando enquanto o Corvo voa até uma pedra próxima. – Senti falta de sua companhia. Não é a mesma coisa sem você.

Seus olhos púrpura brilham e olham ao redor, mantendo uma mirada cuidadosa enquanto tiro minhas roupas, chuto minhas botas e coloco minha faca em um lugar em que posso alcançá-la caso necessite. Então mergulho na água quente borbulhante, afundando até que cubra minha cabeça e comece a curar minhas feridas e a restaurar minha energia, permitindo que eu emerja como renascida.

– Devíamos engarrafar isso – dou risada, saindo da água até o leito de rochas que se alinham na borda. Meu sorriso desaparece quando noto o jeito como o Vento começa a soprar, despenteando as penas do Corvo, que se inquieta, passando de um pé para o outro enquanto seus olhos reviram nas órbitas.

– *Psiu! Ele está vindo! Ele está vindo!* – o Corvo crocita, imitando uma voz feminina desconhecida que só posso presumir que pertence a uma das desafortunadas cativas de Cade. Me retraio estupefata pelo número de vezes que o Corvo deve ter ouvido seus gritos de dor e medo, a fim de imitar o tom temeroso tão perfeitamente.

O súbito tremor de terra, acompanhado por um grito arrepiante que ecoa pela terra, faz com que eu me enfie em minhas roupas rasgadas e imundas, agarre o athame e siga o Corvo e o Vento para o lugar de onde o som se originou. O epicentro pessoal de Cade bem do lado de fora da fonte.

– O que diabos você fez? – Cade grita, me saudando com um clarão escancarado de dentes caninos e língua de serpentes, ainda que felizmente continue do tamanho normal.

Espio seus pés, notando como a área imediatamente ao seu redor permanece corrompida, enquanto o resto continua a se curar.

– Se queria me ver, você podia ter ligado ou mandado um SMS – falo para ele, minha voz forte e segura. – Não tinha que criar todo esse drama por minha causa.

Ele abaixa as mãos cheias de garras com um floreio, fazendo a terra se acalmar, enquanto o anel de fogo ao redor arde e desvanece, e só posso esperar que o Mundo Mediano suporte o mesmo efeito.

– Não consigo compreender sua linha de raciocínio. – Zombo, permitindo que meu olhar se arraste sobre ele, enquanto meus lábios se curvam em desgosto. – Você é como um daqueles saqueadores malucos que se vê nos telejornais. Vive em Encantamento, sua família praticamente é dona de Encantamento, e mesmo assim você resolve destruir a cidade ao tentar incendiar tudo com aquela chuva de fogo que fez. Tem ideia do quão louco isso o torna?

Ele acena com a mão para mim, suas garras longas e afiadas chegando desconfortavelmente perto.

– É a profecia, Daire. Pensei que soubesse. Eu só precisava de um empurrãozinho para começar. Agora, responda à minha pergunta. Onde estão meus ancestrais? E meus empregados? Que diabos você fez, Buscadora? – sua voz retumba, enquanto as serpentes se debatem para todos os lados. Fazendo a transformação de seu ser demoníaco para seu ser mais normal, ele assobia para seu coiote assustador, que obedientemente trota até ele e salta a seus pés com um coelho sangrando, mutilado, dependurado em sua boca.

– Esse é o *espírito animal* de alguém! – exclamo, avançando na direção do Coiote, tentando libertar o coelho.

Mas Cade se coloca entre nós, o rosto enraivecido quando grita:

– Responda à minha pergunta, Buscadora! – Sua voz é tão aguda que faz com que o Coiote levante o focinho e uive, permitindo que o animal morto caia no chão.

Observo a carcaça destruída, consolando a mim mesma ao lembrar que ele já estava morto quando chegou; não havia nada que eu pudesse fazer para salvá-lo. Retornando minha atenção para Cade, digo:

– Aqueles não eram trabalhadores; eram *escravos*. E, caso você não saiba, a escravidão é ilegal, então resolvi o assunto com minhas próprias mãos e os libertei. Ah, e quanto aos seus ancestrais... eu os matei. Cada um deles. – Faço uma pausa, tamborilando com o dedo em meu queixo, precisando corrigir a última frase. – Talvez *matar* não seja a palavra mais correta, considerando que eles já estavam mortos. O fato é que você está sozinho, Cade. Seus companheiros mortos-vivos já se foram. Para sempre, desta vez. O que significa que neste exato momento, todas aquelas almas que você roubou estão voltando para seus lares legítimos. E as pessoas que escravizou estão agora de volta ao Mundo Mediano, onde não só serão curadas, mas também protegidas com o tipo de mágica que você jamais será capaz de adulterar. Você nunca mais será capaz de causar danos ou mexer com a percepção delas de novo. O que, por sua vez, significa que seu negócio morreu. Você não tem escravos, não tem guardas, ninguém que esteja disposto a participar da sua loucura.

– Você pagará por isso – ele irrompe na minha direção, as mãos esticadas junto ao corpo.

– Talvez – digo. – Mas é mais provável que não. – Dou um passo cuidadoso para trás a cada um que ele avança.

Não porque ele me assusta – ele não me assusta.

Não porque eu esteja intimidada – eu não estou.

Mas porque quero atraí-lo para meu território. Noto como a grama sob seus pés morre rapidamente, apenas para reviver de novo assim que ele avança. Mas agora que a mágica da Fonte Encantada está restaurada – agora que os Richter se foram, sua mortalha de energia negativa se dissipa rapidamente –, estou confiante de que nada que ele faça possa corromper este lugar. E com o Vento calmo e nenhum protesto do Corvo, estou livre para prosseguir.

– Você não tem ideia do que fez – ele me fita. Seus olhos azuis-gelo se tornam escuros e tempestuosos. – Não tem ideia de como pagará por essas transgressões tolas. Você é tão mundana em sua forma de pensar. Tão estúpida e convencional. Cada vez que eu acho que pode haver esperança para você, você faz algo ridículo como salvar a alma de sua *abuela*, ou matar meus ancestrais. Estou começando a achar que a julguei mal, Santos. Me enganei em pensar que você era uma pessoa firme.

– Ah, não há dúvidas de que você me julgou mal. – Ao som da fonte borbulhante a alguns metros de distância, deslizo o athame para minha mão.

Ele revira os olhos, avança outro passo e diz:

– De verdade? Isso de novo? Outra apresentação da Dançarina Guerreira Wicca?

– A última foi um sucesso tão grande que imaginei que valia a pena uma reprise.

Ele me olha, confuso com minhas palavras, mas estou ansiosa demais para esclarecê-las.

– Esta é a mesma lâmina que usei para ocasionar uma devastação impressionante em seus ancestrais. Fiz as cabeças deles rolarem com pouquíssimo esforço. Acabou, Cade. De verdade. E, se você não acredita em mim, dê uma boa olhada ao redor e me diga o que vê.

Ele me encara por um tempo muito longo, mas finalmente a curiosidade leva a melhor e ele permite que seu olhar vague. Permite a si mesmo ver o que vejo – o Mundo Inferior se curando lentamente, retornando à sua antiga beleza e glória.

Tudo, exceto o espaço embaixo de seus pés, o que me deixa preocupada.

Dou outro passo para trás, desta vez um pouco apressado, incerto. E, como a besta que é, ele não perde tempo em explorar meu momento de fraqueza.

Em um instante ele está perto de mim, eliminando a distância entre nós. Fica tão perto que seu hálito quente acerta com força minha bochecha, enquanto o Coiote rosna e morde minha mão.

O movimento faz o Corvo crocitar alto em protesto, enquanto o Vento parte para cima, acertando Cade ferozmente. Mas só levo um segundo para recuperar minha posição, juntamente com minha magia. Aponto meus dedos para os olhos vermelhos do Coiote e observo-o cair em uma submissão chorosa.

– Impressionante – Cade diz, deslizando para mais perto, aparentemente não afetado pelo vento em suas costas. – Mas, se chegar perto do Coiote outra vez, mato você.

– Gostaria de ver você tentar. – Balanço o athame ao meu lado e dou outro passo para trás. Olho discretamente para os pés dele, enquanto continuo a recuar, detendo-me somente quando o chão para de mudar e permanece sólido e verde embaixo dele.

Ele me encara fixamente, buscando acesso, tentando sugar minha energia, sacudir minha alma, mas não funciona. Ele não tem ideia do poder que possuo. Não tem ideia com quem está lidando agora. Sou finalmente a Buscadora que nasci para ser.

– Tenho você onde queria – seu olhar escurece no meu. – Você e eu na Fonte Encantada. Exatamente como no sonho. A única coisa que está faltando é Dace.

Esfrego os lábios, silenciada pela estranha sensação de dedos gelados caminhando pela minha espinha.

Ele está certo.

É realmente o sonho ganhando vida.

Só que desta vez terá um novo fim.

Me assegurarei disso mesmo se for a última coisa que eu fizer.

– É verdade – fico parada diante dele. – Mas você sabe o que dizem sobre sonhos. Há muitas maneiras de interpretá-los. O mesmo acontece com as profecias. É só depois que a poeira abaixa que você pode captar, entender o significado real e sólido das palavras e fingir que era o que queriam dizer todo o tempo.

Cade sorri. Apresentando um rosto que, à distância, é objetivamente bonito. Embora uma análise mais de perto revele olhos que são vazios e opacos, desprovidos de compaixão – não contendo nenhum único traço de emoção humana.

– Se me lembro bem, essa é a parte em que você fica toda quente e úmida com meu irmão gêmeo. Devemos reencenar isso? – sua língua passa pelos lábios. – Já que ele não está aqui, estou disposto a me oferecer como voluntário em seu lugar. Acho que você vai gostar. Você finalmente poderá ver o que esteve perdendo... a diferença entre um amador e um profissional.

– É claro – dou de ombros, meu olhar propondo um desafio direto para ele. – Vamos em frente. Vamos ver o que você tem para me mostrar. – Seguro o cabo do athame com força, levantando um pouco os dedos.

– Primeiro as damas – ele faz uma reverência com o braço, em direção à fonte.

Sem hesitar, salto para longe da água e na direção dele. Desfruto o rosnado feroz mas, em última análise, ineficaz do Coiote, que ainda está sob meu feitiço, mas fico desapontada pelo fracasso de Cade que mal consegue recuar quando pressiono com força a ponta de minha lâmina contra sua bochecha. Removo um chumaço de barba por fazer enquanto arrasto a faca lentamente de lado a lado, zombando:

– Só em sonhos, Richter. Eu nunca ficarei assim desesperada.

Puxo a lâmina para baixo, ao longo da curva de sua mandíbula, empurro-a por todo o caminho, até a base de seu pescoço. Fascinada pela veia que pulsa enquanto aproximo minha mão. Antecipando a pressa de vê-la para sempre silenciada quando a cabeça dele cair em meus pés.

Espeto a ponta da faca o suficiente para conseguir uma pequena gota de sangue. Ansiosa em vê-la substituída por um jorro sólido, em arco, pressiono meus lábios e empurro a lâmina com força. Meu olhar se estreita até este único ponto da carne de Cade – deslumbrada pelo jeito como a pele se abre com tanta facilidade –, o sangue fluindo imediatamente. Sou pega entre a emoção de matar e o verdadeiro horror pelo que estou prestes a fazer.

Foi diferente com os ancestrais dele.

Os mortos-vivos não sangram.

Quando o corpo está pulsando com vida, fica mais evidente o assassinato.

Livro minha mente do pensamento. Substituo com lembretes de todas as coisas horríveis que ele fez... o fato de que não é inteiramente humano... que sua alma é pura maldade...

Seus dedos seguram meu pulso, agarrando com força enquanto afasta a faca de seu pescoço, deixando um ferimento que, na melhor das hipóteses, é superficial. Seu toque é surpreendentemente frio enquanto força minha mão para o lado.

– Não brinque comigo, Buscadora. – Ele empurra o rosto contra o meu, permitindo que seu sangue escorra pelo meu peito, enquanto ele inala meu odor lenta e profundamente, como se quisesse saboreá-lo. – Ninguém gosta de provocações. Além disso, não é como se você não tivesse feito antes. Mas, como prometido, vou lhe ensinar alguns truques novos.

Seus dedos puxam meu jeans pela cintura, determinados a me livrar dele. Enquanto a outra mão se assegura de que o athame ficará longe de sua carne.

Ele é assustadoramente forte.

Mais forte do que me lembro que fosse.

Mas isso não me impede de enrolar minha perna ao redor da dele.

Não me impede de agarrar com força a dobra de seu joelho, enquanto puxo sua coxa para a frente, fazendo-a descansar entre as minhas.

Igualmente enojada e estimulada pelo pequeno gemido de prazer dele, pelo jeito como ele aperta o quadril contra o meu, reúno toda força que tenho para acertar meu peito com força contra o dele enquanto continuo a puxar sua perna. Observo quando ele desliza embaixo de mim, caindo de costas, o rosto se enchendo de surpresa e raiva quando sua cabeça acerta a terra com força.

Sou rápida em saltar, sem perder nenhum segundo antes de pousar meus pés em seu peito e retornar minha lâmina para o pescoço dele.

– *Mas que...* – Ele resiste selvagemente, furioso por se encontrar embaixo de mim. Seus olhos passam do usual azul-gelo para um profundo vermelho brilhante, enquanto luta para se libertar, para se livrar de mim. Então, desistindo disso, ele começa a rastejar para trás, chegando propositalmente à beira da fonte.

Mas não posso deixá-lo chegar lá.

Não posso correr o risco de que a água lhe dê poder, lhe dê força, do mesmo jeito que fez comigo.

Caio de joelhos e seguro seu jeans, puxando suas pernas com força, arrastando-o para o lado oposto, enquanto ele continua a lutar contra mim. Lutando e chutando, ele rosna e morde como o animal que é. Sorrindo em triunfo quando balança um joelho e o acerta em meu estômago com tal força que meu corpo cai de dor.

Vagamente ciente dos gritos frenéticos do Corvo – do jeito como o Vento chicoteia ao meu redor –, engasgo e arquejo, em um esforço de puxar algum ar para meus pulmões. Tudo isso enquanto tento me desviar do alcance de Cade, ainda que seja tarde demais para isso.

Ele já me pegou pela cintura.

Já travou os braços ao redor do meu corpo.

Já me levou para baixo, até que estou dominada, de bruços contra ele.

Deixando-me sem nenhuma outra alternativa que não lutar para me libertar. Luto para continuar segurando o athame, balançando-o descontroladamente – acertando qualquer coisa que estiver ao alcance. Mas Cade é muito ágil. Muito rápido. Se esquiva facilmente da lâmina, me deixando cortando o ar.

E, antes que eu possa impedir, ele está rolando sobre mim até que fico presa embaixo dele. Seu corpo pressionando o meu, seu rosto a poucos centímetros de distância, me fitando com um brilho malévolo nos olhos.

Seus dedos tentam alcançar a faca, enquanto arqueio freneticamente meus braços sobre a cabeça. Os tendões esticados de maneira ilógica, passo a faca de uma mão para outra, desesperada para ficar um passo adiante. Mesmo assim, não sou páreo para ele.

Cade é mais alto.

Seus braços são mais compridos.

Deixando-me sem outra escolha senão sacrificar a faca, jogando-a em um lugar onde nenhum de nós dois possa alcançá-la. Mas demora apenas um segundo até que ele segura minhas mãos com seu punho, mantendo-as no alto da minha cabeça, deixando sua mão livre para explorar. Fingindo interpretar mal minha resistência – o jeito que me contorço embaixo dele enquanto luto para me libertar – como consentimento.

Fecho meus olhos em repulsa. Tento escapar do aperto de seus dedos se movendo por meu corpo, seus quadris me apertando e rebolando, buscando um ritmo com minhas tentativas frenéticas de me livrar de seu peso. Um gemido baixo sai do fundo de sua garganta, enquanto ele alcança a algibeira de camurça suave que se situa entre meus seios.

Ele está tentando tirar meu poder de todos os modos concebíveis.

Tentando me desmoralizar me tornando indefesa e fraca.

Sabendo que no momento em que espiar lá dentro, a mágica dos talismãs estará perdida.

Sabendo que no momento em que me estuprar, ele terá vencido.

Viro minha cabeça para o lado, pressionando a bochecha contra a terra, enquanto busco desesperadamente por Corvo. Aliviada em descobrir que ele ainda está comigo, empoleirado a alguns metros de distância. Seu grasnado louco silenciado repentinamente, embora seus olhos brilhem de um jeito que nunca tinha visto. Seu brilho aumenta em intensidade enquanto Cade envolve um dedo ao redor da tira, e a algibeira começa a tremer e a esquentar.

Continuo a resistir com força contra ele, mas do jeito que ele monta sobre mim, suas pernas enganchadas em cada lado das minhas, não consigo muita tração.

– Sempre tive curiosidade em saber o que vocês levam nessas algibeiras – ele diz. – Acho que estou prestes a descobrir.

Ele puxa o cordão, enquanto continuo a me contorcer e a resistir com tudo o que tenho em mim. Tento convocar minha mágica – convocar o Vento. Convocar o athame de volta à minha mão, para que eu possa enfiá-la nos olhos de Cade e garantir que ele jamais ponha seu olhar lascivo sobre mim de novo. Mas, de algum modo, com o corpo dele cobrindo o meu, está bloqueando minha magia.

É a única explicação para o jeito que ela repentinamente falha.

A única explicação para o Vento ter diminuído, o Corvo ter ficado em silêncio, e o Coiote, agora livre do meu feitiço, ter enfiado o focinho contra minha testa, emitindo um rosnado baixo e ameaçador.

Sem outra opção, molho minha língua e miro. Seguro um sorriso quando a bola de cuspe bate entre os assustadores olhos vermelhos do Coiote. O ato causa a distração que eu esperava quando ele grita de indignação, e Cade momentaneamente se enfraquece. O suficiente para que eu liberte uma mão e a bata com força contra sua cabeça.

Mas não demora muito até que ele se recomponha e me prenda novamente. Seu rosto enraivecido quando diz:

– Não brinque comigo, Buscadora. Queira ou não, você logo será minha... – Sua mão desliza até seu jeans, abrindo-o, forçando-o para passar pelos quadris. Então, quanto os tem onde quer, amontoados na altura do joelho, ele pega a algibeira outra vez. – Primeiro o mais importante – ele cantarola, puxando rudemente o cordão uma vez, duas vezes...

Então percebo que o Coiote está gritando de dor e os olhos de Cade estão revirando enquanto ele é erguido por uma força invisível e arremessado no ar.

Fico em pé de um salto, olhando para o Corvo, certa de que ele é o responsável de algum modo. Mas então escuto meu nome e me viro para encontrar Dace parado atrás de mim, e seu irmão um monte descartado em um local muito distante.

Corro para seus braços, aliviada em vê-lo superando todos os medos que eu pudesse ter sobre sua vinda para cá. Embora isso possa estar de acordo com a profecia, é claro que a profecia mudou. Dace e eu estamos juntos. É a única coisa que importa.

– Você chegou bem na hora! Se tivesse chegado só um segundo mais tarde... – Minha voz desaparece enquanto me arrepio em pensar no que quase aconteceu comigo. Me aninho em seu peito, buscando o conforto e o calor de sua carne.

– Não há motivo para se preocupar. – Seus lábios encontram minha testa, minhas bochechas. – Estou aqui. Sempre estarei aqui. Não há nada a temer. Ele nunca mais chegará perto de você. Vou me assegurar disso. – Sua promessa sussurrada acompanhada pela mão reconfortante que desliza pelas minhas costas, antes de me segurar e me puxar mais perto.

Pressiono a bochecha na pequena chave dourada no peito dele, minha voz rouca de emoção quando digo:

– Vi você no alambrado. Pensei que...

– Shhh... – ele pressiona um dedo em meus lábios e inclina meu rosto em direção ao dele. – Não era o que você pensou. Nunca desisti do nosso amor. Nunca.

Minha mão encontra sua bochecha, preciso ver as palavras refletidas em seus olhos, só para notar como ele está diferente.

Ele está mais sombrio.

Mais duro.

Sua energia estranha e frenética – oferecendo apenas uma fração do fluxo habitual de amor incondicional que eu esperava.

E quando meus olhos encontram os dele, é como olhar para Cade. Seu olhar é sombrio, insondável, não consegue refletir.

– Dace... o que aconteceu? – Pergunto, incapaz de sufocar meu pânico. Observo desanimada quando ele rapidamente se vira, como se tivesse vergonha de ser visto.

– Não. Não olhe para mim. Por favor. Explicarei mais tarde. Assim que isso acabar. Vou lhe contar tudo. Apenas... creia que fiz o que tinha que fazer. Fiz isso por nós. Por você. E não é nada que não possa ser desfeito. Mas, por favor, não posso suportar que me veja assim.

Ele se afasta, mas seguro seu braço e o puxo de volta para mim.

– Quem fez isso com você? – Seguro seu rosto, precisando ver seus olhos mais uma vez para determinar que é realmente tão ruim quanto penso, só para que ele se liberte de mim.

– Daire, *por favor!* – ele grita, as palavras pronunciadas com angústia inexprimível. – O que você vê não sou eu. Ainda estou aqui, juro. Eu só...

Fico parada diante dele, abalada demais para me mover.

Mal sou capaz de me concentrar quando ele diz:

– É temporário. Foi o que tive de fazer para salvar você. Ficarei bem no fim, você verá.

Meus olhos buscam os dele, procurando pistas sobre o que isso poderia significar.

– Sei como a profecia termina – ele diz, as palavras fazendo um arrepio sinistro rastejar pelas minhas costas. – E no sonho acontece a mesma coisa, e não deixarei você morrer.

Balanço a cabeça, querendo fazê-lo entender que não é o que ele pensa.

– Você entendeu tudo errado... não é como termina... não é o que significa! – Mas minhas palavras encontram ouvidos surdos.

– É isso, Daire. É assim que acaba. Sonhei com isso muitas vezes. Vi escrito no muro... literalmente. E ainda que eu não possa fazer nada sobre o céu sangrando fogo, farei o que for necessário para impedir que a escuridão eclipse sua luz.

– Mas eu não sou a luz... não é assim que o sonho termina! Você é...

As palavras são interrompidas pela visão de Cade vindo em nossa direção, arrancando casualmente os restos de suas roupas e cabelo, com seu fiel coiote trotando ao seu lado.

– Uau, que cena comovente. – Ele para bem diante de nós, sorrindo para Dace como se ele fosse um convidado especial há muito esperado. – Até que você tem um braço forte, mano... Quem diria? – Ele gargalha. Estala o pescoço de um lado e do outro. Mas, além da sujeira em suas roupas, não tem nenhum arranhão.

Dace se coloca diante de mim, em um esforço para me proteger. Os dedos buscando algo no bolso, enquanto ele diz:

– Imaginei que o encontraria aqui embaixo, fazendo birra e de mau humor como a criança que é. Quantas pessoas precisam sofrer por causa de seu fracasso em impressionar Leandro? – Ele balança a cabeça. – Nós sabemos da sua necessidade patética de aprovação. Deve ter sido horrível ouvir ele gritar com você como fez.

Dace olha furiosamente para ele, enquanto meu olhar vai de um para o outro. E só é necessário o quase imperceptível recuo dos ombros de Cade para saber que Dace acertou seu ponto fraco.

Lembro a mim mesma o que certa vez disse para Paloma, quando me referi a Cade: *um monstro demoníaco e psicopata guiado pela patética necessidade de impressionar Leandro ao conseguir dominar o mundo.*

É a única semente de humanidade que vive dentro dele.

A mina – sua presença no Mundo Inferior – é só em parte para acumular fortuna e controlar o Mundo Mediano. Na essência, é uma tentativa de impressionar seu pai. Ele esteve disposto a destruir vidas incontáveis em um esforço para ganhar a aprovação paterna. E, segundo Dace, ele falhou em todos os níveis.

Xotichl e Paloma estavam certas – sem dúvidas ele é humano.

Mas isso não significa que não vou matá-lo.

– Eu estava atrás da porta e ouvi Leandro fazer de você pedacinhos – Dace prossegue. – Ouvi o jeito que você implorou... sua voz aguda e chorosa quando ele mandou você se calar, se recusando a ouvir. Vê o sorriso que tenho agora? – Ele fica parado diante de mim, o dedo apontado para um sorriso largo e vazio. – Não é nada comparado a como sorri naquele momento. – Ele faz uma pausa, fingindo que é apenas um pensamento tardio quando acrescenta. – Ah, e por falar nisso, se chegar perto da minha namorada de novo, eu mato você. – Seus dedos se libertam do bolso, revelando a zarabatana que não funcionou muito bem da última vez. Mas um olhar em seu rosto me revela que ele tem fé total de que não falhará novamente. – Na verdade, de qualquer maneira eu o matarei. Então, adeus, irmão.

O Corvo grita.

O Vento rodopia sobre meus pés.

O Coiote se agacha, cabeça erguida, dentes de fora.

Enquanto eu dou alguns passos para trás, me jogo no chão e convoco a faca para minha mão.

Impassível ante a ameaça contra sua vida, Cade corre na direção de Dace até que apenas um pequeno espaço esteja entre eles. Seu olhar sonda com interesse, e ele pergunta:

– O que você fez?

Ele se inclina para a frente, tenta agarrar a camisa de Dace só para dar uma olhada melhor. Mas Dace escapa de seu alcance, erguendo a zarabatana nos lábios, enquanto agarro o cabo da faca. Confiante de que deste ponto de vista, posso acertar na mosca.

Cade gira na minha direção, os olhos brilhantes e vermelhos.

– Tem certeza de que quer fazer isso, Santos?

Olho para os dois. Noto como, além do cabelo, não há diferença discernível entre eles. Os olhos de Dace estão tão sombrios e vazios quanto os do irmão.

– Daire, deixe. Eu consigo – Dace diz, um olho fechado, o outro mirando Cade.

Então, ainda que não tenha ideia do que aconteceu para que ele ficasse assim, nesse momento meu único objetivo é impedir que a profecia reivindique sua vida – sua luz. Então respiro fundo e solto o athame ao mesmo tempo em que Dace dispara o dardo.

Fico hipnotizada pelo jeito que ele brilha – arqueando em um clarão rápido de prata – enquanto corta o ar. Finalmente superando o dardo para se alojar profundamente no pescoço de Cade, como eu havia imaginado.

Só que não é mais Cade.

O demônio tomou seu lugar.

Ele enrosca uma garra afiada ao redor do cabo da faca, arranca-a e a joga no chão, onde cai com um baque em seus enormes pés com garras.

A visão é tão espantosa, tão incrível, que fico pestanejando, confusa. Incapaz de entender por que Cade permanece monstruoso e sorrindo diante de mim, a faca e o dardo abandonado aos seus pés, enquanto Dace cai de joelhos, o sangue jorrando do ferimento que seu irmão devia ter.

Cade olha para nós dois, o rosto impassível, a voz inexpressiva quando diz:

– Eu disse que estávamos conectados. Acho que deixei de falar o quão profundamente. Então deixe-me esclarecer agora. Para me matar, você precisa me pegar em minha forma humana. Só para avisar, não irei sozinho. Levarei meu irmão comigo. E, acredite ou não, prefiro mantê-lo por perto. – Ele se vira em minha direção, com seus brilhantes olhos vermelhos fixados em mim. – Ah, posso confiar no Coiote para mantê-lo na linha de tempos em tempos. Os ferimentos que ele inflige em Dace não fazem efeito em mim. O que é algo que precisam considerar da próxima vez que um de vocês tiver outro impulso homicida.

Suas palavras me deixam atônita, entorpecida. Olho para os dois, horrorizada pela verdade que repentinamente se tornou real.

Matar Cade significa matar Dace.

É uma escolha incompreensível que eu nunca, jamais poderia fazer.

Mesmo assim, tenho que fazer.

É o que nasci para fazer.

É isso o que Paloma quis dizer quando me avisou que a vida de uma Buscadora requer grande sacrifício?

Será que ela suspeitou o tempo todo que estávamos condenados desde o início?

Cade se aproxima de mim, sua face monstruosa e zombeteira como se essa fosse sua ideia de diversão. Enquanto Dace ignora o fluxo de sangue jorrando de seu pescoço e agarra os tornozelos e joelhos de Cade, tentando impedi-lo de chegar até mim.

Mas em modo demônio completo, Cade tem uma força incrível. Não vai cair facilmente. Chuta Dace para longe, mal dando um olhar para trás enquanto diz:

– Não se preocupe com ele. Ele está sofrendo, mas não graças a você. Sua mira não é tão boa. Você não acertou a artéria principal. Ou seja, esta foi a segunda vez que você tentou me matar. O que me leva a crer que não posso mais confiar em você. Você selou seu destino, Buscadora. Está no fim da linha. Foi interessante até agora, mas não pense nem por um momento que sentirei sua falta.

Atrás dele, Dace salta para pegar a faca, disposto a se sacrificar a fim de me salvar.

Um ato altruísta que me mostra que ele ainda está lá.

Em algum lugar.

Ainda não o perdi inteiramente.

Mas ele não é páreo para Cade.

Com um movimento rápido de pulso, Cade já arrebatou a lâmina.

Já vem na minha direção, em um borrão de olhos vermelhos reluzentes e serpentes de duas cabeças que saltam de sua boca.

Prestes a enterrar a faca de dois gumes direto no meu peito, a lâmina emite um som horrível de raspagem quando empurra a chave.

Cambaleio para trás. Meu olhar vacila com a visão de seu medonho e demoníaco rosto caindo sobre o meu, enquanto minhas mãos tateiam o corte em minha carne. Observo desanimada quando saem encharcadas de vermelho.

– Dói, não é? – Cade sorri, permitindo que as serpentes de duas cabeças, ladras de almas, saltem de sua boca, indo direto para o buraco que ele deixou em meu peito.

Exatamente como no sonho. Exatamente como na profecia. Só que consegui mudar o fim. Em vez de Dace morrer, eu tomei seu lugar.

Me agarro ao pensamento, enquanto observo-o se desdobrar. Observo como se estivesse acontecendo com outra pessoa em vez de comigo.

Minhas mãos se agitam diante de mim, inúteis e fracas. Quero tanto dizer a Dace que o amo – que sinto muito deixá-lo assim.

Mas as palavras são logo afogadas por uma torrente de algo metálico e amargo que entope minha garganta.

Sangue.

Meu sangue.

E não vai parar. O maldito sangue transborda.

O Corvo grita.

O Coiote late com uma emoção desenfreada.

Cade grita de vitória irrestrita, com uma pontada de frustração.

Enquanto Dace me chama, gritando meu nome uma vez, outra, e mais outra, sua voz rouca, destroçada. Embora não demore muito até o som começar a desaparecer, como se estivesse sendo filtrado através de várias camadas para ser ouvido de forma adequada – vindo de um lugar que fica cada vez mais distante.

Meu corpo treme.

Minha respiração chega na forma de espasmos irregulares e desesperados – e algumas vezes simplesmente não chega.

Se não fossem por esses braços fortes que me seguram, eu teria caído – tombado até um lugar do qual jamais retornaria.

Se não fossem por esses braços fortes que me protegem, Cade teria conseguido roubar minha alma.

Quero dizer para Dace não se preocupar. Quero contar para ele sobre a pessoa dourada que está cuidando de mim – as mãos brilhantes que me apoiam –, mas as palavras simplesmente não virão.

Silêncio, murmura o ser enquanto passa um longo dedo dourado sobre meus lábios.

Mas eu não falei. Tentei, mas não consegui.

Silencie seus pensamentos.

Faço isso. Por um tempo. Mas então eles voltam novamente.

Aonde estamos indo? Aonde você está me levando?

Para cima.

Meus olhos se fecham. Ciente da luz que ainda brilha por detrás de minhas pálpebras, mas muito cansada para continuar olhando coisas que não entendo. Prefiro mergulhar neste sentimento alegre e morno de conforto e amor que ele traz.

Você deve ser o sol! O pensamento se lança sobre mim – meus olhos se arregalam novamente. Tento perceber sua forma, mas tudo o que posso ver é um borrão dourado radiante. *Eu disse para Dace que ele estava errado, disse que não havia sol no Mundo Inferior. Que era apenas alguma fábula que Pé Esquerdo contou para ele quando era criança. Mas eu estava errada, não estava?*

Eu pareço com o sol?

Aperto os olhos, me esforçando para ver o que até agora permaneceu oculto. Arquejo de alegria quando o brilho começa a se desvanecer o suficiente para permitir que as feições se agucem e um rosto tome forma.

A pele é clara, como se esculpida em feixes de luz. O cabelo tão loiro e claro, que é quase tão branco quanto a pele. Embora os olhos estejam em nítido contraste, as íris são de um tom de lavanda incomum, mas bonito, que me observam desde o alto.

E, antes que possa responder, eu *sinto*.

Os longos dedos delgados da morte se enrolando em torno de mim.

Anunciados pelo suave chiado e zumbido da minha força vital rapidamente drenada.

Minha parte corporal, de carne e sangue, diminuindo velozmente. Rendendo-se. Permitindo que a alma tome conta. Para que me leve ainda mais alto – tão alto quanto eu ousar.

A sensação é parecida com aquela que senti quando estava me afogando na cachoeira. A pessoa brilhante é similar também. A mesma pessoa brilhante que certa vez acusei de me assombrar naquela praça no Marrocos.

Mas agora eu entendo.

Então você se lembra? Ele me aperta com mais força quando confirmo com a cabeça que sim.

Só que desta vez é diferente.

Esta é a profecia se cumprindo.

O outro lado da meia-noite faz um arauto tocar três vezes
Vidente, Sombra, Sol – juntos eles vêm
Dezesseis invernos portanto – a luz deve ser eclipsada
Deixando a escuridão ascender sob um céu que sangra fogo

Só que, em vez da luz sendo eclipsada, fui eu. Mas, pelo menos, Dace está a salvo.

Certo?

Certo?

Você faz muitas perguntas. Você deve descansar. Chegaremos lá em breve.

Fecho meus olhos novamente, usando minha última explosão de forças para um pedido final: *Você pode, por favor, fazer nevar? Pode fazer isso por eles?*

Não preciso, ele me diz. *Você já garantiu isso.*

Meus lábios se curvam para os lados, minhas bochechas molhadas pelas lágrimas, enquanto tateio em busca da chave coberta de sangue em meu peito e a enrolo entre meus dedos. *Pelo menos eu deixarei isso para eles...*

Meu foco se estreita até um ponto muito pequeno – não maior do que uma molécula. Surpresa em descobrir que a molécula sou *eu* – e que estou conectada com tudo.

Um grito de angústia soa à distância, embora eu tenha certeza de que o grito não foi por minha causa.

Por que seria?

Estou segura.

Amada.

Cercada pela luz tão morna e brilhante quanto um beijo.

Meu coração bate de modo irregular.

Meus pulmões se enchem de ar.

E logo me dou conta de que estou atravessando uma gloriosa teia de seda – irrompendo em um mundo de brilhante luz dourada.

temporada de milagres

epílogo

Axel

A garota está sangrando em meus braços.

Seus brilhantes cabelos castanhos se espalham pelo meu ombro – o rosado de suas bochechas desaparecendo tão rapidamente quanto a força vital dentro dela.

Mesmo assim, ela é bonita.

Muito mais bonita de perto.

Curiosa também.

E, ainda que pretenda tranquilizá-la, não adianta mentir para ela.

Ela oscila à beira do abismo. E tem uma grande chance de cair nele.

Pressiono o dedo em seus lábios e peço que faça silêncio. Ela não pode se dar ao luxo de falar ou pensar – não pode se dar ao luxo de gastar uma energia que é tão necessária.

Quando os olhos dela se fecham, eu a aperto em meus braços.

A cada inalação, uma oração: *Salve-a! Poupe-a!*

A cada exalação, ela cede a uma raiva há muito adormecida – amaldiçoando todos eles.

Ela não merecia isso.

Nunca teve uma chance contra eles. E, agora, nem eu. Falhei em minha tentativa de ajudá-la – de cuidar dela –, de guiá-la.

Embora isso tudo não tenha terminado.

Olho para cima, nosso destino ainda tão distante. E, ainda que seu coração continue a bater, parece que faz isso só para bombear mais sangue pela ferida.

Ela está desvanecendo.

Não há como sobreviver.

Mesmo assim, ela ainda reúne suas forças para perguntar se está nevando – esperando deixar um presente para seus amigos.

Pronta para se render à morte assim que eu confirme. Um leve sorriso ergue suas bochechas enquanto ela se encaminha para o abismo.

E, embora eu saiba que é errado – embora tenha sido avisado várias vezes –, isso não me impede de segurar seu rosto entre minhas mãos e moldar meus lábios contra os dela.

Meu apelo silencioso por perdão, seguido por um único sopro restaurador de vida.

paloma

– Venha à janela, *cariño*. Está nevando. Parece que Daire conseguiu, no final das contas.

Chay olha para mim, esperando pacientemente. Mas quando não me reúno a ele, ele cruza a sala e vai até a velha mesa surrada onde estou apoiada nos cotovelos sobre um livro que faz parte da minha vida há tanto tempo que não me lembro mais de um tempo anterior a ele.

– O que você está procurando? – Ele esfrega uma mão reconfortante em minhas costas.

Aceno com a cabeça em direção ao códice. Roubaram minhas palavras junto com minha respiração. Incerta se o que estou vendo é real, ou se simplesmente sou uma velha cansada que de repente enlouqueceu. Preciso que ele confirme qual das duas alternativas é a correta, e secretamente espero que seja a última.

Ele sussurra:

– Meu Deus – proporcionando toda a prova de que eu precisava para saber que não enlouqueci.

Seus fortes braços me envolvem, ainda que não seja suficiente para me amortecer da verdade.

Está realmente acontecendo.

Um futuro há muito previsto foi para o limbo.

Nós dois, abraçados, olhamos o livro antigo. Observamos como as palavras que permaneceram ali por séculos lentamente se soltam da página.

Deixando um grande espaço em branco onde a profecia estava.

– O que isso significa? – Os olhos assombrados de Chay buscam os meus.

Aperto meu cardigã vermelho em volta do corpo e olho na direção de uma janela emoldurando uma enxurrada de neve que cai do céu.

Relutante em admitir que não sei o que significa.

Não tenho ideia.

Pela primeira vez em muito tempo, as respostas se esquivam de mim.

phyre

Estamos a meio caminho de casa quando a neve começa a cair.

A meio caminho de casa quando meu pai decide reconhecer minha presença em seu carro.

– É seguro presumir que você falhou? – ele pergunta em uma voz tão áspera quanto seu rosto – tão áspera quanto o rígido terno preto que usa.

Pressiono a testa contra o vidro da janela, observando a vasta extensão da noite que agora cintila branca.

– Me responda! – Ele pisa fundo no freio. Detém o carro bem no meio da estrada, como se fôssemos os únicos nela. E somos.

Pressiono o corpo com força contra a porta, encolhendo os ombros para dentro. *Me dei mal agora.*

Passo uma mão pelo rosto, secando as poucas lágrimas que me permiti soltar antes que ele pudesse vê-las, sabendo que isso só pioraria a situação.

Esse é meu papel. Não é como se eu não soubesse interpretá-lo. Estive ensaiando desde que era criança, desde o dia em que ele apontou o dedo para mim, declarando que, entre mim e minhas irmãs, eu era a Escolhida.

– E então? – Ele exige saber, recusando-se a se mover até que eu lhe dê a resposta que ele busca.

– Não é tão fácil quanto você pensa – digo, lamentando as palavras no mesmo momento. Minha resposta é muito defensiva. Coloca a culpa mais em mim do que nele. Eu devia saber. Esse tipo de tática nunca dá certo.

– É mesmo? – Ele se remexe no assento, puxando com força as mangas de sua blusa, da mesma maneira que faz todo domingo, bem antes de subir ao púlpito. – Então talvez eu devesse trazer uma de suas irmãs até aqui para cuidar disso por você. Ember ou Ashe: qual você prefere?

– Nenhuma delas. – A resposta vem rapidamente, sem hesitação. Me viro em meu assento até que estou completamente de frente para ele. – Deixe-as onde estão. Posso fazer isso. Eu *farei* isso. Eu só...

Ele me encara com seus olhos sombrios e impiedosos.

– Só preciso de um pouco mais de tempo. Dois anos estando longe é muito tempo. É como começar de novo. Tenho que ganhar a confiança dele novamente. Não é assim tão fácil. Ele tem uma namorada. Acha que está apaixonado. E está. Vi o jeito como ele olha para ela. – A verdade deixa um gosto amargo em minha língua.

– Bem, então, acho que você terá de encontrar um jeito de distraí-lo, não?

Engulo em seco. Confirmo com a cabeça, do jeito que ele espera. Foco minha atenção no outro lado do para-brisa, observando a neve se juntar em pequenos montes dispersos no capô branco e sujo do carro.

– O tempo está acabando. – Ele solta o freio, permitindo que o carro ande lentamente pela estrada suja.

O tempo está sempre acabando. Esteve desde que eu era criança.

– Já começou. Os sinais estão por toda parte.

Tudo é um sinal. Um pedaço de torrada queimado de um jeito estranho – uma formação de nuvens que se assemelha a algo profano – um gato de seis dedos – ele vê proclamações da destruição para onde quer que olhe.

– E você sabe o que isso significa. Sabe o que é esperado de você.

Concordo com a cabeça novamente. *Passei minha vida toda treinando para os Últimos Dias, apenas para poupar minhas irmãs da tarefa.*

– Seu sacrifício é sério, embora seja por um bem maior. Você será saudada como uma salvadora... uma santa! – Ele entoa, os olhos brilhando, perdido nas falsas glórias de sua maçante diatribe. Nunca se detém para questionar por que eu me importaria em como serei lembrada quando estiver morta. Ele se volta e olha fixo para meus olhos. – Por que sua maquiagem está borrada? Você andou *chorando*? – Sua voz se levanta em ultraje, fazendo-me levar uma mão ao rosto, limpando furiosamente minhas pálpebras, minha bochecha. – Pare com isso já! Você me ouviu?

Ele me lança um olhar de aviso, voltando sua atenção para dirigir somente quando tem certeza de que me resignei a obedecê-lo. Caímos em um silêncio bem-vindo pelo resto do caminho, até que ele para diante do pequeno trailer abandonado que ele chama de casa.

– Quero o garoto morto até a véspera de Ano-Novo – ele diz. – Muito antes de o relógio bater a meia-noite. Dace... Cade... não importa qual. Por tudo o que vejo, são um e o mesmo. Guiados pela escuridão. A manifestação absoluta do mal. Faça seu trabalho direito, faça o sacrifício para o qual foi colocada nesta terra, e os Últimos Dias serão seguidos pelos Brilhantes Dias de Glória que tenho profetizado há muito tempo. – Ele olha no espelho retrovisor, ajusta a lapela de seu terno, o que guarda para datas festivas, domingos e suas ocasiões apocalípticas favoritas.

– Olha só! – Sua voz se torna animada e alegre enquanto ele olha para a porcaria de relógio que usa no pulso, com pulseiras de couro barato. – É o outro lado da meia-noite. Feliz Natal – ele diz.

– Feliz Natal – repito fracamente.

Saio do carro e levanto o rosto em direção ao céu. Ungida pela neve que cai para se derreter em minhas bochechas, encobrindo as lágrimas que sou proibida de chorar.

xotichl

– Pare o carro!

Auden pisa fundo nos freios, estende o braço em minha direção, tentando me proteger de bater no painel, mas eu já saí pela porta.

Já procurando caminho na estrada escorregadia e molhada, antes de me mover para o meio da rua, onde levanto meu rosto para o céu, permitindo que grossos flocos de neve caiam em minhas bochechas.

– O que você está fazendo? O que ela está fazendo? – Lita grita, abrindo a porta e correndo para me alcançar. Mas seu tom de voz imediatamente mudando de reprovador para encantado. – Não. Não acredito! – Ela corre até meu lado, enquanto Auden se junta a mim do outro. – É hora de pagar, Auden! – ela grita, a voz eufórica, enquanto enrola os braços ao meu redor e faz uma dancinha enquanto me gira cuidadosamente. – Parece que Xotichl estava certa! É realmente a temporada dos milagres! – Ela me devolve para Auden, libertando-se para saltar pela rua de um lado para o outro. Ou pelo menos é o que acho que ela está fazendo, a julgar pelo aumento de sua energia e pelo farfalhar de seus pés.

– Ei, flor! Parece que você conseguiu seu desejo de Natal no final das contas. Prometo que nunca mais duvidarei de você. – Os lábios de Auden encontram os meus, seu beijo reverente e doce. – Então, por que está chorando? – ele diz ao se afastar.

Me aninho em seus braços, enterro a cabeça na curva de seu pescoço. Busco conforto em sua força, em seu odor – sem desejar dizer as palavras em voz alta, torná-las mais reais do que já são em minha mente.

Relutante em pronunciar a terrível verdade que vive dentro de mim.

Essa não é uma nevasca normal.

Isso não é uma inevitabilidade meteorológica.

Não quando canta como o vento – e aquece como o sol.

Caindo do céu em um arco-íris de cores – acompanhada pela mais pura e gloriosa sinfonia que já ouvi.

É o som dos anjos.

É o som de Daire dizendo adeus.

Deixando-nos um presente final – a neve como sua elegia.

Dace

– Onde ela está?

Olho ao meu redor descontroladamente. As palavras não são mais do que um áspero murmúrio molhado, mas sei que ele me ouviu. Sei que ele entendeu exatamente o que perguntei.

Posso senti-lo ao meu lado.

Dentro de mim.

Ao meu redor.

Os limites entre nós agora apagados.

Estamos conectados como nunca estivemos antes.

Contemplo a aberração que tenho como irmão gêmeo, agora de volta à forma humana, sem nenhum arranhão – ao contrário de mim e da fonte de sangue que jorra continuamente do meu pescoço.

Pressionando uma mão em meu ferimento, esperando estancar o fluxo, reúno minhas forças para dizer:

– Que diabos você fez com ela?

Ainda que a questão não tenha soado exatamente como em minha mente, o sorriso com que ele me cumprimenta é simplesmente horrível, revelando-me que ele entendeu cada palavra.

– Um homenzinho brilhante a levou – ele diz. – Acho que foram para o Mundo Superior. Um mundo que você nunca será capaz de invadir. Ou pelo menos não agora, de qualquer maneira. São um grupo esnobe e elitista. O melhor clube de campo. Não apreciam nossa espécie. Mesmo assim, isso não nos impede de tentar. Estou desesperado para entrar lá, e não tenho dúvidas de que conseguirei. Ouvi dizer que tudo resplandece e brilha por aqueles lados... que eles têm uma vista perfeita de todos os outros. Eu realmente adoraria ver aquilo. Talvez, algum dia, *nós* conseguiremos. – Ele me lança um olhar sarcástico.

Odeio quando ele usa *nós*.

Odeio que seja verdade.

Odeio que eu tenha sido guiado pelo meu ódio.

Ódio é o motivo de eu estar aqui.

A razão pela qual me dispus a escurecer minha alma em um esforço para salvá-la – apenas para ver a coisa toda sair pela culatra –, incapaz de fazer qualquer coisa além de observar enquanto o sonho acontecia diante de mim.

E, exatamente como no sonho, era tarde demais para salvá-la.

– Eu adoro uma boa ironia, você não adora? – Cade se inclina para acariciar seu coiote medonho. – Viu o jeito que ela olhou para você? Viu aquela deliciosa mistura de choque, repulsa e pesar quando ela percebeu o que você tinha feito, no que tinha se permitido tornar, em um esforço para me derrotar?

Cambaleio para a frente, minha cabeça ficando cada vez mais tonta, minha visão difusa e embaçada. Lutando com todas as forças para não me alterar – para apagar a cena que ele pinta em minha mente, me recusando a me lembrar de Daire dessa maneira.

– Sem querer ser rude, mas tenho quase certeza de que isso rapidamente se tornará uma das minhas lembranças favoritas. Que tragédia! Que tolice! – Ele joga a cabeça para trás e gargalha, emitindo um som tão doente e monstruoso quanto ele é. Encorajando o Coiote a apontar o focinho para o ar e soltar um uivo longo e queixoso, enquanto os dois fazem uma interrupção indesejada em uma terra que retorna à paz. Ele se cala, retornando a atenção para mim. – Ver você propositalmente se tornar a coisa que odeia, em um esforço absolutamente tolo e completamente equivocado de me matar... só para que a mesma transformação sirva como a coisa que o mantém longe dela... é impagável. Feito sob encomenda. Bom demais para ser verdade. Eu não teria desejado nada melhor! – Ele se permite um acesso de divertimento, antes de se virar para mim. – Você não sabe... você não atrai o que *quer*, mano. Você atrai o que *é*. Imaginei que alguém como você soubesse disso.

Pressiono a mão no pescoço, meus dedos ficando escorregadios e vermelhos.

– Você pagará por isso! – arquejo. – Me assegurarei disso.

– Duvido muito – Cade diz. – Afinal de contas, é você quem está sangrando, não eu. Foi você quem perdeu sua predestinada. É hora de encarar a realidade, mano. Mesmo se estava viva quando saiu daqui, ela provavelmente já deixou *cair o manto*. Não é como seu amigo Pé Esquerdo teria descrito? Se despir do corpo? – Ele para por tempo suficiente para sorrir e revirar os olhos. – De qualquer modo, mano, não tenho dúvidas de que ela chegou morta. A próxima vez que a veremos será no Dia dos Mortos, quando ela tiver que prestar reverências à Guardiã de Ossos. E acho que ambos sabemos que Leandro terá me perdoado bem antes disso. Ele sempre me favoreceu. Ele tem muito que aprender comigo, queira ele admitir ou não. E, no fim, isso não é mais do que um pequeno contratempo... minha vida continua seu curso. Já a sua, por outro lado, é tudo menos isso. – Ele aponta na direção do pescoço ferido e sangrando. – Sabe que isso vai deixar uma cicatriz, certo? Outro jeito para serem capazes de nos diferenciar. Se parar para pensar, é realmente bem engraçado: por mais que tenha tentado se tornar como eu, mais você se diferenciou. Se alguém falhou essa noite, irmão, foi *você*.

Permito que meus olhos se fechem, saboreando o indulto. Mas logo eles se abrem novamente, enquanto esfrego minhas mãos ensanguentadas em meu jeans. Vejo ao meu redor um mundo que retorna à sua antiga beleza, sabendo que foi um feito de Daire.

O legado que ela nos deixou.

O mínimo que posso fazer é assegurar que continue assim.

Cade está certo.

Ele não está sofrendo. Nunca conheceu um único momento disso.

Sou o único que perdeu tudo.

Assumi um risco ao apostar minha alma – apenas para perdê-la juntamente com tudo o que importava para mim.

Mas isso não quer dizer que eu não possa dar a volta por cima – fazer as coisas direito novamente.

Não quer dizer que não possa fazer uma última tentativa de redenção.

Inspiro de modo superficial e irregular, esperando que isso me fortaleça o suficiente para me sustentar. Que me permita fazer o que é mais necessário.

Então encaro o chão perto dos pés de Cade, desejando estar lá, mas parece que minha magia me abandonou.

Sem outra escolha, dou um salto e mergulho em sua direção. Observando enquanto ele se desvia do meu alcance. Erradamente presumindo que estou atrás dele.

Mas não estou.

Nem um pouco.

Há apenas uma maneira de compensar o que fiz.

Apenas uma maneira de remediar todas as misérias e estragos que os Richter fizeram.

Alcanço o athame de Daire – aquele que Cade usou contra ela, ainda molhado com seu sangue –, e seguro o cabo.

Há apenas uma maneira de acabar com isso – e sou o único disposto a fazê-lo.

Levanto a lâmina, meu olhar jamais abandonando o de Cade quando digo:

– Você realmente estava certo o tempo todo. Estamos conectados de maneiras que eu jamais teria imaginado.

Revelando a mistura de horror e compreensão que cruza seu rosto.

Ele se lança freneticamente em minha direção, mas o movimento vem tarde demais.

Já empurrei a faca para baixo.

Já a enterrei diretamente em meu estômago.

O ato é marcado pelo som de Cade gritando – e o Coiote se agitando como se eu o tivesse atingido.

Minha visão turva por um grande jato de sangue.

Meu sangue. Sangue de Cade. É apenas um e o mesmo.

Observo enquanto meu irmão – meu irmão gêmeo –, aquele com quem entrei no mundo, despenca no chão, enquanto colapso bem ao seu lado.

Dizem que quando você morre toda a sua vida passa diante de seus olhos – mas tudo o que posso ver é Daire.

Daire gargalhando.

Sorrindo.

Daire deitada ao meu lado – as bochechas coradas, me fitando com um olhar cheio de amor.

Meus dedos se enrolam ao redor da pequena chave dourada, enquanto meus olhos se fecham, determinados a levar as imagens comigo.

Cade e eu saindo do mesmo jeito que entramos – juntos e, mesmo assim, sozinhos.

Este livro foi composto em Adobe Garamond Pro
para a LeYa em setembro de 2013